Presque Humain

Paul Bassi/Denis Reynes

ISBN: 9798514991181

Pour Prisca

un presque humain !

Que la force me soit donnée de supporter ce qui ne peut être changé et le courage de changer ce qui peut l'être, mais aussi la sagesse de distinguer l'un et l'autre.

Marc Aurèle

1

Trouver Maxime « Max » Pandor n'avait pas été facile. On avait prétendu qu'il était mort ou qu'il avait disparu de son plein gré. Certains disaient qu'il avait été supprimé en raison de ce qu'il savait car cela contrariait beaucoup d'intérêts. D'autres encore affirmaient qu'il s'était retiré dans un monastère au Népal ou sur une île du Pacifique. En somme, on racontait n'importe quoi. A sa manière, Max était devenu presque aussi fascinant que l'affaire qui avait tant défrayé la chronique et dont il avait été le révélateur. De son rôle aussi, on avait dit bien les choses : lanceur d'alerte pour les uns, fabulateur pour les autres, simple pion d'une vaste machination... S'il avait fini par apparaître pour ce qu'il était vraiment, et si on reconnaissait désormais qu'il n'avait fait que son métier de reporter, l'affaire conservait des zones d'ombres que lui seul pouvait éclairer. Son souvenir pesait sans doute assez lourdement sur sa conscience pour qu'il ait accepté de s'en soulager en se confiant. Max Pandor n'était pas mort donc, même s'il ne s'appelait plus ainsi, même s'il n'était plus que l'ombre du limier qu'il avait été. En réalité, le trouver n'avait été possible que parce qu'il l'avait bien voulu. Il avait appris que je le cherchais, que je m'intéressais à son histoire,

« l'affaire de sa vie » comme il disait. Il avait lu que je doutais de la version des faits qui s'était propagée après lui, après qu'il eut raconté l'essentiel et provoqué le séisme que l'on sait. Il m'avait dit par la suite que je lui rappelais l'enquêteur qu'il avait été, coriace et têtu « comme un tiroir coincé » comme il aimait se décrire. Au nom de cette ressemblance, il m'avait choisi, moi et ma réputation d'intégrité que je prenais soin de cultiver. Et puis, il n'avait plus l'envie, ni même la force d'écrire, juste assez d'énergie pour raconter de vive voix. Surtout, il doutait que le monde l'écoute et le croit après tout ce qui s'était passé, tout ce qu'on avait dit sur lui. A ses yeux, j'avais le crédit nécessaire pour inspirer la confiance qu'on lui avait retirée depuis longtemps. Il voulait faire de moi le légataire unique de sa vérité, à une condition : qu'on lui rende justice, qu'on reconnaisse que son rôle avait été déterminant, car si le monde avait changé après cette affaire, il n'y était pas pour rien.

— Je sais, moi, ce qu'il s'est vraiment passé.

En disant cela, Max pointait son index vers sa poitrine, roulant des yeux ronds et me fixant avec la gravité d'un témoin clé devant un jury. A moins que, en raison de son peignoir fatigué et de ses cheveux devenus longs et gras, il eut plutôt rappelé un Big Lebowsky sous Prozac.

— Jean Clos, Paul Clay, Alias, Muriel Shelley, Célia … Je les ai tous connus et approchés à cette époque, au moment précis où les choses se sont produites. J'ai mis du temps pour former le puzzle, retracer les faits et élucider ce qu'il s'était joué entre eux, mais j'y suis arrivé !

En réalité, Pandor n'avait jamais eu toutes les cartes en main. Oui, il savait beaucoup de choses, il avait été aux premières loges à certains moments clés ainsi qu'à l'issue de toute cette affaire. C'est bien pourquoi je m'étais donné autant de mal pour le retrouver. Mais, comme un tableau dont on n'aurait restauré qu'une petite surface, il lui manquait des données essentielles. Je les possédais et je m'étais bien gardé de le lui dire. Celui-ci aurait sans doute été salement vexé d'apprendre que son jeune confrère avait mis la main sur les archives du Docteur Clay. Des fichiers dans lesquels le médecin avait noté scrupuleusement ses consultations au fil des années. Il aurait été surpris de découvrir que mon vrai nom était Clay, que j'étais le fils du psy qui avait été un temps son ami et qui s'était retrouvé au cœur de cette histoire. Autrement dit, je savais tout ce que Paul Clay, mon père, avait recueilli au cours de ses entretiens avec les différents protagonistes de l'affaire, à commencer par Clos. D'ailleurs, tout avait commencé par ce dernier.

2

Le jeudi 14 janvier 2050, Jean Clos prit la décision qu'il considérait comme la plus importante de ces dernières années pour ce qui concernait sa vie personnelle. Ce jeudi-là, à 14h30 précises, il franchissait pour la première fois le seuil du cabinet d'un docteur en psychologie. Le docteur Clay, en l'occurrence. Clos n'était guère plus nerveux qu'à son habitude, mais quiconque aurait pris soin de l'observer quelques instants aurait remarqué son agitation. Seul dans la salle d'attente où un message sur écran l'avait invité à s'asseoir, il consultait sa montre pour la troisième fois depuis son entrée. C'était un beau modèle Bell & Ross qu'il s'était offert pour ses 40 ans et dont il aimait le design et le métal. Une montre de prix qui lui semblait tout à fait à propos pour célébrer ses 40 années d'existence. Une montre pour marquer le temps passé et l'informer du temps s'écoulant, cette logique lui plaisait. Mais s'il la consultait à cet instant, ce n'était pas pour admirer le dessin de son cadran ou la course régulière de ses aiguilles. Celles-ci s'obstinaient à lui dire qu'il était dans cette salle depuis seulement dix minutes et il aurait juré que le double de ce temps était déjà passé. Impatient, Jean l'était de nature, mais il est vrai que l'endroit aurait pu éprouver la patience de n'importe qui. La pièce était d'un dépouillement total. Rien n'accrochait le regard et ne donnait à contempler une gravure, un tableau ou même un écran diffusant des vidéos médicales. Désespérément vides, des murs blancs sans fenêtre offraient le plus morne des spectacles et une table basse tout aussi nue n'apportait aucune consolation. Jean s'en étonnait. Dans son idée, la salle d'attente d'un médecin devait offrir quelques tablettes à disposition, comme on laissait autrefois une pile de magazines, et, à défaut de peinture au mur, au moins un écran rappelant la grille tarifaire du praticien. Pour Jean, le Dr Clay devait être un médecin comme un autre et, sans réellement y penser, il s'attendait à trouver les mêmes us et coutumes que ceux communs à son généraliste ou son dentiste. Jean ne faisait pas de distinction. Selon lui, un psychologue était un spécialiste qui, au lieu de réparer un genou ou une dentition, exerçait son savoir-faire sur le cerveau. Point barre. Pour cette raison, le Dr Clay aurait dû offrir une salle d'attente comme les autres et non cet espace au minimalisme presque gênant. Sans en avoir tout à fait conscience, cette différence le troublait. Elle donnait même lieu à une question qu'il aurait peut-être dû envisager plus tôt : ce Dr Clay était-il bien l'homme de la situation ? Son ami Pierre le lui avait recommandé en des termes assez vagues :

— Tu verras, lui avait-il dit, il te paraîtra peut-être un peu étrange par moments, mais il est très efficace.

« Efficace », le mot avait fait tilt dans l'esprit de Jean et avait suffi à le décider. Mais maintenant, il se demandait s'il avait bien fait et si le type auquel il allait se confier n'était pas à l'image de sa salle d'attente : un individu austère et froid, dont le regard perçant aurait tôt fait de l'incommoder. Il en était à remuer cette pensée, jetant un nouveau coup d'œil à sa montre, quand la porte qui séparait la salle du cabinet s'ouvrit sans bruit. L'homme qui tenait sa poignée, et dont la silhouette se découpait dans l'entrebâillement, devait avoir une soixantaine d'années. Les cheveux blancs d'une coiffure en brosse et une barbe soigneusement taillée encadraient un visage aux traits réguliers où se remarquait une petite cicatrice qui dessinait comme un « C » au-dessus du nez, entre les deux yeux. Derrière une paire de lunettes rondes, un regard doux et attentif s'accordait parfaitement au large sourire qui soulignait une expression affable et inspirait d'emblée la sympathie. A l'évidence, le Dr Clay ne ressemblait en rien au portrait que laissait supposer sa salle d'attente. Autant l'une refroidissait par son épure excessive, autant l'homme offrait le contraste saisissant d'une chaleur et d'une bienveillance réconfortantes. Jean s'en trouva soulagé tout en se demandant si ce contraste n'était pas délibéré, si l'homme qui l'accueillait ne jouait pas de cette différence pour apparaître plus sympathique.

— Monsieur Clos ?

La question n'appelait pas vraiment de réponse puisqu'aucun autre patient que Jean Clos n'attendait dans la pièce. Mais, dite sur un ton aimable, elle indiquait à ce dernier qu'il était bien attendu et même bienvenu. Jean acquiesça et se dirigea aussitôt vers son hôte qui s'écarta pour le laisser entrer. Jean fut alors surpris de constater à quel point le cabinet différait en tout point de l'espace où il avait patienté. Un parquet aux tons d'acajou s'accordait au bois sombre d'un bureau aux lignes douces et contemporaines face auquel un fauteuil de cuir, petit mais confortable, attendait qu'on l'occupât. Aux murs, des toiles aux couleurs chaudes décoraient de larges pans et confiaient le goût du Dr Clay pour les œuvres abstraites et les arts primitifs d'Afrique et d'Asie. A divers endroits de la pièce un palmier kentia, un pachira et un yucca déployaient leur fraîcheur verte. Mais le regard se portait immanquablement vers une sculpture en bois de taille humaine qui représentait un Tiki polynésien aux traits grimaçants.

— Rassurez-vous, lança avec malice le Dr Clay tout en faisant signe à Jean qu'il pouvait s'asseoir, l'esprit de cette idole est resté dans une île du Pacifique, il ne perturbera en rien notre entretien.

Avec un sourire, Jean s'exécuta et se cala dans un large et confortable canapé, croisant ses jambes et serrant ses bras tout en observant le médecin qui prenait place face à lui dans un fauteuil du même style.

— Alors, Monsieur Clos, en quoi puis-je vous être utile ?

Pendant quelques secondes, Jean Clos sembla chercher une réponse dans ses mains qu'ils frottaient nerveusement l'une contre l'autre.

— Eh bien… je crois que vous pouvez m'aider, mais je ne sais pas comment vous raconter, par où commencer…

Attendant une réponse plus claire, le Dr Clay ouvrit son bloc-notes tout en observant son interlocuteur avec attention. L'embarras de Clos était visible et pouvait paraître singulier chez un homme dont l'apparence physique suggérait à la fois une certaine assurance et une aisance sociale. Jean Clos n'avait aucunement l'air d'un homme en difficulté, mais ses gestes, son front creusé de plis soucieux et ses épaules légèrement voûtées donnaient les signes d'un accablement réel. Pour éviter qu'un silence gênant ne s'installe, Clay se pencha légèrement vers son interlocuteur.

— Prenez votre temps, Monsieur Clos, j'ai tout le mien pour vous, et dites-moi librement ce qui vous vient à l'esprit.

Clos paru chercher l'inspiration ainsi que son souffle et trouver l'un comme l'autre.

— Il y a quelques semaines, un article à mon sujet et celui de mon entreprise est paru dans un e-magazine. Un papier très élogieux comme beaucoup d'entrepreneurs aimeraient en avoir. Le journaliste retrace une partie de mon histoire, l'ascension de ma boîte, ses chiffres éloquents, ses performances sur le marché français et à l'international… Une pure success-story ! Tout est vrai. Je dirige une très belle affaire et tout laisse penser que cette réussite va continuer.

Marquant une pause, Clos s'interrompit comme pour laisser au médecin l'occasion d'enchaîner.

— Je suppose que vous vous réjouissez de cette situation, lança Clay.
— Non.
— Non ?

Quittant la contemplation de ses mains pour fixer le regard du psy, Jean Clos montra sans doute son visage le plus vrai, celui d'un homme en plein désarroi.

— Je suis un homme comblé, Docteur, et pourtant je me sens vide… Ma vie est une succession de réussites, j'ai tout ce que j'ai toujours voulu, mais j'ai le sentiment d'avoir raté l'essentiel. Oui, je devrais me réjouir de mon état : je suis un homme accompli, riche, admiré… le succès de ma vie professionnelle devrait me donner une immense satisfaction, et pourtant il m'arrive de me dire que tout cela ne m'apporte rien. Je suis encore jeune, en parfaite santé, j'ai un bel avenir devant moi… Des hommes m'envient, des femmes cherchent ma compagnie, s'efforcent de me séduire, mes parents sont fiers de moi … Beaucoup seraient aux anges dans une telle situation, et pourtant, malgré tout cela, je vais mal… et je ne comprends pas pourquoi !... Pourquoi Docteur ? Comment peut-on en arriver là ? Ça n'a pas de sens, non ?... Voilà ce que j'attends de vous, que vous m'expliquiez ce qui m'arrive et que vous m'aidiez à m'en sortir !

Un court instant, Clay eu la vision de son client tombé à l'eau et s'agitant dans la houle, implorant qu'on lui envoie une bouée de sauvetage. Il lui fit un sourire qui évoquait un mélange de compréhension et de compassion.

— Monsieur Clos, nous avons beaucoup de choses à nous dire, et ce que vous venez de me raconter m'éclaire bien. La réponse à votre question existe, tout comme la solution qui vous libèrera de cette souffrance, mais il nous faut les trouver ensemble et c'est ce que nous allons faire à partir de maintenant. Vous voulez bien ?

Clos acquiesça d'un lent hochement de tête qui donnait à penser que celle-ci était encore lourde de pensées inexprimées. Clay inclina la tête à son tour et, estimant que l'entretien pouvait véritablement commencer, se cala dans son fauteuil cherchant la position la plus confortable et la plus propice à une écoute attentive.

— Pour commencer, j'aimerais que nous remontions dans le temps et que vous me parliez de vous, bien avant que vous ne soyez devenu ce brillant chef d'entreprise. Vous avez dit à un moment que vos parents sont fiers de votre réussite. J'aimerais que vous me parliez d'eux, de la relation que vous entretenez avec eux.

Clos paru se détendre un peu. Se redressant puis s'enfonçant contre le dossier confortable du canapé, il donnait l'impression de trouver dans cette question de quoi raviver des souvenirs agréables. Oui, il lui était facile de parler de ses parents, et les évoquer contribuait, au moins, à chasser son amertume pour quelques minutes.

— Ma mère était merveilleuse. Tout ce dont un enfant peut rêver. Me donner naissance fut un moment périlleux pour elle, c'est peut-être pour cela que, des années durant, elle n'eut de cesse de veiller sur moi avec un amour aussi profond que permanent. Elle m'adorait et fondait sur moi ses plus grands espoirs. Pour m'élever à son idée, se consacrer entièrement à moi, elle n'a pas hésité à renoncer à une carrière prometteuse de biologiste. Elle ne m'a jamais parlé de ce choix et je n'ai jamais su s'il lui avait coûté. Pendant les premiers temps de ma vie, elle fut mon unique horizon, personne ne pouvait la remplacer, surtout lorsque j'étais malade ou quand j'avais du chagrin. Passer sans elle ne serait-ce que quelques heures m'était insupportable. Une peur panique me gagnait. Elle seule pouvait me comprendre, me soigner ou me consoler. Mes premières années scolaires et la séparation qu'elles impliquaient me furent longtemps pénibles. Je n'étais bien qu'auprès d'elle et je crois qu'il en était de même pour elle.

— Et votre père ? Interrogea Clay.

— C'était très différent. Mon père… m'impressionnait. Son travail l'éloignait régulièrement de la maison, justifiait son absence fréquente, ce qui le rendait mystérieux à mes yeux. Tout jeune, je ne comprenais pas en quoi consistait son activité alors qu'il avait la responsabilité de plusieurs laboratoires au sein d'un grand groupe pharmaceutique. Je l'imaginais triomphant de difficultés énormes avec courage et brio. Je savais qu'il était un monsieur important, un chef respecté pour ses compétences, son énorme capacité de travail. Il en imposait à tout le monde et je l'adorais aussi pour cela. Je le trouvais grand, fort, et je rêvais de lui ressembler. J'ignorais qu'il était également craint pour son autorité, son pouvoir, et une réputation d'intransigeance froide que je n'appris que plus tard. Avec moi, il savait se montrer doux tout en m'imposant une vision assez rigide de la vie et m'encourageant à toujours me dépasser. Il ne supportait pas la médiocrité chez quiconque, à commencer par moi. Tout comme ma mère, mon père voulait un avenir brillant pour moi.

— Vous avez donc vécu une enfance heureuse auprès de vos deux parents ?

— On peut dire cela. Nos liens étaient si forts ! Au temps des vacances, je n'avais nul besoin d'amis, ma mère et mon père étaient tout mon univers et j'étais leur prince ! Je ne crois pas avoir connu par la suite un attachement aussi puissant à d'autres personnes, femmes ou amis par exemple. Mais, à la réflexion, ce lien si étroit n'était qu'une chimère.

— Que voulez-vous dire ?

— Ça n'a pas duré. Lorsque j'ai atteint la fin de l'enfance, tout a changé. Le maternage de ma mère a commencé à me peser. Elle me couvait à l'excès, refusant de voir que je n'étais plus un enfant, que j'avais besoin d'autre chose. Je lui étais si précieux, elle espérait tant de moi, qu'elle voulait régenter ma vie en tout point sans voir que j'aspirais à un début de liberté, à vivre par moi-même. Son affection si désirée jusque-là finissait par m'étouffer et me la rendait insupportable.

— Dites-moi comment, racontez-moi un moment de cette époque qui vous l'a rendue insupportable.

— Eh bien… Je me souviens d'un jour. Je devais avoir onze ans. Plusieurs garçons de l'école m'avaient pris à partie au sortir de l'établissement et une bagarre avait éclaté. Je faisais de mon mieux pour me défendre, mais ils avaient le dessus. Ma mère a surgi de nulle part. Je me suis demandé plus tard si elle n'espionnait pas ces sorties d'école, redoutant qu'il m'arrive quelque-chose. J'ai d'abord entendu sa voix, terrible, furieuse, avant de réaliser qu'elle faisait bouclier entre mes assaillants et moi, faisant fuir ces derniers, tout aussi stupéfaits que moi-même par cette intervention. Ce n'était qu'une bagarre de gamins, les coups n'avaient pas vraiment porté, je m'en serais tiré avec quelques bleus, une chemise déchirée, rien de grave en somme. Ma mère me serrait dans ses bras, me couvrait de baisers et de mots qu'elle croyait réconfortants, et j'ai détesté ça.

— Qu'est-ce qui vous a tant déplu ?

— Cette bagarre était mon affaire, j'aurais préféré rentrer en sang à la maison et endurer ses reproches. Aux yeux de ces garçons, je passais pour un petit, un faible réclamant la protection de sa maman. Je lui en ai voulu pour ne pas avoir pris conscience de cela et m'avoir traité comme un bébé, incapable de se défendre. Elle n'a pas réalisé le tort qu'elle me faisait auprès de mes camarades, la honte qu'elle me coûtait. Les remarques dans mon dos et les sourires narquois qui suivirent me firent plus de mal que les coups.

— Avez-vous lu le roman de Romain Gary, *La Promesse de l'Aube*, Monsieur Clos ? Le docteur Clay avait posé sa question tout en se levant et il revenait à son fauteuil après avoir sorti un livre de sa bibliothèque.

— Non, je ne crois pas, répondit Clos.

— Laissez-moi vous en lire un extrait, ajouta Clay, tout en ouvrant le livre à une page où dépassait un post-it : « *Il n'est pas bon d'être tellement aimé, si jeune, si tôt. Ça vous donne de mauvaises habitudes. On croit que c'est arrivé. On croit que ça existe ailleurs, que ça peut se retrouver. On compte là-dessus. On regarde, on espère, on attend. Avec l'amour maternel, la vie vous fait à l'aube une promesse qu'elle ne tient jamais. On est obligé ensuite de manger froid jusqu'à la fin de ses jours.* »

— L'auteur parle de sa mère ? S'enquit Jean Clos.

— Oui, il fait allusion à l'amour démesuré que celle-ci lui portait et qu'il éprouvait lui-même pour elle.

— Je comprends et je ressens un peu la même chose. Mais, ma mère n'est pas seule en question. Sur mon père aussi, mon regard se mit à changer. Un temps, je fis tout mon possible pour qu'il soit content de moi. Je lui vouais une admiration sans borne ! Mais il n'était jamais satisfait. A ses yeux, je n'étais jamais assez travailleur, jamais assez courageux, endurant ou combatif. Il me fallait sans cesse progresser et suivre son exemple, voire le dépasser. « Si tu veux devenir un homme… » disait-il souvent, et j'entendais « si tu veux devenir comme moi ». A son exigence il ajoutait une distance qui le rendait plus dur. Sa douceur se dissipait derrière une attitude austère et virile qui excluait les gestes tendres dont il était si généreux quelques années plus tôt. Ma mère m'envahissait, mon père me pressait, et tout deux m'étouffaient.

— Vous avez réagi à cette… oppression ?

— Comme beaucoup d'ados, je me suis rebellé. Sans en avoir conscience, je me suis mis à saper tout ce qui comptait à leurs yeux. L'écolier appliqué et discipliné que j'étais est devenu un sale gosse paresseux et insolent, capable de toutes les conneries possibles à cet âge. J'ai pris un malin plaisir à me moquer de tout, défiant toute autorité et provoquant leur peur ou leur colère. Je me suis fait virer de tous les collèges, je me suis mis à traîner avec des jeunes plus âgés que moi et infréquentables aux yeux de mes « vieux ». Je revois encore le regard las et froid de mon père venant me chercher chez les flics pour je ne sais plus quel délit mineur... Cette fois-là, j'ai senti que j'étais allé trop loin. Il avait honte de moi et sans doute de l'échec que je devais représenter pour lui à ce moment. Il ne m'a plus parlé pendant des mois.

— Vous lui en vouliez ?

— Oui, d'autant qu'il était devenu brutal. Mais je n'étais pas fier de moi non plus. En même temps, j'avais pris goût à un début de liberté. Même si je m'y prenais mal, si tout était encore confus dans ma tête, j'avais rompu quelque chose avec mes parents et cela me permettait d'être quelqu'un d'autre que leur fils.

— Voulez-vous dire que vous aviez le sentiment de ne plus appartenir à eux seuls ?

— C'est ça, je réalisais que je pouvais appartenir à moi-même, être quelqu'un d'autre que le fruit de leur seule volonté. Je m'émancipais et plus rien ne pouvait me ramener à mon état antérieur. Je n'étais plus prisonnier de l'idéal auquel ils voulaient que je me conforme. Réalisant cela, je me suis peu à peu assagi. Je suis « rentré dans le rang » et je le fis pour moi, non pour eux, pour acquérir cette liberté qu'il me restait à conquérir pour de bon et à mon seul profit.

— Vos parents ont-ils compris cela ?

— Je crois. En tout cas, ils se sont fait une raison. L'affection débordante de ma mère s'est mue en une crainte permanente et souvent irrationnelle, alors même que mon parcours scolaire et mes premiers pas dans la vie professionnelle avaient de quoi la rassurer. Lorsque j'eus 25 ans, mon père finit par admettre qu'il m'était possible de réussir par d'autres voies que celles qu'il avait empruntées.

— C'est à cette époque qu'a commencé votre ascension ?

— En quelque sorte puisque j'ai rapidement trouvé le domaine dans lequel je pouvais me réaliser et développer un certain talent. J'étais doué. Très tôt, j'ai voulu réussir par moi-même, créer ma propre boîte sans avoir de comptes à rendre à personne. On m'a parfois reproché mon individualisme, ce que je peux comprendre sans y voir un réel problème pour autant. Mon père m'a rendu définitivement réfractaire à toute autorité et, finalement, je l'en remercie. Mais dites-moi Docteur, est-ce que tout ce que vous raconte là est vraiment utile ? C'est ma situation actuelle qui me pose problème pas mon passé ; voilà longtemps que mes rapports avec mes parents se sont améliorés.

Le Docteur Clay ne répondit pas tout de suite. Il donnait l'impression de réfléchir à ce qu'il venait d'entendre. Levant le nez de ses notes, il sourit à Jean Clos.

— Tout ce que vous me dites m'aide à vous comprendre et constitue les pièces d'un puzzle qui se forme peu à peu, et…

Clay aurait poursuivi sa phrase si son holophone ne s'était mis à vibrer, tressautant sur le bureau juste derrière lui. S'excusant, il saisit l'appareil et libéra l'hologramme d'une femme qui sortit de l'écran. Tout en se levant et s'éloignant, il enchaîna :

— Excusez-moi, je dois prendre cet appel. Je vous laisse un instant. En m'attendant, je vous propose de plonger encore dans vos souvenirs. J'aimerais que vous me parliez cette fois des personnes avec qui vous vous êtes lié au fil des années jusqu'à aujourd'hui.

Jean Clos regarda sa montre s'étonnant une fois encore du peu de temps réellement passé en comparaison avec celui qu'il croyait écoulé. C'était la première fois qu'il se livrait ainsi et cet effort lui semblait considérable au regard des réponses obtenues pour l'instant. Aucune à vrai dire. Sans être vraiment décontenancé, il soupira en se disant qu'il lui fallait être patient, ce qui n'était pas sa plus grande qualité, loin s'en faut. Seul dans le bureau du psy, il se leva et se mit à marcher dans la pièce laissant errer son regard sur les murs qui l'entouraient. A l'un d'eux, un petit miroir au cadre de bois exotique était accroché. Il s'en approcha jusqu'à ce que le reflet de son visage lui apparaisse clairement. Voilà donc à quoi ressemblait un homme « arrivé ». Ses traits pouvaient-ils lui apprendre quelque chose sur lui-même qu'il n'avait pas remarqué jusqu'à présent ? Il ne vit que sa tête habituelle, illisible tant elle lui était familière. Une tête qui, objectivement, n'avait rien de remarquable et qui ne lui rappelait ni son père ni sa mère. Et puisque l'heure était aux souvenirs, seules les marques du temps lui apparaissaient. Preuve sensible et comme imprimée des années passées : premières rides, tempes grisonnantes, teint un peu terne… Il n'y avait rien à tirer de ce portrait-là, et Clos haussa les épaules avant de retourner s'asseoir.

Le docteur Clay ne tarda pas à revenir. Tout en souriant à son client, il déposa son holophone sur le bureau, à l'endroit exact où il l'avait pris, donnant à Clos l'impression désagréable qu'ils pourraient être à nouveau dérangés dans leur conversation.

— Pardonnez cette interruption, glissa le docteur, et reprenons, si vous le voulez bien.

Clos avait une bonne mémoire. Il fit donc un compte rendu assez précis des autres liens tissés au fil des années dans cette période qui succédait à sa vie de fils. Le Docteur Clay écoutait avec attention l'évocation assez longue de multiples circonstances qui avaient donné lieu à toutes sortes d'amitiés, éphémères pour la plupart, et à des relations amoureuses plus nombreuses encore et de durées encore plus courtes. Clos citait des noms et semblait faire l'inventaire d'une collection de succès qui, bien souvent, avaient un rapport avec son ascension sociale et sa réussite professionnelle. Tel ami, copain ou simple connaissance lui avait permis de rencontrer telle ou telle personne bien placée pour l'aider dans ses projets ou lui obtenir quelque avantage. A l'exception de deux ou trois étudiants, perdus de vue depuis longtemps, Clos semblait avoir pris soin de se lier uniquement à des personnes susceptibles de favoriser ses ambitions. Clay notait au passage que ces « amitiés » s'étaient avérées fragiles et pas toujours à la hauteur des espoirs fondés en elles. Par calcul - calcul inconscient en partie, peut-être - Jean Clos n'avait laissé guère de chance à des affections réelles tant il semblait redouter que celles-ci interfèrent dans ses plans ou l'aliènent d'une manière ou d'une autre. Au fil des années, et probablement sans s'en rendre compte, il était devenu un homme méfiant, peu enclin à donner du champ à des sentiments profonds, assez seul également.

Côté cœur, ou plutôt côté femmes pour être exact, un constat semblable s'imposait, la préoccupation arriviste en moins. Clos ne cachait pas une certaine fierté machiste à l'évocation de filles dont il avait composé un tableau de chasse flatteur à ses yeux. Il avait collectionné les aventures avec une désinvolture qu'il ne réprouvait pas, bien au contraire. Seule une histoire sortait du lot : la toute première dans la chronologie de ses relations amoureuses, la seule à mériter pleinement cet adjectif et dont il gardait un souvenir différent. Après elle, aucune n'avait vraiment compté, et donc duré, s'il s'en tenait à regarder dans le rétroviseur que sa mémoire lui tendait.

— En savez-vous assez, Docteur ?

Jean Clos avait déroulé la liste de ses souvenirs en bon élève, soucieux d'exposer aussi clairement et aussi honnêtement que possible le récit qu'on attendait de lui. Maintenant, il escomptait des réponses ou, pour le moins, un début d'explication.

— J'en sais assez pour vous dire deux ou trois choses, mais j'ai encore une question avant cela. Au-delà de ce que peuvent dire les journalistes à votre propos, ou même les chiffres et les faits qui attestent de votre réussite en affaires, qu'est-ce qui vous a conduit au succès professionnel que vous mesurez aujourd'hui ?

Arquant les sourcils tant la question lui semblait inutile, Clos répondit aussitôt.

— J'ai atteint et même dépassé tous les objectifs que je m'étais fixés. J'ai accompli un parcours dont j'entrevoyais les grandes lignes dès mes 25 ans. Et je l'ai réalisé seul ou presque, sans l'aide de mes parents ou d'autrui, en ne comptant que sur mes propres forces. Que vous faut-il de plus ?!

— Comprenez-moi bien, Monsieur Clos, je ne mets pas un instant en doute la réalité de votre réussite, je cherche à savoir si vous avez conscience de ce qui vous a aiguillonné durant tout ce temps, du moteur qui vous a permis d'avancer avec autant d'énergie et de détermination.

Vaguement dérouté par cette demande, Clos resta un instant partagé se demandant si Clay l'avait écouté avec une attention bien réelle.

— Mais l'ambition bien sûr ! Mes parents m'ont insufflé un besoin acharné d'élévation sociale. Quoi que je puisse lui reprocher, mon père m'a inoculé le virus de la réussite et son encouragement à me dépasser sans cesse m'a en partie façonné. J'ai même voulu faire mieux que lui, devenir plus riche, plus puissant, plus… que sais-je ?

Clay laissa la question en suspens, portant un regard aussi bienveillant que possible sur son interlocuteur, peu surpris par l'emportement qui gagnait celui-ci.

— L'ambition, bien sûr… mais quelque chose de bien plus fort vous a poussé et, surtout, peut expliquer votre désarroi actuel. Jouez-vous au football ou bien au rugby, Monsieur Clos ?

— J'ai joué au deux quand j'étais jeune, mais je ne vois pas le rapport.

— Vous conviendrez avec moi que dans ces sports, comme dans tous les sports d'équipe d'ailleurs, c'est la réussite d'un travail collectif qui est la condition du succès.

— Oui, et alors ?

— Un joueur, aussi talentueux et déterminé soit-il, ne parviendra jamais à remporter un match à lui seul, en la jouant « perso » comme on dit, n'est-ce pas ?

— Sûrement.

— Eh bien, vous êtes ce joueur, Monsieur Clos. Un attaquant brillant, doté de multiples qualités mais cherchant à gagner sans compter sur ses partenaires et échouant devant le but.

— Je ne comprends pas, dans ma vie professionnelle j'ai toujours su m'entourer de collaborateurs de valeur.

— Oui, mais probablement des subordonnés, des talents à votre service, des employés auxquels vous n'avez jamais eu de compte à rendre. Dites-moi si je me trompe, mais vous n'avez jamais accepté de diriger d'égal à égal avec un associé et encore moins accepté l'autorité d'un supérieur ou d'un patron, n'est-ce pas ?

— En effet…

— Et dans votre vie personnelle, vous avez fait en sorte qu'aucun ami ou aucune femme n'implique un véritable investissement affectif de votre part, j'ai raison ?

— Euh… oui

— Votre histoire est là et elle tient en trois mots : un formidable besoin d'indépendance.

— Admettons, mais je ne vois pas en quoi ce besoin est un problème. D'ailleurs, il m'a plutôt réussi.

— être plus exact, c'est un farouche refus de dépendance dont il faudrait parler à votre endroit. Et ce refus apparaît très nettement dans le récit que vous m'avez fait de votre vie. Celle-ci commence par une période de grande dépendance à vos parents, votre mère comme votre père. Avec la première, vous avez développé une relation fusionnelle et la vénération que vous portiez à votre père n'a pas été moins forte. Au sortir de l'enfance, vous êtes passé par un second stade en réaction au premier : vous avez vécu une période de contre-dépendance, brûlant les idoles de votre enfance afin d'échapper à leur emprise et d'exprimer votre individualité. Par la suite, vous avez atteint un troisième stade, celui de l'indépendance, déployant tous les efforts que vous avez relatés pour mener à bien la carrière ambitieuse qui a fait de vous le chef d'entreprise que vous êtes. C'est cette soif inextinguible d'indépendance qui a fourni l'énergie nécessaire à votre essor dans la société.

— Je ne vois toujours pas où est le problème.

— Le problème, c'est que vous avez fini par considérer que cette indépendance était le but à atteindre et la situation à maintenir. Vous en avez fait une fixation parce que vous avez vécu une dépendance absolue durant votre enfance, auprès de votre mère d'abord, de votre père ensuite. Or, cette quête obsessionnelle n'a pas été sans prix. Votre histoire est jalonnée d'amitiés délaissées, de liens jamais vraiment noués, de relations avortées ou neutralisées par crainte qu'elles ne vous aliènent, vous obligent à composer avec autrui. Vous avez cru que l'indépendance acquise vous rendrait heureux, or si elle vous a rendu riche, puissant et « successfull », elle vous a aussi refermé sur vous-même, vous isolant des autres. Elle a fait de vous un homme seul. Libre mais seul, et menant une vie décousue. Décousue au sens où les liens qui devraient en composer le tissu se sont délités.

Même dits avec une conviction sereine, d'une voix douce et quasiment amicale, les mots de Clay provoquaient en Clos un étrange ressenti. Une flamme venait de s'allumer dans la grotte obscure où il se trouvait et il ne savait pas encore si l'ombre projetée sur les murs était rassurante ou inquiétante, s'il allait sortir de la pénombre ou être ébloui jusqu'à la douleur.

— Mais, reprit-il d'une voix blanche, je tiens à ma liberté, êtes-vous en train de me dire que je devrais y renoncer ?...

— Je ne dis pas cela. Je vous annonce que cette indépendance que vous prenez pour le sommet ultime de votre réalisation personnelle n'est que la troisième étape d'un parcours qui en compte quatre. Après la dépendance de votre enfance, la contre-dépendance de votre adolescence et l'indépendance de l'âge adulte, Il vous reste un stade supplémentaire à atteindre. C'est parce que vous n'en avez pas conscience, parce que vous restez bloqué à cet étage de l'indépendance que vous souffrez.

— Et que dois-je faire alors ?

— Il va vous falloir apprendre à faire des passes, répliqua le Médecin en riant.

— Pardon ?!

— Oui, vous allez devoir la jouer collectif, passer la balle à des partenaires, les inclure dans votre vie, partager avec eux, admettre que l'on ne peut être pleinement heureux qu'avec l'affection, l'aide, l'apport des autres, d'un entourage que vous avez exclu ou tenu à distance jusqu'à présent. Vous m'avez dit que vous vous sentiez vide, qu'il vous semblait être passé à côté de l'essentiel. Ce vide, c'est l'absence des autres ; cet essentiel, c'est ce que vous pouvez vivre et construire avec eux. Réinventer votre relation à autrui, voilà le nouveau challenge qui vous attend ! Après l'indépendance, il vous faut découvrir et vivre l'interdépendance.

— Mais pourquoi ?

— Parce qu'un besoin en vous demeure inassouvi. Un besoin universel et fondamental que nous connaissons tous. Nous avons tous besoin les uns des autres pour nous épanouir véritablement, et vous avez cru pouvoir vous passer des autres. J'aimerais que vous fassiez à nouveau un effort de mémoire, si vous le voulez bien. A notre prochain rendez-vous, j'aimerais que vous me parliez de trois ou quatre souvenirs qui vous sont très chers, des événements petits ou grands qui vous ont rendu particulièrement heureux.

3

Clos s'enfonça un peu plus dans le canapé et sembla prendre une longue inspiration, comme si l'effort qui lui était demandé impliquait davantage de souffle. Les yeux au plafond, il resta silencieux un moment avant d'évoquer un rallye dans le désert marocain. Il était alors étudiant et, avec deux comparses de sa promo, il s'était lancé dans ce défi qui l'avait conduit au cœur de paysages aussi arides qu'inconnus. Sa course n'avait pas été un succès et il riait du mauvais classement de son équipe, mais son regard devenait rêveur à l'évocation des espaces parcourus, de la beauté des dunes de sables à perte de vue, de l'enthousiasme de ses coéquipiers avec qui il avait vécu cette aventure exceptionnelle et non sans dangers... Clay l'écoutait. Il prenait des notes, hochait la tête, visiblement satisfait par ce récit, et l'encourageait à poursuivre. Plus ancien et tout aussi précieux, il y avait le souvenir de ce match de tennis qu'il avait remporté à l'âge de 15 ans. Il avait triomphé d'un adversaire plus aguerri que lui sous les applaudissements de ses parents. A sa joie de gagner s'était ajoutée la fierté qu'il avait communiquée à sa mère et son père, dont le soutien avait sans doute été déterminant. Lui revenait également l'enseignement fructueux de ce professeur d'économie qui l'avait pris sous son aile et l'avait poussé sur la voie de la réussite. Clos était particulièrement reconnaissant à ce mentor qui avait su déceler ses aptitudes et lui avait donné foi en lui. Et puis, bien sûr, il y avait Célia… l'été 2030. La petite plage grecque où ils avaient trouvé un éden. Le ciel mauve du crépuscule, le paréo qu'elle avait laissé glisser…

— Bien ! S'exclama Clay. Vos souvenirs sont parfaits ajouta-t-il avec un nouveau sourire.

— Parfaits, je ne sais pas, mais ils comptent pour moi, même s'ils n'ont aucun rapport les uns avec les autres.

— Détrompez-vous, ils disent tous la même chose !

— Comment ça ?

— Chacun d'eux raconte l'importance des personnes qui les ont rendus mémorables. Votre périple dans le désert est l'aventure d'une équipe. C'est pour l'avoir partagée avec vos compagnons qu'il vous en reste un souvenir impérissable. Ce joueur de tennis que vous avez battu fut indispensable à votre joie de gagner, tout comme votre fierté fut indissociable de celle de vos parents. Que serait devenue votre vie professionnelle sans la rencontre de ce professeur qui a tant déterminé votre avenir ? Quant à ce séjour en Grèce, n'est-ce pas cette Célia qui lui a donné toute sa saveur ? Vous vous êtes senti bien à ces différents moments de votre vie parce qu'ils vous reliaient à une ou plusieurs personnes.

— Vous voulez dire que je me souviens de ces moments parce que d'autres personnes les ont vécus avec moi ?

— Je veux dire que vous n'avez pas été heureux seul, que vous devez le bonheur ressenti à ceux avec lesquels vous l'avez partagé. Là est l'interdépendance dont je vous parle, dans ce partage. Voilà en quoi elle est importante comme un état à entretenir pour que vous vous sentiez bien à nouveau. J'irais même plus loin : les choses n'existent que s'il est possible de les partager avec quelqu'un. Imaginez votre rallye africain sans la présence de vos copains étudiants. Que vaudrait cette aventure sans personne à qui communiquer vos joies, vos émotions, vos inquiétudes, sans autre témoin que vous-même face à toutes les beautés que vous avez vues sur place ?

— Ça me fait penser à une histoire drôle, répondit Clos avec un sourire plutôt inhabituel chez lui.

— Dites-moi, souri Clay à son tour, curieux de voir si son patient suivait bien son raisonnement.

— C'est l'histoire d'un type qui échoue sur une île déserte à la suite d'un naufrage. Il s'y retrouve seul avec une femme, et pas n'importe laquelle : Miss Monde en personne !... Les premiers jours, ils gardent une certaine distance entre eux, mais, au bout de quelques temps, la nature reprenant ses droits, ils deviennent amants. Notre homme jubile d'abord, extrêmement fier d'avoir tombé la plus belle femme sur terre, mais très vite il déchante : il est l'amant d'une splendeur et personne ne le sait ! Cela le désespère !

— Exactement ! Sans personne avec qui partager notre joie, sans témoin de notre bonheur, c'est l'existence même de ce bonheur qui devient douteuse. Est-il réel ou n'est-ce qu'un rêve, voire un délire ? Votre homme sur cette île ne peut être heureux si personne ne sait ce qu'il lui arrive. Il se sent terriblement seul !

— Pourtant, il y a bien des hommes qui cherchent la solitude, voyez ceux qui se lancent dans des courses en solitaire, par exemple.

— Solitaires ? Ils le sont durant leur périple, mais pas au départ ni à l'arrivée. Et même pendant leur exploit, ne sont-ils pas suivis d'une manière ou d'une autre et sous l'attention continue des médias ? Les navigateurs solitaires sont tout autant avides de reconnaissance que les artistes, par exemple. Et c'est parfaitement compréhensible. Que vaut un peintre si ses toiles ne sont connues que de lui seul ou un écrivain que personne n'a jamais lu ? Et qu'est-ce que l'exposition d'une œuvre ou la publication d'un livre si ce n'est le souci de partager avec d'autres ce que l'on a réalisé seul ? Le partage avec un public, cette manifestation de l'interdépendance, c'est ce qui permet à l'œuvre et à l'artiste d'exister, ni plus ni moins ! Et sans même parler de ces personnages d'exception, songez à ce besoin si répandu de ramener des photos ou des films de vacances, de partager sur les réseaux sociaux la moindre de ses joies…

— Je déteste les réseaux sociaux et tout ce déballage de vies privées…

— Je citais cet exemple pour élargir votre compréhension au-delà du besoin individuel que nous avons des autres. Cette interdépendance dont je vous parle vaut pour la communauté des hommes en général, pour la société dans son ensemble et son évolution. Regardez les grandes questions de notre temps, comme la problématique de l'environnement, du climat, par exemple. Voyez comme elles relèvent de ce même phénomène d'interdépendance qui montre que les peuples, les pays, ont besoin les uns des autres, d'agir collectivement pour leur bien commun et la sauvegarde de tous. De la capacité des états à recréer du lien entre eux et d'agir solidairement dépend la survie même de la société.

— D'accord, mais ça me semble loin de mon problème personnel, du mal-être qui ne concerne que moi.

— Un bouddhiste vous dirait que tout est lié, que vous, comme moi, nous faisons partie d'un tout, qu'il y a interdépendance entre les problèmes personnels et les problèmes du monde. Si le monde va mal, c'est parce que les individus vont mal.

— Mais qu'est-ce que je suis moi, à l'échelle du monde ?!

— Ce que je suis moi-même : la part infime d'un grand tout, mais une part quand même ! Et de ce tout, vous ne pouvez ni vous extraire, ni vous exonérer. Ce qui se passe en vous reflète ce qui se passe dans le monde : le retour d'un équilibre, d'un bien-être global, passe par la conscience de cette interdépendance et par l'action qui doit en découler. Ce qui vaut pour le monde, vaut pour votre monde. Que pensez-vous des états qui veulent rester à l'écart de toute responsabilité environnementale ?

— Bah, je pense qu'ils… détournent leur attention, qu'ils fuient alors qu'ils devraient agir eux-aussi, au moins parce qu'ils sont ou seront concernés tôt ou tard.

— En effet, une société qui a conscience des dangers qui la menacent mais qui n'agit pas en conséquence peut clamer son impuissance ou nier le problème, mais ce n'est pas en cassant le thermomètre qu'on abaisse la température. Le problème ne va pas disparaître pour autant. Au niveau de l'individu, c'est la même chose : on peut se satisfaire de son indépendance pour les avantages qu'elle procure, mais si une souffrance survient, c'est bien la preuve que cette indépendance n'a rien résolu.

Vous savez, on parle de « village global » à propos de notre planète pour traduire l'étroitesse des liens qui nous unissent et le destin commun que nous partageons. Eh bien, le village doit se mobiliser, tout comme vous, vous devez agir pour résoudre votre problème. Chez vous aussi, guérir de votre mal-être passe par la prise de conscience de cette interdépendance, de ce besoin des autres, de liens à créer avec autrui. Ça ne se résume pas à cela, mais ça commence par cela. Passant et repassant ses mains sur ses tempes et son front, Jean Clos faisait de son mieux pour intégrer ce qu'il venait d'entendre, comme une déglutition lente qui demandait une concentration inhabituelle. Clay avait sans doute raison, il le sentait, mais il ne voyait pas pour autant ce que cette révélation pouvait entraîner de concret. Et puis, en savait-il assez seulement ? Comme s'il lisait dans ses pensées, le psy interrompit sa réflexion brumeuse en lui souriant

— Croyez bien que nous ne sommes pas au bout de nos découvertes vous et moi. Nous sommes même loin d'en avoir fini ! D'ailleurs, vous ne m'avez pas tout dit, n'est-ce pas ?

4

La douleur le prenait à la poitrine et rendait sa respiration plus difficile. Il lui semblait que sa cage thoracique se contractait. Et puis le mal se dissipait peu à peu, donnant l'impression d'une fausse alerte ou d'un trouble passager. Il avait constaté que cela se manifestait surtout lorsqu'il était à son bureau. Il en était étonné car, tout au sommet de la tour, la vaste pièce qui dominait la ville était l'un des lieux qu'il préférait. Là-haut, il se sentait puissant, sa pensée lui paraissait plus ample et plus vive. De là, il pouvait voir une immensité excitante, et cette vision de l'espace urbain, qui s'étendait aussi loin que son regard portait, était à l'image des perspectives qu'il imaginait pour *Clos Technologies*. Il pouvait s'en réjouir, il aurait dû s'en réjouir mais, plus le temps passait, plus cette impression perdait de sa force, plus son effet s'amenuisait. Le spectacle l'envoûtait moins. La douleur revenait, plus légère peut-être, mais insidieuse. Il lui faudrait en parler à Clay. Peut-être était-elle une conséquence de son mal-être. Il repensa à son dialogue avec le psy, à ce qu'il avait dit à propos de ses parents, de celles et ceux qui avaient occupé une place dans sa vie... S'était-il vraiment refermé sur lui-même au fil des années ? Il avait du mal à s'en convaincre, mais il sentait également qu'il y avait du vrai. En montant au bureau ce matin, il avait pris l'un des ascenseurs qu'utilisent ses employés et collaborateurs au lieu de son « private elevator », réservé à son seul usage. Certains ne l'avaient pas reconnu et cela l'avait autant amusé que laissé perplexe. Lui-même ne les connaissait pas. L'un de ses portables se mit à cracher les premières notes du Satisfaction des Stones. Les rifs teigneux de K. Richards l'avertissaient d'un appel sur sa ligne personnelle et la silhouette de Célia en 3D s'affichait. Il laissa l'holophone sonner en vain. Il savait à peu près ce qu'elle voulait lui dire et n'avait pas encore de réponse à lui donner. Il l'appellerait plus tard. De toute façon, le temps lui manquait, Clay l'attendait pour un nouvel entretien.

— Comment allez-vous, Monsieur Clos ?

Depuis le début, Clos avait remarqué l'attention aigüe avec laquelle le médecin lui posait les questions les plus banales, comme si toute réponse aiguisait son intérêt et pouvait être révélatrice de quelque chose. La poignée de main était chaleureuse et ferme, Clos se senti mieux aussitôt.

— Pour commencer, je vous propose de regarder par la fenêtre de mon cabinet et de me dire ce que vous remarquez.

Un peu surpris par cette demande, Clos s'approcha de la baie vitrée dont il avait jusqu'à présent ignoré la présence et où se découpait un pan de ciel nuageux. Le cabinet de Clay occupait le troisième étage d'un immeuble cossu et jouissait d'une vue enviable sur un parc arboré. Clos balaya du regard la pelouse de gazon bien vert qui s'étalait sous ses yeux et où se dressaient des sapins et des chênes d'un âge respectable. Une grande allée serpentait entre des massifs au feuillage épais. Suivant ce chemin, une grand-mère promenait son chien tout en observant avec attention les faits et gestes d'un petit garçon qui courait devant elle en agitant un bâton. Plus près, quasiment sous la fenêtre, mais trop loin pour qu'il soit possible d'entendre leur conversation, un jeune couple avait pris place sur un banc et semblait en grande conversation, ponctuée de sourires et de baisers.

— Je ne vois rien de particulier déclara assez vite Jean Clos.

Le spectacle qui s'offrait à ses yeux lui semblait ordinaire et conforme à ce que l'on peut voir dans tous les jardins publics, au milieu d'une journée comme les autres.

— Cet endroit du parc, glissa Clay, est souvent fréquenté par des couples qui aiment à se retrouver dans ce coin calme et discret. J'aimerais que vous observiez un instant ces amoureux et que vous me disiez ce qu'ils vous inspirent.

Docilement, Clos porta un regard point trop appuyé sur le duo et répondit par bribes, comme s'il notait à voix haute.

— La trentaine tous les deux… Elle est plutôt jolie… Elle s'est mise en valeur… lui me fait l'effet d'un employé de banque… Ils doivent être ensemble depuis peu… Mais quel rapport avec ce qui me préoccupe, Docteur ?

Clay fit mine de ne pas avoir entendu la question et interrogea à son tour :

— Qu'est-ce qui vous fait dire qu'ils sont ensemble depuis peu ?

— Ils ont l'air heureux… Lui se sent visiblement bien. Il semble mener la conversation… parle beaucoup. Il la fait rire… A mon avis, il meurt d'envie de… de l'embrasser davantage, si vous voyez ce que je veux dire, ajouta Clos avec un sourire entendu.

— Vous m'avez dit quelques mots à propos de votre vie amoureuse.

— De ma relation aux femmes, corrigea Clos.

— Si vous voulez, acquiesça le médecin. Lors de vos aventures, éphémères et plutôt nombreuses, ressemblez-vous à cet homme ?

— Oui, au début de chacune je pense…

— Au début ?

— Oui, soupira Clos, comme si cette précision allait de soi. Vous avez bien compris que mes histoires ne durent pas. Au bout d'un moment, quelque-chose ne fonctionne plus…

— Et qu'est-ce qui fait selon vous que ça ne dure pas ? Ça vient d'elles ? Ces femmes vous déçoivent ?

Clos fit une grimace et resta pensif un moment avant de répondre.

— Non… Je ne sais pas… je n'arrive pas à gérer ça…Le plus souvent, ce sont elles qui me quittent. Alors, je passe à une autre, ajouta-t-il un brin cynique. Ce n'est pas difficile, je n'ai aucun mal à en trouver. Connaître le riche créateur de *Clos Technologies* intéresse beaucoup de femmes, vous savez… Mais, quoi de plus banal qu'un homme de 40 ans qui papillonne ?

— Banal, peut-être. Mais vous, en ce qui vous concerne, vous aimez papillonner, multiplier les rencontres et enchaîner les conquêtes ?

— Disons que j'ai cette habitude.

Le jeune couple s'était levé et commençait à s'éloigner du banc, comme si d'autres occupations l'attendaient ailleurs ou comme si le parc ne se prêtait plus à ce qu'il comptait faire. Clos regardait les amoureux d'un œil morne. Clay invita son patient à prendre place dans le canapé, ce qu'il fit tout en poursuivant sa réponse.

— Je crois que je suis incapable de construire quelque-chose. Peut-être ne suis-je pas fait pour ça.
— Dans vos souvenirs, l'interrompit Clay, il y a cette Célia qui semble occuper une place particulière.
— Célia, c'est différent. J'avais 20 ans quand je l'ai connue. J'étais amoureux… pour de bon. C'est la première qui ait compté, la seule en fait. D'ailleurs…

Clos laissa sa phrase suspendue et regarda son médecin comme s'il hésitait à poursuivre.

— J'aurais peut-être dû vous le dire dès le début.
— Quoi donc ?
— Je revois Célia depuis quelques temps. Je l'ai retrouvée tout récemment. Elle ne m'avait pas oublié.

Clay sentait bien que son patient n'allait pas au bout de sa confidence. Mais il ne souhaitait pas le brusquer et attendait qu'il trouve ses mots et se livre davantage.

— En fait, Célia fait partie des raisons pour lesquelles j'ai voulu vous consulter. J'aimerais que vous m'aidiez à la garder. Penser qu'elle pourrait partir à nouveau fait partie des raisons pour lesquelles je me sens mal.
— Pourquoi pensez-vous qu'elle pourrait vous quitter ?
— Elle pourrait faire comme d'autres, ne pas se sentir heureuse avec moi, malgré tout ce que je suis en mesure de lui donner. Avec moi, pourtant, elle pourrait mener une vie que très peu d'hommes

pourraient lui offrir. Vous savez, je peux être extrêmement généreux quand je suis amoureux.

— Je ne doute pas une seconde que vous puissiez lui procurer une vie de rêve. Mais le problème n'est probablement pas là.

— Où pensez-vous qu'il soit ?

— A l'exception de Célia peut-être, les femmes qui se succèdent dans votre vie semblent jouer le même rôle.

— Ce sont des maîtresses, rien d'autres.

— Oui, mais je pense qu'elles comblent quelque chose, ou plutôt qu'elles couvrent, comme un pansement, une plaie qui ne guérit pas. En psychologie, on parle de « relation sparadrap » pour désigner cette fonction compensatrice.

— Et que compenseraient-elles ?

— Ça reste à déterminer, mais lorsqu'un sparadrap est usé, on en change. C'est un peu ce que vous faites. Par ailleurs, vous me dites que l'une des raisons de votre mal-être serait la perte possible de Célia. Or, on pourrait inverser cette proposition et penser que celle-ci pourrait vous quitter en raison du mal-être qui vous mine.

— Que voulez-vous dire ?

— Il est très possible que votre errance amoureuse depuis toutes ces années soit le fait d'un mal-être tout aussi ancien, voire plus ancien encore. Si les femmes ne se sentent pas bien avec vous, c'est peut-être parce que vous ne vous sentez pas bien avec

— Avec elles ? Coupa Jean Clos.

— Non, avec vous-même. Or, pour vivre une relation heureuse, il faut déjà être heureux soi-même. Lorsqu'une histoire ne marche pas, vous en essayez une autre, et cela recommence, comme si vous poursuiviez la quête d'une femme sans parvenir à la trouver. Mais ce ne sont pas ces femmes elles-mêmes qui posent problème, vous ne formulez pas de reproche ou de critique à leur égard, aussi il me semble que le problème est en vous. Il faudrait déjà que vous soyez pleinement bien avec vous-même pour être en capacité de vivre une relation heureuse. Vous aurez beau vivre de nouvelles histoires, ajouter de nouvelles aventures à celles déjà vécues, vous répèterez sans fin le même scénario.

— Admettons. Mais pourquoi ce bien-être m'échappe-t-il ?

— Le bien-être personnel est une réalité complexe qui combine trois dimensions : biologique, psychologique et sociale. Le biologique concerne la satisfaction de nos besoins primordiaux. Le psychologique contient tout ce qui renvoie à notre satisfaction personnelle, notre sentiment d'unicité et de réalisation de soi. Le social correspond à notre capacité à entretenir des liens avec autrui. Toute la question consiste à savoir où vous en êtes dans ces trois dimensions. Connaissez-vous la pyramide de Maslow ? Demanda Clay tout en ouvrant une page de son bloc-notes afin d'y dessiner un triangle.

— Ça me dit quelque chose… Il me semble avoir vu ça en cours de management, lorsque j'étais étudiant. Il est question des besoins qui déterminent les motivations des individus, non ?

— C'est une façon de l'aborder. Rapportée à ce dont nous parlons, il s'agit d'une série de besoins à satisfaire et qui sont hiérarchisés, à l'image d'une pyramide dont on gravirait les niveaux.

— Vous allez encore me dire que je suis bloqué à un étage ?

— Nombreux sont ceux qui le sont ! A la base, on trouve un socle des besoins physiologiques primordiaux : respirer, manger, dormir, etc. Dans une société comme la nôtre, ce sont les besoins les plus faciles à satisfaire.

Joueur à ses heures, Jean Clos visualisait la pyramide comme l'élément d'un jeu vidéo dont les différents niveaux étaient jalonnés d'embûches et où il fallait triompher de multiples épreuves avant de pouvoir accéder au « level » supérieur. Cette comparaison puérile l'amusait, mais il supposait que sa propre ascension serait moins ludique.

— Au-dessus, quatre autres niveaux se succèdent, repris Clay, tout en traçant les étapes en question sur un triangle schématique. Le deuxième en partant du bas regroupe les besoins relatifs à notre sécurité matérielle : avoir un toit, être en bonne santé, disposer d'un travail, de ressources, etc.

— Je crois qu'on peut passer au suivant, lança Clos avec contentement.

— Au troisième étage, poursuivait Clay, Maslow situe les besoins de nature sociale. Une fois ses besoins premiers satisfaits, l'individu se préoccupe de sa relation à autrui et de sa place dans la société. Il aspire à l'affection des autres, à l'appartenance à un groupe, une famille, une catégorie sociale, une nation, etc.

Clay marqua une pause, laissant à son patient le temps de glisser un commentaire, mais, cette fois, Clos ne dit rien.

— Le quatrième regroupe les besoins d'estime de soi, de reconnaissance, considération et autres formes de témoignages que l'on attend d'autrui pour se sentir apprécié et trouver confiance en soi. Enfin, le cinquième correspond aux besoins d'accomplissement, de réalisation personnelle, de valorisation de savoirs ou talents qui nous donnent le sentiment d'exercer pleinement nos potentialités. Tout ce qui fait que l'on a le sentiment d'avoir fait quelque chose de sa vie.

— Et où me situez-vous dans ce parcours ? A première vue, j'ai l'impression d'avoir réussi un carton plein et, notamment, d'avoir fait quelque chose de ma vie !

— Avant de vous répondre, permettez-moi de vous rappeler un fait important de votre histoire personnelle : votre réussite professionnelle, ce succès dont vos parents auraient été si fiers, me semble correspondre à un besoin qui n'est pas tout à fait le vôtre.

— Comment ça ? Sursauta Clos, tant cette allégation lui semblait incompréhensible. Cette réussite est tout ce que j'ai voulu depuis toujours !

— Elle est aussi et, je crois, avant tout, la façon que vous avez trouvé de répondre à une attente très forte de vos parents. Ne le prenez pas mal, mais je pense que ce n'est pas votre seul besoin personnel que vous avez comblé en menant cette brillante carrière, mais le leur. Vous avez réalisé le rêve de vos parents en satisfaisant à l'ambition qu'ils plaçaient en vous.

Clos fronçait les sourcils et semblait aussi dubitatif que contrarié. Des répliques lui venaient à l'esprit, mais il hésitait quant à choisir celle qui traduirait le plus fidèlement sa pensée. L'analyse de Clay le choquait, mais il ne savait pas si c'était parce qu'il la trouvait absurde, totalement incongrue ou parce qu'elle soulevait un voile dont il n'avait jamais soupçonné l'existence. D'une voix aussi douce qu'il le pouvait, Clay ajouta :

— Je crois que votre problème est là et qu'il a des conséquences sur vos relations à autrui : vous avez cru satisfaire votre seule ambition en parvenant au sommet de votre réussite, mais vous avez bien plus satisfait les besoins de vos parents que les vôtres.

— J'ai fait plus qu'ils n'en attendaient de moi, souffla Clos.

— Et vous êtes devenu quelqu'un, mais vous n'êtes pas devenu vous-même.

5

Peu de choses passionnaient Jean Clos autant que la *personal robotic,* ce domaine de la robotique qui avait permis à des millions d'individus dans le monde d'acquérir un androïde domestique. C'était même la seule chose qui suscitait chez lui de l'enthousiasme. *Clos Technologies* faisait partie de ces entreprises de pointe qui s'étaient engagées dès la première heure dans cette spécialité et son président s'en félicitait, non sans orgueil. Bien plus tôt que d'autres, il avait pressenti le fabuleux potentiel de réussite que représentait cette activité et, chaque année passée, avec son lot d'avancées voire de progrès fulgurants, avait confirmé son intuition initiale. Lorsqu'il en parlait, c'était avec la ferveur du passionné, animé par une conviction absolue. Pour lui, cela ne faisait aucun doute, tous les foyers possèderaient d'ici peu un androïde personnel ultra-perfectionné, comme leurs aïeux avaient acquis un jour une voiture, une télévision ou un ordinateur. Dans certains milieux, c'était déjà le cas. Disposer d'un robot faisant office de domestique, chauffeur, jardinier, baby-sitter ou garde du corps était encore un privilège, mais ce luxe se répandait peu à peu. Pour Clos, la démocratisation de la robotique personnelle n'était qu'une question de temps. C'était pour lui une perspective si évidente et si excitante qu'il semblait bien difficile d'émettre quelques réserves ou de lui opposer le moindre doute. Le Dr Clay s'en était bien gardé et, de toute façon, il se disait que son patient avait sans doute raison pour ce qui concernait la « robotisation galopante » de la société. En revanche, le psy se demandait ce que cette passion pour les robots pouvait bien révéler quant à la psychologie de son patient. Existait-il un lien entre son enthousiasme pour l'intelligence artificielle et sa difficulté à se lier à des êtres parfaitement humains ? Et si oui, devait-il y voir une complication particulière dont il devrait tenir compte ? La question le laissait songeur, mais il refusait de céder à une hypothèse hasardeuse ou une conclusion hâtive. Sur le site internet de *Clos Technologies*, la bio du fondateur était des plus succinctes et aucune photo de l'homme ne venait illustrer une présentation sommaire et convenue. La vitrine virtuelle de l'entreprise préférait l'exhibition méthodique des différentes générations de robots qui avaient marqué l'évolution de ses progrès en la matière. Des images en 3D traçaient une sorte d'arbre généalogique qui donnait un résumé frappant des étapes franchies. En l'espace d'une vingtaine d'années, des androïdes toujours plus perfectionnés avaient succédé aux boîtes de conserves articulées qui leur tenaient lieu d'ancêtres. Les premiers robots apprenants et anthropomorphiques, aux « 64 expressions faciales », avaient expédié au musée les modèles prisonniers de leur raideur mécanique qui rappelaient les 6PO ou R2D2 de Star Wars. Les pas de géant accomplis, tant dans l'intelligence exponentielle de ces créatures programmées que dans leur ressemblance physique avec leurs concepteurs, et cela en si peu de temps, auguraient des évolutions encore plus spectaculaires à brève échéance. Désormais, il n'était plus rare de voir des personnes handicapées se déplacer debout à l'aide d'exosquelettes, en lieu et place de fauteuils roulants. Des robots transporteurs ou policiers n'étonnaient plus par leur présence dans les villes, tout en suscitant l'hostilité de ceux qui avaient perdu leur travail à cause d'eux. Jusque dans les hôpitaux, où les chirurgiens s'étaient vus longtemps secondés dans leurs tâches, on ne comptait plus les remplacements de praticiens par des exécutants efficaces, infatigables et corvéables à merci. Les grandes pandémies des années 20 étaient passées par là. Les différentes crises sanitaires phénoménales, suivies des dépressions économiques que l'on sait, avaient favorisé l'essor d'une robotisation effrénée. Substituer des robots à des humains sensibles à des maladies nouvelles et dévastatrices, pallier à la fragilité d'une population active, rendue incapable de travailler, était devenue une perspective séduisante pour des millions d'entreprises de par le monde, et même une évidence pour les plus modernistes. Longtemps perçue comme expérimentale ou limitée à certaines activités, la robotique avait soudain soulevé un engouement extraordinaire, soutenu par de nombreux décideurs, des investisseurs aguerris et des banques convaincues. Jean Clos avait largement surfé sur cette vague. Il avait orienté son industrie vers la réalisation de modèles non seulement indéfiniment actifs et toujours plus performants, mais également de plus en plus proches de l'être humain sur de multiples points. Les années qui suivirent lui donnèrent raison et, peut-être plus vite qu'il ne l'espérait, Clos Technologies devint l'un des acteurs majeurs de ce marché. Cependant, un vent de contestation soufflait ici et là et, tandis que certains se réjouissaient de vivre des temps nouveaux, d'autres blâmaient un progrès trompeur qui dépréciait l'humain et prédisait sa relégation. Clay n'était pas loin de partager cette opinion. Il voyait d'un mauvais œil un monde qui déléguait à des machines beaucoup trop de choses et s'inquiétait de voir que ces créations s'éloignaient peu à peu - et c'était pire - de ce simple rôle de machine. Mais le bon docteur chassa cette pensée en se rappelant qu'il avait des humains à soigner. Clos venait de sonner à sa porte d'entrée et toute cette réflexion ne changerait rien à leur quatrième rendez-vous.

Ce jour-là, Jean Clos faisait grise mine. Il avait l'air renfrogné des journées qui succèdent aux nuits agitées avec leur cortège de pensées maussades.

— J'ai repensé à votre explication de l'autre jour, commença-il après les salutations d'usage. J'aimerais que vous m'en disiez plus sur ce que vous entendez lorsque vous dites qu'au bout de toutes ces années je ne serais pas devenu moi-même.

Clay hocha de la tête, laissant entendre qu'il comprenait la question mais également l'émotion que cette affirmation avait causé à son client.

— Je conçois que ce soit difficile à admettre, lança-t-il, et je regrette de vous avoir quelque peu offusqué. Mais souvenez-vous de la pyramide de Maslow dont je vous ai parlé. Au regard de cette approche, je m'interroge sur votre réalisation personnelle. Je crois que vous avez réussi les étapes qui précèdent le dernier niveau de cette pyramide mais, manifestement, vous n'êtes pas pleinement épanoui. Avez-vous satisfait vos besoins fondamentaux ? Êtes-vous vraiment devenu vous-même ? J'en doute. Mais ne voyez pas cela comme un échec, il s'agit seulement d'une explication à votre état actuel.

— Mais comment peut-on savoir si on est au sommet de cette pyramide et qu'est-ce qui vous fait dire que je n'y serais pas parvenu ?

— Mais votre mal-être, tout simplement. Lorsque celui-ci aura disparu, lorsque vous vous sentirez bien, vous serez en accord avec vous-même et connaîtrez un sentiment de plein épanouissement. Pour cela, il vous faut d'abord être davantage à l'écoute de vos vrais besoins. Certaines personnes vont mal parce qu'elles ont voué leur existence à la satisfaction de besoins d'autrui. De leur propre aveu, cela a gâché leur vie. Songez à ces militaires, ces médecins ou ces ingénieurs qui, croyant suivre leur voie, n'ont fait que se conformer aux vœux de leurs parents. Ces personnes-là ont enfoui leurs propres besoins sous ceux de leurs proches, ils les ont oubliés ou n'ont jamais réalisé qu'ils existaient. Ceux-là n'ont pas atteint le sommet dont nous parlons et ils en souffrent.

— Vous pensez que c'est mon cas ?

— C'est très possible. En tout cas, je vous engage à être davantage à votre écoute. Vous savez, nous avons tous une sorte de « GPS » interne, un système de guidage intuitif, un logiciel connecté à nos émotions qui nous permet de savoir ce qui est bon pour nous. On le possède mais on ne l'écoute pas toujours. Là est l'erreur. Mais poursuivons sur cette notion d'épanouissement personnel, de besoins à satisfaire, notamment ce besoin de reconnaissance indispensable à cet épanouissement, vous voulez bien ?

Clos approuva sans mot dire. Il avait décidé de s'en remettre à Clay, même si celui-ci le bousculait par ses propos.

— J'ai une question pour vous, reprit l'homme aux lunettes rondes. J'aimerais que vous imaginiez une scène de votre vie, une scène courante. Disons qu'il s'agit d'une de ces soirées mondaines auxquelles vous vous rendez de temps à autres. Imaginez qu'un homme que vous ne connaissez pas vous aborde, désireux de faire votre connaissance. Qu'allez-vous observer spontanément chez cet inconnu et qui pourrait provoquer soit votre sympathie soit votre rejet à son égard ?

— Ce qu'il va me dire, sans doute.

— Mais avant cela, avant même que votre conversation commence vraiment.

— Je ne sais pas… sa façon de me regarder, de me sourire, le ton de sa voix. Sa poignée de main, très importante selon moi. Un homme qui me laisse une main molle ou moite entre les doigts peut aussitôt me dissuader d'aller plus loin avec lui !

— Autres choses ?

— Eh bien, disons… son attitude générale, sa posture, ce que dégagent ses gestes. Je n'aime guère les gens qui ont tendance à s'agiter ou poser leur main sur mon épaule ou mon bras comme s'ils voulaient m'attirer à eux. Mais je n'apprécie pas non plus une trop grande réserve, et un homme qui garde ses bras croisés dans son dos et regarde ses pieds ne m'inspirera pas non plus. Je vous en dis assez ?

— Oui, et tout ce que vous évoquez illustre très bien le fait que vous, comme moi ou n'importe qui d'autre, nous passons notre temps à échanger des signes de reconnaissance avec les personnes que nous rencontrons ou côtoyons jour après jour.

— Des signes ?

— Oui, un regard, un sourire ou l'absence de sourire, une façon de serrer la main, de parler, de se tenir à distance acceptable ou trop près, et bien d'autres comportements encore. Tout cela constitue un ensemble de marques de reconnaissance que nous recevons d'autrui et émettons nous-mêmes. Ces signes nous disent comment nous sommes perçus. Nous y sommes particulièrement sensibles lorsque nous rencontrons pour la première fois quelqu'un. Sans vraiment nous en rendre compte, nous les interprétons spontanément de façon positive ou négative.

— Il est vrai qu'il m'arrive de bien ou mal sentir quelqu'un dès les premières secondes.

— Exactement, Monsieur Clos. Ces signes observables nous amènent à avoir très vite un bon ou un mauvais sentiment pour celui qui les émet.

— Cela me semble parfaitement naturel, non ?

— Disons que c'est parfaitement humain. Vous me dites qu'il vous arrive de sentir bien ou mal telle ou telle personne, mais vous arrive-t-il parfois d'avoir une impression neutre, de ne sentir rien de positif ou de négatif ?

— Euh… un regard ou un ton de voix peut-être plus ou moins agréable ou déplaisant, mais je ne vois pas ce que pourrait être un regard ou un ton neutre. C'est peut-être trop subtil pour que je l'ai remarqué.

— Pas du tout, vous n'avez rien remarqué parce qu'il n'y a rien à remarquer, Monsieur Clos. Ces signes de reconnaissances fonctionnent sur un mode binaire. Ils sont perçus comme positif ou négatif, noir ou blanc, mais jamais autre. Je dirais même plus : l'absence de signe, le silence plutôt que la parole par exemple, est lui-même vécu comme un signe négatif !

— C'est vrai, le silence peut être interprété comme une marque de mépris.

— J'en arrive à vous dire que cet échange de signes, que vous faites en permanence, nourrit les relations que vous nouez avec autrui. Or, votre épanouissement personnel implique que ces liens soient les plus positifs possibles. Il est donc important pour vous de recueillir et de diffuser le plus possible de signes positifs.

Jean Clos comprenait aisément cette argumentation, et il réalisait qu'il ne s'était jamais posé de questions sur ce qu'il inspirait aux uns et aux autres à partir de tels signes.

— Vous m'avez observé Monsieur Clay, que pensez-vous des signes que je montre ?

Clay accueillit la question avec un large sourire.

— Vous pouvez imaginer que cela dépend de beaucoup de choses ! Les circonstances, le contexte, votre humeur du moment, la personne face à vous… Il est donc difficile de répondre à votre question. Je peux toutefois vous livrer l'impression que vous m'avez donnée à notre rencontre.

— Elle était mauvaise ?

— Vous donniez tous les signes inhérents à votre mal-être. Votre regard avait du mal à se fixer, vous m'avez souri, mais sans conviction, votre voix était mal assurée… Mais, je vous rassure, Monsieur Clos, on n'entre pas dans le cabinet d'un psy avec des éclats de rire et une expression corporelle qui respire le bien-être !

Clos en convenait, et ces remarques l'amenaient à songer à l'impression qu'il avait eu lui-même, quelques jours plus tôt, lors de sa première rencontre avec Clay. A la réflexion, il avait immédiatement accroché au contact de cet homme au sourire avenant et qui semblait habité par une grande sérénité. Lors de voyages en Inde et en Thaïlande, Clos avait eu l'occasion d'approcher des sages hindous et des moines bouddhistes. S'il ne s'était que brièvement entretenu avec certains, il avait été frappé par leur placidité et leur gentillesse. Par son attention sincère, sa bienveillance constante, mais aussi par la douceur de son regard, la fluidité de ses gestes et le calme de sa voix, le Docteur Clay lui faisait penser à ces Asiatiques pétris de sagesse. Clay avait-il vécu là-bas à une époque ? Clos n'aurait pas été étonné d'apprendre qu'il avait séjourné et acquis une partie de son savoir dans un ashram ou un temple auprès de quelque bonze éclairé. Clos réalisait aussi que les observations de ce psy l'auraient vivement froissé s'il les avait reçues d'un autre homme. Même dérangeantes parfois, les paroles du docteur parvenaient à le remuer sans qu'il éprouve de ressentiment à son égard. D'une certaine manière, Clos était sous le charme de ce directeur de conscience qui savait lui parler et, plus encore, l'écouter. Cela étant, son esprit pragmatique attendait de son interlocuteur de quoi avancer plus concrètement.

— J'entends ce que vous me dites à propos de ces signes de reconnaissance, mais que puis-je faire précisément pour améliorer ce qui peut l'être ?

— Vous allez commencer par ouvrir votre sac à dos, répondit Clay avec malice.

— Mon sac à dos ?

— Oui, vous l'ignorez encore, mais vous portez en permanence un « sac à dos ». Chaque jour, il se remplit des signes que vous recevez de votre entourage. Votre partenaire de golf vous a fait une remarque grinçante ? Ce signe négatif entre aussitôt dans votre besace imaginaire. Votre nouveau voisin est venu vous saluer avec cordialité ? Ce signe positif rejoint les autres dans votre bagage. Sans que vous en ayez conscience, votre sac fait le plein, tout au long de la journée, de ces signes positifs et négatifs. Vous ne vous préoccupez pas vraiment de ce remplissage, mais le « petit vélo » que vous avez en tête s'en charge.

— Ah, un petit vélo maintenant, coupa Clos sur un ton railleur.

— Oui, ce « petit vélo », c'est votre pensée qui ne cesse de fonctionner à l'image d'un vélo sur lequel vous pédaleriez en permanence pour ne pas tomber. Le soir venu, votre petit vélo, donc, fait l'inventaire des signes accumulés durant la journée. Selon que vous aurez collecté plus de signes gratifiants ou désobligeants, le poids de votre sac sera différent et celui-ci vous pèsera si les signes négatifs sont les plus nombreux.

— Si je vous suis, pour me sentir léger j'ai tout intérêt à recueillir le moins possible de signes négatifs.

— C'est cela, les signes positifs ne pèsent rien. Ils allègent votre sac, et si vous collectez autant de positifs que de négatifs, vous obtiendrez un équilibre acceptable. Mais, si à la fin de la journée, il vous arrive de penser que vous en avez « plein le dos », cela veut dire que votre sac contient trop de signes négatifs.

— Et c'est grave ?

— C'est fâcheux, car si vous ne faites rien, votre sensation va empirer. Vous en avez plein le dos aujourd'hui, demain votre sac va s'alourdir encore, descendre, et vous en aurez plein le…

— Je vois

— Et vous risquez de vous « effondrer » lorsque le poids ne sera plus supportable.

— M'effondrer ?

— Oui, tomber malade, déprimer, faire un burn-out… Le sac est une image, mais ses effets sont bien réels.

— Et si je décide de fermer le sac pour empêcher l'entrée de signes négatifs ?

— Mais, c'est ce que vous avez fait jusqu'à présent ! Vous avez fait en sorte de vous fermer aux relations à autrui, de vous couper de certaines personnes pour justement éviter de recueillir trop de signes néfastes. Ce faisant vous vous êtes protégé, mais vous vous êtes isolé vous privant des signes positifs qui, eux non plus, ne peuvent plus remplir votre sac, et vous voilà seul. Fermer le sac, comme vous l'évoquez, est un mécanisme de défense, adopté lorsque la lourdeur ressentie est trop forte. Face à ce surpoids, deux réactions sont alors possibles, l'une consiste à serrer les dents et prendre sur soi. Bravache, on encaisse et on se dit que l'on va assurer, mais ce n'est pas tenable. L'autre réaction, c'est de déverser ce poids sur le premier qui passe. On « vide son sac » sur lui, avec ce que cela suppose de tension et de comportement agressif.

— Mais alors, qu'est-ce que je peux faire pour alléger mon sac ?

— Eh bien, quatre stratégies s'offrent à vous. La première consiste à retirer des signes négatifs.

— C'est faisable ?

— Mais oui. Comment ? En vous exprimant. En évitant de garder pour vous, dans votre sac donc, ce qui vous pèse. En prenant la parole pour dire ce qui ne va pas à celui ou celle qui émet ces signes négatifs, en l'encourageant à mieux se conduire avec vous, et en lui inspirant l'envie de le faire. Si vous restez silencieux, rien ne changera. En vous exprimant, vous pouvez changer les choses.

— A condition que l'autre veuille bien entendre !

— Soyez optimiste, Monsieur Clos, cet autre est peut-être disposé à vous écouter et vous ne le savez pas. Cela m'amène à une deuxième stratégie possible. Elle consiste justement à positiver, à transformer les signes négatifs en signes positifs.

— Comment ?

— Vous avez connu des échecs dans votre vie, Monsieur Clos ?
— Oui, bien sûr.
— Je suis sûr que vous les avez surmontés, du moins certains. Et en les surmontant, en avez-vous tiré des leçons ?
— Je ne serais sans doute pas là où j'en suis si je n'avais rien appris de ces échecs.
— Vous les avez donc positivés. Transformer un échec en leçon, c'est cela positiver. L'échec est le ciment de la réussite. Et si ça ne marche pas, vous pouvez essayer une troisième stratégie. Celle qui consiste à relativiser, autrement dit à reconsidérer ce signe négatif, à voir dans quelle mesure son importance peut être moindre, à le réévaluer en minorant sa gravité. Bref, à prendre du recul et vous dire, qu'après tout, ce n'est pas si grave que ça, il y a pire. Être opéré d'une appendicite, c'est pénible, mais être hospitalisé à côté d'un patient qui a perdu ses jambes dans un accident, ça rend cette appendicite bien moins douloureuse, n'est-ce pas ?
— Oui, mais si rien de tout cela ne marche ?
— Il reste encore une quatrième stratégie. Devinez-vous de quoi il peut s'agir ? Qu'est-ce qui peut alléger ce sac s'il n'est pas possible de retirer, positiver ou relativiser les signes négatifs qu'il contient ?

Clos fit une moue dubitative et il se serait gratté la tête s'il avait été un personnage de bande-dessinée. Mais Jean Clos était un homme avec un sac à dos assez lourd et un homme qui n'appréciait pas beaucoup les devinettes.

— Vous allez me le dire.

— Eh bien, il vous est encore possible d'ajouter des signes positifs pour équilibrer son contenu. Et dans ce but, il va vous falloir attirer ces signes, donner à l'autre l'envie de vous en communiquer. Pour cela, vous n'avez qu'une chose à faire…

— Laquelle ?

— Donner vous-même des signes positifs, donner à cet autre les signes que vous attendez de lui.

— Logique…

— La meilleure façon de recevoir des signes positifs, c'est d'en donner soi-même. Ces signes sont comme l'amour ou la confiance : pour en recevoir, il faut déjà en donner.

— Cela ne me semble pas vraiment difficile.

— Vous vous sentez en mesure de donner ces signes à différentes personnes ?

— Oui, bien sûr.

— Quand je dis « différentes personnes », je veux dire à tout le monde. Est-ce qu'il vous semble facile d'être affable, attentif, souriant, etc. avec toutes les personnes que vous pourriez rencontrer ?

— Ah… Ça peut dépendre des personnes elles-mêmes. J'aurais sans doute du mal à me montrer sympathique face à quelqu'un qui se montrera dédaigneux, agressif, froid ou… que sais-je ?

— Eh oui, c'est bien plus difficile, en effet. Et pourquoi ne le ferez-vous pas ?

— Parce que… parce que cette personne ne m'en donnera pas envie, voilà.

— Vous arrive-t-il, souvent ou pas, de rencontrer des personnes ainsi ?

— Je pense justement à quelqu'un, ajouta Clos avec une grimace. Un type que je vois parfois au club-house.

— Vous pouvez me le décrire ?

— Grand, massif, la tête enfoncée dans des épaules larges. Un regard fuyant ou morne. L'air froid et hautain, jamais un sourire…

— Il ne vous inspire pas beaucoup de sympathie !

— Excusez-moi, mais il a tout d'un sale con.

— Vous le connaissez, vous avez déjà parlé longuement avec lui ?

— Non, et il ne m'en donne pas envie, justement.

— Avez-vous envisagé qu'en dépit des apparences ce pourrait-être un homme bien, intéressant, agréable ?...

— Non, il ne me donne pas du tout cette impression. Pour reprendre votre propos, il ne manifeste aucun signe positif.

— Et vous, vous lui en donnez ?

— Les premières fois, oui. Je me souviens l'avoir salué avec courtoisie, à plusieurs reprises. C'est à peine s'il m'a répondu !

— Depuis, vous avez tenté à nouveau de lui « tendre la main » ?

— Et pourquoi le ferais-je ? Je ne vois pas pourquoi je ferais un effort s'il n'en fait pas lui-même !

— Selon vous, donc, c'est à lui de changer ?

— Exactement.

— Pourtant, Monsieur Clos, si un changement doit apparaître, il dépend de vous. Laissez-moi vous raconter le cas d'une femme qui était venue me voir à propos de son fils, déclara le docteur Clay pour commencer ce nouveau jour de la consultation. Son garçon, un ado, donnait tous les signes de rébellion propres à son âge : irrespect, ingratitude, égoïsme, désobéissance, etc. Elle était à bout, épuisée par son comportement. Elle attendait mon aide afin qu'il change.

— Et que lui avez-vous dit ?

— Je lui ai demandé si ce qu'elle me racontait lui posait un problème.

— Je ne comprends pas. Pourquoi lui demander ça ? Si elle venait vous voir, c'est bien parce que cela lui posait un problème, non ?

— Bien sûr, et elle m'a dit que oui, alors je lui ai suggéré de suivre une thérapie.

— Elle a dû être surprise. Qu'a-t-elle dit ?

— Il faut bien comprendre que cette maman était confrontée à une crise d'adolescence, autrement dit à un problème inévitable. Dès lors, c'était à elle de faire un travail de façon à surmonter cette épreuve.

— Elle vient vous voir pour que vous agissiez sur son fils qui se comporte mal et vous lui dites que c'est à elle de faire un travail sur elle-même ?!

— Oui, car son fils se comportait de façon tout à fait normale pour un ado en crise. C'est elle qui souffrait de la situation qu'elle m'exposait, pas son gamin. Or, et c'est ce qu'il faut retenir de cela : c'est celui qui souffre qui peut changer, pas l'inverse. Dans cette situation, c'est cette maman qui portait un sac trop lourd, c'était donc à elle d'alléger son bagage pour aller mieux. Elle devait le faire pour elle, pas pour lui.

— D'accord, mais quel rapport avec moi ?

— L'histoire de cet homme qui se conduit mal de votre point de vue, c'est la même chose. Vous souffrez de son comportement, pas lui. Les signes négatifs qu'il vous transmet remplissent votre sac à dos, pas le sien. Vous attendez qu'il change, mais il ne changera pas parce que lui ne souffre pas de son attitude envers vous. Et au-delà de ces situations, ce qu'il faut garder en tête Monsieur Clos, c'est qu'on ne peut pas changer autrui. On peut agir sur soi, sur sa relation à l'autre, mais pas sur cet autre, qu'il soit un adolescent pénible, un adulte dénué de savoir-vivre ou qui que ce soit. Il est même possible qu'en voulant changer cet autre vous renforciez son attitude, et il pourrait marquer son refus de changer en se comportant de façon encore plus négative ! C'est un fait fondamental, Monsieur Clos. Et il faut l'accepter, comme il faut accepter d'autres choses dont nous parlerons ultérieurement, car cette notion d'acceptation est fondamentale elle aussi.

— Mais les gens changent bien parfois.

— Oui, s'ils le veulent, s'ils en ont décidé ainsi et non pas parce qu'on le leur demande. Le changement est une porte qui s'ouvre de l'intérieur, disait Tom Peters.

— On a tous tendance à vouloir changer l'autre, mais c'est un effort inutile. Non seulement on n'y arrive pas, mais la tentative est épuisante et, dans le pire des cas, on parvient à renforcer l'autre dans ce qu'il est ! Vous ne pouvez pas changer cet homme du club-house, tout comme lui ne pourrait modifier la personne que vous êtes, mais en travaillant sur la relation qui vous lie et sur vous-même, vous pouvez faire en sorte que ce problème n'en soit plus un.

Clay marqua une pause afin d'observer si ce qu'il venait de dire était assez convainquant, mais son patient semblait perplexe.

— Il vous est sans doute arrivé de vous retrouver bloqué dans un embouteillage, Monsieur Clos. Pensez à ces automobilistes qui se font klaxonner alors qu'ils ne peuvent avancer et qui pestent après le conducteur qui est devant eux, lequel est tout autant dans l'impossibilité de bouger.

— Réaction stupide !

— Chacun réclame en vain que l'autre avance, et rien ne change ! S'en prendre à l'autre ne sert à rien, la bonne réaction consiste à porter l'effort sur soi et à accepter ce qui ne peut changer. A quoi bon hurler après ces automobilistes tout aussi impuissants les uns que les autres ? Vous connaissez peut-être ce conseil de Marc-Aurèle : il faut avoir la force de changer ce que l'on peut changer, avoir la sagesse d'accepter ce qu'on ne peut pas changer, et avoir l'intelligence de faire la différence entre les deux.

Cette vérité est très importante parce qu'elle détermine votre marge de manœuvre, votre possibilité d'agir et d'améliorer ce qui ne va pas. Cet homme que vous évoquez compte peu pour vous, c'est une vague connaissance que vous croisez de temps à autre au golf, c'est bien ça ?

— Oui

— Mais songez à ces relations professionnelles, amicales, amoureuses, sociales et autres qui, elles, vous sont chères. Celles-là méritent sans doute que vous fassiez quelque chose, et nous allons voir ensemble ce que vous pouvez faire précisément. Aussi quand vous me demandez « pourquoi ce serait à moi de faire des efforts ? », la réponse est : parce que vous souffrez de cette situation.

— Je n'en souffre pas tant que ça, en fait.

— Suffisamment pour avoir eu envie de m'en parler. Comme la maman et son ado que j'évoquais, c'est pour vous, dans votre intérêt, que vous ferez quelque-chose, non pour cet homme.

Un instant, qui parut long à Clay, Jean Clos se figea les yeux écarquillés comme si ce qu'il venait d'entendre avait éveillé quelque chose de très fort en lui.

— Docteur, vous êtes génial !! S'exclama-t-il soudain.

— Ah… ? Prononça Clay, surpris par cette réaction qui lui semblait bien excessive au regard de ce qu'il venait de dire.

— Vous me donnez une raison supplémentaire de m'intéresser aux robots et de voir à quel point ils ont leur place parmi nous ! Oui, vous m'amenez à voir le robot comme un émetteur permanent de signes positifs ! Avec lui, aucun conflit possible, aucun trouble de la relation. Par nature, un androïde ne peut produire des signes négatifs. Avec lui, aucun risque d'alourdir son sac et donc de risquer des souffrances ! Le robot, c'est la relation apaisée, sereine, sans crise…

Clay soupira un instant, entrevoyant soudain un obstacle possible au discernement de son client.

— Mais, Monsieur Clos, vous n'envisagez pas sérieusement les robots comme capables de nouer avec nous des relations… humaines, si ? Monsieur Clos, un robot ne donne pas de signes positifs ou négatifs, il ne fait qu'appliquer un programme prédéterminé.

Clos regarda son psy en souriant.

— Aujourd'hui, Monsieur Clay, aujourd'hui…

6

Cela faisait au moins cinq minutes que Jean Clos manipulait avec curiosité le carré de « tissu » qu'on lui avait remis. Il prenait un plaisir visible à le plier entre ses doigts, le pincer et l'étirer pour éprouver son élasticité, la finesse de son grain, la souplesse de sa texture. Indéniablement, ce nouveau matériau évoquait bien plus une sorte de cuir qu'une épaisseur de polyuréthane caoutchouteux. Cependant, son toucher presque soyeux, et une sensation indéfinissable sous la pulpe des doigts dissuadaient toute comparaison avec une fibre tissée ou un épiderme animal. C'était autre chose, c'était sensiblement supérieur à ces matériaux doux qui avaient succédé au frubbor dans les années vingt. Il lui manquait encore un nom.

— Où en sommes-nous ? s'enquit Clos, à l'adresse du trio d'ingénieurs qui dirigeait le service R&D de *Clos Technologies*. Deux hommes et une femme, assis face à lui dans le bureau où il les avait réunis.

— Les premiers tests sont très encourageants, répondit Marceau, responsable des recherches et du projet 712. L'épiderme a désormais la finesse requise pour habiller complètement l'anatomie et épouser les moindres mouvements sans risquer de torsion gênante ou de lésion à la longue, dans des conditions normales. Nous poursuivons les tests de sudation et de pilosité avant un essayage plus poussé.

— Ça va prendre encore beaucoup de temps, objecta Clos. Ne peut-on pas se passer de cette… sophistication ?

— La nouvelle skin-like que vous avez en main donnera toute la mesure de ses capacités une fois innervée des milliers de micro-capteurs qui permettront les pseudo-sensations de la chaleur et du froid, douceur et dureté, sècheresse et humidité, etc. La peau du Projet 712 sera d'autant plus réaliste qu'elle sera en mesure de reproduire une pilosité réactive et une transpiration semblable à celle du corps humain.

— Ce que je sens sous les doigts, repris Clos en tâtant la surface de la skin-like, c'est une sorte de… duvet ?

— Oui, il est très peu visible, mais bien présent, et il réagit au froid. A terme, nous pensons qu'il pourrait également réagir aux pseudo-émotions.

— Vous voulez dire que les poils du Projet 712 pourraient se dresser s'il éprouvait un pseudo-sentiment de peur ou d'excitation ?

— C'est ça, de même que sa surface cutanée pourrait libérer des « sueurs froides ».

— Mais quel est l'intérêt, à part un surcroît de réalisme dans l'imitation du corps humain et de ses réactions ?

— Cela fait partie du programme d'acquisition de simili-émotions, répondit Muriel Shelley, la directrice en charge du moteur de personnalité. Nous pensons qu'en intégrant des informations par contact épidermique, contact avec l'air ambiant, les objets ou même le corps humain, et en développant des interactions avec ces éléments, le 712 saura bien mieux apprendre et acquérir les réactions émotionnelles du corps et du psychisme humain.

— En clair, interrompit Adrien, le plus jeune savant des trois, il va apprendre à avoir froid et son corps réagira à cette sensation ce qui amènera son cerveau à lui demander de se protéger de ce froid, en s'habillant, par exemple.

— Dès lors, reprit Marceau, il lui sera plus facile de « se mettre dans la peau » d'un humain, si j'ose dire, et d'intégrer des aptitudes nouvelles.

— Vous parliez de peur, de sentiments, enchaîna Clos.

— C'est une phase suivante du programme, compléta Marceau. Nous pensons pouvoir opérer dans l'autre sens, c'est-à-dire transmettre à la peau les informations acquises par le cerveau.

— A terme, ajouta Muriel, le 712 pourrait communiquer à son corps des pseudo-sentiments de peur ou de plaisir, par exemple, et sa peau réagirait en conséquence.

Clos resta silencieux un moment, réfléchissant à ce qu'il venait d'entendre.

— En termes d'applications et en pratique, continua Marceau, et si les choses évoluent comme nous l'espérons, cette aptitude pourrait avoir une utilité certaine, comme dans le cas des rapports sexuels, par exemple.

— Quelle utilité ? Interrogea Clos.

— Dans sa version féminine, le Projet 712 pourrait apprendre les mécanismes de l'excitation sexuelle et les incorporer dans les situations adéquates.

— Et donner l'impression qu'elle ressent du désir ?

— En quelque sorte, et un désir corroboré par une augmentation de la température du corps, suivie de transpiration et d'une sécrétion humide dans le conduit vaginal.

— La remarque fit pouffer le jeune Adrien et sourire sa directrice. Clos n'y prêta pas attention, il restait songeur.

— Quand pourrai-je voir le Projet 712 revêtu de ça, demanda-t-il en agitant l'échantillon de skin-like.

Les trois ingénieurs se regardèrent comme pour laisser à l'autre le soin ou le risque de prendre la parole. Marceau se résolut à répondre au nom de tous.

— Nous devrions être prêts pour un premier test d'imprégnation dans un mois.

— Trop long, répliqua Clos en faisant la grimace. Montrez-moi quelque chose dans une semaine.

Marceau s'inclina comme s'il estimait inutile de discuter, à moins qu'il n'ait prévu l'impatience de Clos et annoncé ce délai d'un mois pour obtenir un temps moindre mais suffisant. Marceau connaissait bien Clos, son impatience, son autorité, son mutisme aussi. Il avait appris à faire avec. Il fit comprendre aux deux autres que la réunion était terminée, qu'ils pouvaient se retirer et laisser Clos seul, à nouveau plongé dans ses pensées. Il aurait été étonné de connaître la teneur de ces dernières. Clos se reprochait à lui-même sa conduite. Il réalisait qu'il n'avait pas montré le moindre signe de satisfaction et manifesté le plus petit encouragement à l'égard de son équipe, laquelle faisait pourtant un travail remarquable. Encore une fois, il s'était montré sec et distant, il n'avait même pas fini la réunion sur un remerciement ou un au-revoir cordial, au minimum. Il n'avait rien fait pour remplir de signes positifs le « sac à dos » de ses collaborateurs, lesquels auraient eu quelques raisons de penser qu'il était un ingrat, froid et sans empathie pour eux. Clos n'avait rien fait, mais pour une fois, la première peut-être, il en avait conscience. Sitôt sorti de la réunion, il se précipita chez son psy.

— Je reviens à cet homme indélicat dont vous parliez l'autre fois, commença Clay aussitôt que Clos eut gagné sa place dans son canapé. Vous m'avez dit que vous ne voyez pas pourquoi vous feriez un effort à son égard s'il n'en faisait pas lui-même.

— En effet, répondit Clos.

— Je vous ai dit qu'il est impossible de changer l'autre, cet homme ou quiconque. S'ajoute à cela une autre raison qui fausse votre perception de cet individu.

— Je vois un homme dédaigneux et je ne crois pas me tromper, assura le patron de *Clos Technologies*.

— Je pense à une raison qui ne vient pas de cette personne, de ce qu'elle est ou peut vous inspirer. Cette raison découle d'un mode de pensée largement partagé. Sans vous en rendre compte, vous faites une comparaison entre cet homme et vous. Vous vous voyez plutôt sympathique - vous avez parlé de courtoisie à propos de votre façon de le saluer - tandis que lui a une apparence et un comportement tout à l'opposé du vôtre. En vous écoutant, je devine que vous pensez qu'il a tort et que vous avez raison.

— C'est un fait, et je ne suis pas responsable de sa conduite.

— Certes, mais la perception que vous avez de ce type vous amène à penser que c'est un « sale con » alors que vous m'avez dit ne pas le connaître.

— Bon, j'ai peut-être un préjugé, d'accord. Je devrais le dépasser, c'est ça ?

— Préjugé, sans doute, mais là n'est pas la question. Je veux vous montrer que vous adoptez une façon de penser qui a un fort impact sur les relations humaines : votre pensée, comme celle de la plupart des gens en vérité, fonctionne sur un mode binaire. Comme une aiguille, votre appréciation oscille en permanence entre deux pôles. Pas trois, deux. Voir le monde en noir ou en blanc, le partager entre ce qui est bien et ce qui est mal, estimer qu'il se divise entre méchants et gentils, entre ceux qui ont raison et ceux qui ont tort, ainsi de suite… Tout cela revient à adopter ce raisonnement binaire. Et vous l'appliquez à votre relation avec cet homme qui vous semble tout à l'inverse de ce que vous êtes.

— Vous semblez dire que cette manière de penser est commune à tout le monde. Dans ce cas, le type dont nous parlons doit lui aussi raisonner comme ça.

— Certainement. Notre cerveau est ainsi modelé que nous percevons les choses par comparaison, nous nous forgeons une opinion par comparaison. Qu'est-ce qui nous fait dire que tel film est bon ou telle musique mauvaise, si ce n'est au regard des films et des musiques que nous connaissons déjà ?

— D'accord, mais en quoi est-ce dommageable de raisonner ainsi ?

— Ce système de pensée est un frein aux relations entre personnes. C'est un système simpliste alors que ces relations sont complexes. Il vous empêche de percevoir toute nuance et, par là-même, vous pousse à ne voir cet homme que sous un angle négatif, alors que vous ne savez rien de lui. Entendez-moi bien, je ne suis pas en train de dire que vous avez choisi une mauvaise façon de penser. Cette pensée binaire est un acquis qui caractérise le fonctionnement du cerveau humain dans l'ensemble du monde judéo-chrétien. Nous avons appris très tôt dans notre vie cette dualité des choses et elle tient beaucoup à une vision manichéenne du monde. Vision qui diffère dans d'autres sociétés. Même si vous n'aimez pas les réseaux sociaux, vous avez sans doute connu Facebook.

— Oui, naturellement.

— Vous vous souvenez peut-être de ce choix qui était donné à ses utilisateurs lorsqu'ils voulaient manifester leur appréciation par rapport à un post publié.

— Oui, bien sûr, je me souviens des « likes »

— Longtemps, le réseau ne donna que deux choix possibles like/dislike, j'aime ou je n'aime pas.

— Une réponse binaire, donc.

— Oui. Au bout de quelques années cependant, les animateurs de Facebook découvrirent que ses

utilisateurs étaient frustrés de ne pouvoir nuancer leur avis et le site remplaça ses seuls pouces « levé » et « baissé » par un choix à six possibilités.
— Un progrès.
— Sans doute, mais ce changement nous apprend que l'intention initiale était de n'offrir qu'un système binaire, tant ce mode de pensée par comparaison est ancré dans notre représentation du monde. Cette manière de fonctionner est encore bien présente, mais il est possible de la désavouer et d'en vouloir une autre pour lire la réalité autrement. Et vous savez pourquoi ?
— Dites-moi
— Parce que la réalité n'est pas binaire, tout simplement. Elle ne repose pas sur l'opposition de seulement deux visions contradictoires. Rien n'est binaire en vérité, mais notre cerveau continue de fonctionner comme si c'était le cas. L'illusion est tenace !
— C'est sans doute regrettable, mais qu'y puis-je ? Et, en admettant que je fasse preuve de toute la nuance requise, qu'est-ce que ça changera si l'homme dont je vous parle est réellement un sale con ?
— Il vous faudra l'accepter comme tel. Il vous faut accepter de vivre avec autour de vous des gens qui ne vous conviennent pas et que vous ne changerez pas. Ce n'est pas facile parce qu'au piège de la binarité s'ajoute une complication supplémentaire.
— Laquelle ?

— Il s'agit d'un autre phénomène qui renforce la pensée binaire. Une façon de raisonner qui nous fait du tort et dont nous n'avons pas conscience.
— Vous m'inquiétez un peu là…
— Lorsque vous devez faire un choix, prendre une décision, importante ou pas, faites-vous toujours ce choix en conformité avec vos opinions, vos croyances ?...
— Certainement, ça me semble cohérent d'ailleurs. C'est une erreur ?
— Ça peut en être une, en effet, si vous le faites au prix d'un raisonnement erroné et motivé par le seul souci de ne pas vous tromper.
— Je ne comprends pas.
— Il vous faut savoir que lorsque nous devons nous prononcer sur une chose, faire un choix par exemple, nous avons tendance à chercher dans notre mémoire une information qui va conforter ce que l'on pense déjà. On ne va pas chercher l'information qui apporterait la bonne réponse, on va puiser celle qui va confirmer ce dont on est déjà convaincu. On appelle cela le biais cognitif de confirmation. Ce faisant, on va écarter tout autre interprétation qui pourrait contrarier nos convictions, au risque de passer à côté de la bonne…
— Mais pourquoi faisons-nous ainsi ?
— Parce que nous détestons raisonner à l'encontre de ce que l'on croit. Entre plusieurs perceptions possibles, nous choisissons celle qui s'accorde le

mieux à notre mode de représentation voire à une idée préconçue, quitte à nous tromper.

— En ce qui me concerne, je déteste me tromper !

— Personne n'aime se tromper, mais rechercher une erreur dans notre représentation des choses nous est plus difficile encore, alors nous avons tendance à ne voir que ce que nous voulons voir. L'être humain a horreur de ce qui contredit ses convictions, il préfère toujours travestir la réalité plutôt que de devoir changer d'avis. Comme disait Alain : « L'idée de secouer une pensée à laquelle on se fiait est une idée brave ». Une expérience toute simple consiste à réunir un groupe de mélomanes dans une salle où doit jouer un pianiste, et de dire à ce groupe que le musicien joue sur un piano Steinway & Sons. On fait ensuite entrer un autre groupe auquel on ne dit rien. Après cela, on demande à chaque groupe ce qu'il a pensé du son entendu.

— Et alors ?

— Eh bien, presque tous les membres du premier groupe font l'éloge du piano, parlent d'un son merveilleux, tandis que la plupart des membres du second groupe ne dit rien à propos de l'instrument.

— Et cela prouve quoi ?

— Cela prouve que le premier groupe s'est persuadé d'entendre un meilleur son, tandis que le second, qui n'avait pas d'a priori quant à l'instrument utilisé ne s'est pas exprimé sur celui-ci. Autrement dit, la croyance dans l'excellence de la marque du piano a largement influencé l'opinion des uns et pas des autres.

— Mais, dans ce cas, l'organisateur de l'expérience à déterminé ce résultat.

— Il a donné aux uns la possibilité de raisonner de façon sélective, de chercher inconsciemment dans leurs connaissances en matière de piano l'information qui a motivé leur avis sur le son. C'est ce qu'ils ont fait. Ce n'est pas le son lui-même qui a déterminé leur opinion.

— Ce biais, c'est une sorte de préjugé ?

— Au même titre qu'un préjugé, c'est une construction psychologique qui « biaise » notre vision de la réalité. Nous détestons rester sans explication, notre cerveau ressent le besoin de répertorier, classer, comparer, afin de nous permettre de nous représenter le monde. Mais, parmi plusieurs informations possibles, nous privilégions celle qui nous donne raison, celle qui va dans le sens de notre mode de représentation. En conséquence, nous nous fixons sur une interprétation qui nous convient et nous évitons ce qui pourrait nous apprendre que nous faisons erreur, qu'une autre lecture est possible. Pensez à ces personnes confrontées à une série noire, à une succession de déboires divers et qui, ne pouvant expliquer ce qui leur arrive, concluent qu'elles sont victimes d'un « mauvais karma ». Une fois convaincues par cette version des faits, il est très difficile de leur faire prendre conscience d'une autre explication.

— Mais comment se sortir de ce… piège ?

— Il faut déjà savoir qu'il existe, ce n'est pas simple puisque cette tendance à se comporter ainsi est inconsciente. Ensuite, il faut chercher l'erreur, chercher ce qui contredit notre pensée, notre a priori, accepter d'entendre ce qu'on ne veut pas entendre et, par là même, accepter que l'on puisse faire des erreurs. Ce n'est pas grave de se tromper, dès lors que l'on apprend de ses erreurs. Connaître l'existence de la pensée binaire et du biais cognitif de confirmation qui la renforce, c'est se donner les moyens de les contourner et d'agir.

Comme pour illustrer ce qu'il venait de dire, Clay ouvrit un page de son bloc afin d'y noter une courte phrase.

— Que lisez-vous, cher Monsieur ? demanda-t-il, en montrant à Clos ce qu'il venait d'écrire.

— « Le poison est dans la mer ». Ah, vous avez écrit « le poison » et non « le poisson ». Si c'est l'erreur qu'il fallait trouver, c'est plutôt facile.

— Relisez-mieux, repris Clay.

— « Le poison est dans la mer », répéta Clos

— Ce n'est pas exactement ce que j'ai écrit, répondit le docteur.

Fronçant les sourcils, Clos se pencha davantage sur le feuillet comme si un détail à peine lisible avait échappé à sa vue.

— Ah oui ! Vous avez écrit deux fois « la »… « le poison est dans la la mer » !

— Vous voyez, expliqua Clay, votre cerveau vous a amené à lire ce qui se conformait le mieux à une lecture « normale » d'une phrase écrite selon les règles. Ce faisant, il ne vous a pas permis de remarquer une anomalie pourtant bien visible. Ça n'est que lorsque j'ai attiré votre attention, que lorsque vous avez admis la possibilité d'une lecture erronée, que vous avez découvert cette répétition de l'article.

— Et donc…

— Vous avez admis que vous pouviez vous tromper et vous avez trouvé ce qui n'allait pas. Vous avez implicitement reconnu votre possibilité de faire erreur et, ce faisant, vous avez déjoué le biais cognitif de confirmation. Bravo !

7

Jean Clos était en retard. Le docteur Clay l'attendait sans impatience et en profitait pour donner de légers coups de ciseaux à sa barbe afin d'en soigner le dessin. En adoptant celle-ci, il avait découvert qu'elle lui donnait un visage plus rond et une certaine bonhomie. L'une de ses patientes lui avait même confié qu'elle le trouvait plus sympathique ainsi et qu'elle se confiait d'autant mieux. En était-il de même pour Clos ? Tout en peignant sa toison, le médecin s'interrogeait, incertain de la réponse à donner. Bien que désireux de s'améliorer, Clos restait encore fermé, peu convaincu notamment par ces notions de changement et d'acceptation. Il fallait encore travailler sur ces points.

— Que pensez-vous des rats, Monsieur Clos ? lança le médecin, non sans malice, alors que son patient prenait sa place habituelle sur le Chesterfield.
— Je devrais penser quelque chose à propos des rats ? s'étonna Clos.
— Non, non, rassurez-vous, cher Monsieur, répondit Clay en souriant. Mais les rats sont des animaux passionnants, vous savez.
— Je les trouve assez répugnants.
— L'un n'empêche pas l'autre, ajouta Clay. Ils sont très intéressants pour leur ressemblance avec l'être humain. Nous avons beaucoup de points communs avec eux. Au niveau du comportement, l'Homme et le rat sont si proches que cet animal est souvent utilisé en laboratoire. C'est un cobaye que privilégie la recherche, notamment dans les neurosciences, pour étudier le fonctionnement du cerveau humain.

Tout en parlant, Clay s'était levé pour poser entre Clos et lui un écran qui s'alluma aussitôt. Au bout de quelques secondes, le psy démarra la vidéo d'un documentaire, invitant Clos à le regarder attentivement. Ce dernier vit bientôt la préparation d'une expérience menée par une femme en blouse blanche. Devant elle, disposée sur une paillasse, une petite caisse en métal focalisait l'attention. Une sorte de cloison, munie d'une petite ouverture, divisait la caisse en deux zones identiques. Dans l'une d'elles, la laborantine déposa bientôt un rat dont le museau très animé donnait l'impression qu'il reniflait assidûment l'espace où il se trouvait soudainement enfermé. Satisfaite de cette mise en place, la femme se tourna alors vers la caméra et expliqua que le plancher de la boîte était électrifié à l'endroit où était le rat et qu'elle allait diffuser du courant électrique afin de provoquer une réaction. Elle avait à peine fini sa phrase que Clos pu voir le rat se précipiter dans la zone voisine de celle où il était, afin d'échapper à la morsure de l'électricité. Intelligent, le rongeur avait repéré l'issue entre les deux zones et l'utilisait. La femme en blanc expliqua alors que cette opération était répétée plusieurs fois, sans pour autant causer de dommage à l'animal, lequel était ensuite laissé tranquille pendant quelques temps. Puis, l'expérience reprenait avec une deuxième phase, expliquait-elle. Le rat était placé à nouveau dans la boîte. Mais, cette fois, l'ouverture dans la cloison était condamnée, si bien que l'animal trouvait la porte close et ne pouvait plus fuir le compartiment où il recevait des décharges. Très vite, le cobaye réalisa qu'il ne pouvait échapper à la douleur. Sans issue possible, il ne pouvait rien faire d'autre qu'encaisser les chocs électriques.

Enfin, une troisième phase de l'expérience était relatée. Dans celle-ci, le rat se retrouvait encore dans le compartiment électrifié, mais cette fois, la porte donnant sur l'espace voisin était à nouveau ouverte. La scientifique montrait alors un comportement étonnant chez le rat : il recevait à nouveau des décharges, mais ne faisait rien pour quitter la zone où il souffrait. Il encaissait les chocs et ne cherchait plus à s'enfuir car il avait préalablement intégré le fait qu'il n'avait pas de solution. Elle concluait en indiquant que ce comportement est connu sous le nom « d'impuissance apprise ». Clay interrompit la vidéo sur ces mots et se tourna vers son patient afin d'observer sa réaction. Haussant les épaules, celui-ci ne cacha pas son incompréhension.

— Ecoutez Docteur, cette expérience est sans doute intéressante, mais je ne vois pas ce qu'elle vise à prouver et, surtout, je ne saisis pas son rapport avec mon problème.
— Nous avons parlé de cet homme que vous croisez au club-house et je vous ai expliqué qu'il vous était impossible de changer son comportement. Or, ce que j'ai dit sur cet homme vaut aussi pour des situations de la vie. Remplacez cet individu par un contexte vécu et vous conviendrez qu'au cours de votre existence vous avez aussi connu des situations que vous ne pouviez changer, que vous deviez accepter alors qu'elles ne vous satisfaisaient pas.
— Oui, naturellement.
— Eh bien, à l'instar du rat de l'expérience, vous avez, face à chacune de ces situations, reçu des décharges électriques et, au fil des années, vous avez, vous

aussi, intégré, sans vous en rendre compte, cette « impuissance apprise ».

— Et alors ?

— Vous avez donc réalisé que, dans votre vie, vous pouviez rencontrer des situations sur lesquelles vous pouviez agir et d'autres pas. Il y a des choses qui dépendent de vous et d'autres non. Or, si vous dépensez des efforts à vouloir changer des choses qui ne dépendent pas de vous, vous allez en souffrir car vous allez vous épuiser en vain. Et vous allez déprimer, parce que l'impuissance est déprimante. Les gens dépressifs sont souvent des personnes qui ont cherché des solutions là où il n'y en avait pas, se sont épuisées dans cette recherche et ont finalement réalisé qu'elles ne pouvaient rien faire. La déception les a conduits à la dépression.

— Je devrais donc ne pas me préoccuper de ce que je ne peux pas changer…

— Absolument, car ce qui est important, c'est que vous puissiez agir, mais agir là où l'action est possible, c'est-à-dire là où vous obtiendrez des résultats.

Tout en finissant sa phrase, Clay se pencha à nouveau sur son ordinateur et remis en marche la vidéo. L'image de la laborantine revint à l'écran et Clos pu voir que l'expérience se poursuivait. Cette fois, deux rats étaient placés dans la caisse en métal, un dans chaque compartiment. Dans l'un d'eux était également installé un carrousel, une de ces roues que les rongeurs font tourner en courant sur place. Pour commenter ce nouveau dispositif, la jeune femme expliquait qu'elle allait diffuser des décharges électriques sur tout le plancher de la caisse, afin que les deux cobayes les reçoivent simultanément. Clos constata presque aussitôt que les deux animaux s'agitaient avec frénésie dans les deux zones de la boîte. Mais il remarqua également que celui qui possédait un carrousel dans son espace avait compris qu'en grimpant et en actionnant la roue, il pouvait arrêter l'électricité. La scientifique expliquait au même instant que le carrousel interrompait la diffusion du courant dans les deux compartiments de la caisse et qu'au bout d'une longue période de décharges électriques répétées, l'un des deux rats développait un ulcère. Un et un seul. Celui qui n'avait pas découvert l'utilité du carrousel et subissait les chocs électriques sans pouvoir y mettre un terme. A travers cette expérience, la scientifique démontrait que si les deux rats subissaient le courant douloureux, seul celui qui ne pouvait l'interrompre développait une pathologie. La preuve était donc établie que son ulcère n'était pas dû aux décharges électriques mais à son incapacité d'agir. A l'inverse, l'autre rat en mesure d'actionner le carrousel et de se protéger prévenait le développement de la pathologie.

— Laissez-moi deviner, enchaîna Clos, vous voulez me montrer que l'individu qui ne peut agir peut souffrir de son impuissance au point de s'en rendre malade.

— C'est bien ça. Tout comme le rat dans son carrousel, l'individu qui peut effectivement agir sur ce qui dépend de son action va s'épargner des souffrances. Autrement dit, vous rencontrez dans la vie des objectifs qui sont à votre portée et d'autres que vous ne pouvez pas atteindre. D'où l'importance de bien faire la différence entre ce qui dépend de soi et ce qui n'en dépend pas.

— D'accord, mais il m'est arrivé de me fixer un objectif sans savoir s'il me serait vraiment possible de l'atteindre. Ai-je eu tort de prendre ce risque ?

— Si atteindre cet objectif ne dépendait pas seulement de vous, de vos capacités, l'atteindre pouvait être impossible et alors dommageable. C'est ce qui s'est passé ?

— Non, je l'ai atteint, mais il est vrai que cela dépendait largement de moi.

— Dans le cas contraire, vous en auriez souffert.

— Certainement.

— Tout cela vous apprend que, pour avancer, il faut d'abord savoir. Savoir et ensuite accepter. Savoir que certaines choses ne dépendent pas de vous. Savoir que l'autre est tel qu'il est, qu'il est vain de vouloir le changer. Il vous est peut-être arrivé de blâmer quelqu'un en trouvant que son comportement était mauvais en raison de son âge, trop jeune ou trop vieux ? ou par le fait qu'il s'agissait d'une femme ?

— Euh, ça a pu m'arriver…

— Or, il vous est bien impossible de changer l'âge ou le sexe de ces personnes.

— Évidemment.

— Non seulement, c'est vain, mais c'est également une discrimination intolérable. Intolérable et inappropriée puisqu'en définitive, c'est le comportement qui pose problème et pas la personne elle-même.

— Mais peut-on changer le comportement si on ne peut pas changer la personne ?
— Oui, ce n'est pas la même chose ! Ce n'est pas parce que votre joueur de golf est imbuvable qu'il faut accepter qu'il dise et fasse n'importe quoi. La chose à retenir à son propos est que vous ne pourrez pas le changer. Tant que notre homme n'aura pas décidé de changer de lui-même, et donc d'ouvrir la porte de son côté, celle-ci restera fermée. Il vous faut le savoir et l'accepter, tout comme il vous faut savoir qu'il existe des lois auxquelles chacun est soumis, des lois que nous devons accepter parce qu'on ne peut pas faire autrement !
— Quelles lois ?
— La loi de Pareto, notamment.
— La loi des 80/20 ?
— Oui, vous savez donc que, selon cette loi, de nombreux faits économiques ou sociologiques, notamment, correspondent à ce principe de répartition.
— On sait, en effet, que 80% des ventes d'un commerce sont réalisées par 20% des produits qu'il distribue, que 80% des accidents de la route sont le fait de 20% des assurés, etc.
— Ou encore que 80% des richesses de la planète sont détenues par 20% des individus. On pourrait multiplier ainsi les exemples. Avez-vous déjà pensé à appliquer ce principe à l'ensemble des personnes qui composent votre entreprise ?
— Non.

— Si vous le faisiez afin d'estimer la part de celles dont le comportement vous paraît satisfaisant et celle des personnes dont le comportement vous contrarie, vous retrouveriez cette répartition.
— Possible.
— Certains l'ont fait et on peut schématiser leur résultat de cette façon.

Ouvrant son bloc-notes, le docteur se mit à dessiner un graphique. En abscisse, une flèche verticale indiquait le niveau où se situaient les employés ; en ordonnée, la flèche horizontale énonçait le nombre de ces employés. Entre les deux flèches, une courbe formait une cloche et montrait que 80% des individus se situaient sur la partie centrale et la plus haute du dessin tracé, soit la zone qui correspondait à un comportement satisfaisant. Les 20% restants se répartissaient aux deux extrémités et au bas de cette courbe en cloche.

— Mais, demanda Clos, si l'entreprise qui fait ce constat décide de se séparer des 20% qui posent problème ?
— Eh bien, ces 20% se reproduiraient aussitôt et mécaniquement sur les extrémités de la nouvelle courbe. Autrement dit, il y aurait toujours 20% d'individus perçus comme moins satisfaisants que les 80 autres. Rien ne changerait donc, la répartition serait la même.
— Vous voulez dire que c'est insoluble ?
— Vous aurez beau couper les deux bouts d'une corde, il vous restera toujours deux extrémités ! Et on peut appliquer ce principe au comportement en société et constater qu'il y a toujours 20% de « sales cons » à

côté de 80% de gens bien. Cela veut dire qu'il faut accepter de vivre en côtoyant des gens qui ne nous vont pas et qu'il n'est pas possible de faire autrement.

— Je devrais donc accepter le comportement de cet homme du club en raison de cette vérité statistique ?

— Cet homme ou d'autres, en raison du fait qu'il est des choses que vous ne pouvez changer et qu'il vous faut les accepter comme telles. Des personnes, mais aussi des situations. Il s'agit de le savoir et de l'accepter. Le savoir ne suffit pas, il faut aussi l'acceptation, ce qui est très différent et plus difficile.

— Toujours selon cette loi de Pareto ?

— Selon les lois naturelles qui nous gouvernent. Voyez la vieillesse, par exemple. Savoir que l'on vieillit.

— Chacun sait bien qu'il vieillit, que c'est inéluctable.

— Oui, mais certains ne l'acceptent pas. Vieillir, c'est ennuyeux, mais c'est le seul moyen que l'on ait trouvé de vivre longtemps !

Clos souri, approuvant la formule de Sainte-Beuve.

— Et pourtant, Monsieur Clos, songez à ces personnes qui déploient des trésors d'énergie, de volonté et de solutions diverses pour retarder les effets du vieillissement sur leur corps, leur apparence.

— C'est vrai, elles sont loin d'accepter ce sort.

— Elles le combattent même ! Et pourtant, elles savent que vieillir est une loi universelle. Savoir n'est pas accepter. Or les deux sont nécessaires. Et donc, vous-même, il est des choses que vous allez devoir accepter.

9

Elle portait une robe noire d'une élégante simplicité qui flattait sa silhouette élancée. Ses cheveux, plus courts qu'autrefois, avaient gardé la blondeur dont il se souvenait. De même, son regard n'avait rien perdu de cette intensité qui vous donnait l'impression d'une attention extrême, totale et confiante. Seules quelques rides, à peine marquées, avaient placé leurs coups de griffes à la commissure des lèvres et au coin des yeux. C'était la première fois que Jean la conviait à dîner et la première fois également qu'il pouvait admirer en détail la femme ravissante qu'elle était restée. Certes, il avait déjà eu le temps de l'observer, leurs retrouvailles dataient maintenant de près d'une semaine, mais ce soir-là, il la découvrait sous un tout autre jour. Il s'en serait sans doute défendu si on lui avait posé la question, mais, plus ou moins consciemment, il se livrait à un inventaire méthodique des changements dont témoignait son apparence. Pour le dire autrement, il cherchait à retrouver dans la Célia assise face à lui la fille connue quelque vingt ans plus tôt. Mais n'en faisait-elle pas de même de son côté, et comment aurait-il pu en être autrement ? Vingt ans sans un mot. Vingt ans durant lesquels chacun avait vécu sa vie de son côté et cru bon de faire une croix sur le passé. Il avait appris qu'elle avait suivi sa passion pour les études océanographiques et qu'elle s'était fixée en Floride peu après. Elle-même avait eu connaissance de son parcours et de son succès à la tête de *Clos Technologies*. Pour le reste, chacun avait tout à découvrir de l'autre.

— Tu ne t'es donc jamais marié ?

Lui demanda-t-elle alors qu'ils avaient pris place à la table du restaurant où il avait réservé. Il fit non de la tête et, tout en souriant, lui retourna la question.

— J'ai rencontré un Américain il y a dix ans. Matt. Nous avons eu un fils, Brian.

Jean tenta d'imaginer la fine silhouette de Célia avec un ventre arrondi par la maternité. Il chassa rapidement cette image de ses pensées et n'aurait pu expliquer clairement pourquoi il ressentait un vague malaise à l'idée qu'un autre homme ait pu compter pour elle au point qu'elle eût souhaité un enfant de lui. Célia lui dit ensuite qu'elle n'était pas étonnée de son célibat, que cela était conforme à l'idée qu'elle avait toujours eue de lui, celle d'un homme trop occupé par ses projets pour partager la vie d'une femme.

— Tu me le reproches encore ? lui demanda-t-il sans trop croire à sa question.

— Bien sûr que non, répondit-elle.

Elle n'osa pas développer sa pensée par crainte de raviver un souvenir qui, somme toute, conservait quelque chose de douloureux. Lui-même se garda de l'interroger davantage pour la même raison. La conversation dévia vers des sujets anodins qui leur évitaient d'aborder avec trop de franchise les questions délicates qu'ils se posaient cependant. Au fil des minutes, le plaisir d'être à nouveau ensemble, de retrouver avec étonnement une complicité perdue depuis si longtemps, leur donna l'impression que quelque chose pouvait se jouer, à nouveau. S'il lui avait posé la question, s'il l'avait interrogé sans détour sur ses sentiments, elle aurait sans doute parlé d'amitié, par prudence, par crainte d'en dire trop ou pas assez. Il aurait alors détesté cette réponse, il n'avait que faire d'une simple amitié venant d'elle. Si la fraîcheur de ses vingt ans avait disparu, elle était radieuse et terriblement désirable. Il lui sembla même qu'il la désirait encore plus aujourd'hui qu'à l'époque. Cela devait se voir, car elle sembla deviner ce qui donnait à son regard une insistance particulière. Elle marqua un silence et, le sondant avec sérieux, elle glissa une question qui pouvait sonner comme un défi :

— Crois-tu que l'on puisse changer à notre âge ?
Jean comprit aussitôt que cette question n'avait rien d'une simple interrogation métaphysique et que sa réponse aurait des conséquences décisives. Il se remémora aussi son entretien avec Clay à propos de cette impossibilité de changer autrui, mais celle toujours possible de changer soi-même. D'une certaine manière, Célia ne faisait rien d'autre que lui dire la même chose : qu'il ne fallait pas compter sur elle pour devenir une autre et qu'il lui faudrait changer, lui, s'il voulait la reconquérir. Clos ne chercha pas à esquiver. Il sentit qu'il devait et qu'il pouvait lui répondre ce pourquoi il avait décidé de consulter un psychologue. Au fond, il savait depuis le début, depuis leur premier échange, l'instant même de leurs retrouvailles à l'aéroport, qu'elle espérait cette réponse, qu'elle en faisait une condition sine qua non. Avec gravité cette fois, il la lui donna :

— Oui, Célia, et je suis en train de changer.

10

Sans être devenues tout à fait familières, ses visites au docteur Clay donnaient à Jean Clos un sentiment nouveau et agréable. Si on lui avait demandait ce qu'il éprouvait au fil de ces séances, il aurait peut-être eu du mal à mettre un mot précis là-dessus, mais il aurait sans doute confié une satisfaction grandissante à s'entretenir avec ce barbu bienveillant, qui lui parlait comme personne ne l'avait fait avant lui. Avec une certaine surprise, Clos constatait qu'il se livrait aisément à cet homme. Les entretiens se succédaient et, loin d'en éprouver de l'ennui, il les accueillait comme des moments attendus, lui qui, jusque-là, s'agaçait de tout ce qui pouvait le distraire de ses préoccupations à la tête de *Clos Technologies*. Aux premiers jours de la consultation, Clos gardait son holophone allumé et il aurait interrompu une séance sans état d'âme au moindre appel de ses collaborateurs. Désormais, il éteignait son appareil et s'autorisait à oublier ses affaires, le temps d'un entretien, pour se consacrer totalement à la conversation que lui offrait le psychologue. Et, ce jour-là, le patron d'un des fleurons de la robotique française souhaitait aborder un sujet qui lui tenait particulièrement à cœur.

— J'aimerais vous parler de mon père, commença Clos.

Le docteur, qui finissait de s'installer face à son patient, ne put s'empêcher de sourire en notant l'empressement de Clos. Non pas parce qu'il prévoyait que celui-ci se confia à ce sujet, mais parce que cette envie déclarée, sans détour et avec une sorte d'impatience, lui disait à quel point Clos se sentait désormais en confiance.

— Je vous écoute, répondit Clay avec une sincère curiosité.

— J'ai eu une conversation avec lui, tout récemment.

Tout en saisissant son bloc-notes, Clay fit un signe de tête afin d'inviter son interlocuteur à poursuivre et à exposer ce qui occupait ses pensées.

— Mon père m'a rendu visite au siège et ce n'est pas dans ses habitudes. A vrai dire, nous nous voyons assez peu, et toujours chez lui ou chez moi.

— N'est-il jamais venu vous voir dans votre entreprise ? s'étonna Clay.

— Si, au tout début. Je l'y avais invité, mais il m'avait semblé mal à l'aise, aussi je n'avais pas renouvelé cette invitation.

— Comment avez-vous compris cette visite… impromptue ?

— Non, pas impromptue, il m'avait prévenu la veille. Je suppose qu'il voulait être sûr que je sois là, et ne pas me déranger peut-être. Quant à comprendre ses motifs, je reste perplexe… Voilà pourquoi je souhaitais vous en parler.

— Avez-vous apprécié son envie de venir vous voir ou avez-vous ressenti une gêne, un agacement ou tout autre chose de négatif à cette perspective ?

— Rien de cela, bien au contraire ! Cette initiative me réjouissait, j'aurais même pris plaisir à lui faire découvrir une partie de nos laboratoires, lesquels ne sont accessibles qu'aux seuls membres de l'entreprise pour dcs raisons de confidentialité que vous pouvez imaginer.

— Je devine donc que cela ne s'est pas fait, pourquoi ?

— Notre conversation a pris une mauvaise tournure.

— C'est-à-dire ?

— Je vous ai déjà parlé de mon père, de son comportement avec moi lorsque j'étais jeune.

— Vous me l'avez décrit comme quelqu'un de particulièrement autoritaire et exigeant à votre égard.

— Oui. Les choses se sont améliorées par la suite. Il a bien vu que, contrairement à ses craintes, j'avais mené une carrière qui répondait largement à l'ambition qu'il plaçait en moi.

— N'est-il pas ravi aujourd'hui de votre réussite ?

— Justement, il me semble qu'il devrait l'être puisque c'est ce qu'il espérait pour moi. Mais j'ai l'impression qu'il me voit encore avec ses yeux d'alors, que je suis toujours pour lui le gamin insuffisant que j'étais à 20 ans. Lorsqu'il m'a retrouvé l'autre jour dans ma « tour d'ivoire », comme il dit, il n'a eu de cesse de trouver à redire. Les mains dans le dos, il déambulait dans mon bureau, passant celui-ci au peigne fin d'une observation méthodique. Il me semblait chercher des défauts dans les moindres détails de sa décoration ou de son aménagement tout en me parlant.

— Qu'a-t'il dit en l'occurrence ?

Jean Clos soupira.

— Il avait dû lire je ne sais quoi sur la robotique car il a commencé par mettre en doute les perspectives d'avenir de technologies auxquelles il ne connaît rien. Il mélange tout d'ailleurs, la science, le marché, les banques, les Chinois… Il a voulu me faire un exposé, me brosser le tableau sombre d'un avenir qui me dépasse, selon lui. Mais il m'a surtout montré son ignorance des faits.

— Quel âge a votre père aujourd'hui ?

— Il a 75 ans, mais il est en pleine forme et vous lui donneriez moins tant il paraît plus jeune. Il fait d'ailleurs tout son possible pour « rester au top » comme il dit, multiplie les heures de sport, surveille son poids, cache sa calvitie, s'injecte je ne sais quoi... Et il en est fier. Du reste, il continue à travailler. Il est de ceux qui pensent que l'on ne s'arrête pas parce que l'on vieillit, mais que l'on vieillit parce que l'on s'arrête.

— Il ne vous a parlé que de votre travail.

— Non. Sans vraiment formuler de critique, il a déploré mon célibat, l'absence de femme à mes côtés et, du même coup, de projet familial. Il m'a rappelé que lorsqu'il avait mon âge, j'étais déjà né. Serait-il heureux d'être grand-père ? Je n'en suis pas sûr.

— Et qu'avez-vous répondu ?

Clos haussa les épaules avec l'air fataliste de celui qui n'a pu s'empêcher de répliquer coup pour coup et regrette d'y avoir été trop fort.

— Je lui ai dit qu'il devrait être heureux de ma situation, que beaucoup de pères aimeraient voir leur fils à la tête d'un business comme le mien. J'ai ajouté qu'il parlait sans savoir, qu'aujourd'hui il n'était plus en mesure de me donner des conseils, que les temps avaient changé… enfin, tout ça, quoi…

Clos prononça ces derniers mots en baissant la tête, passant sa main contre sa nuque comme un athlète massant ses cervicales endolories. Ce dialogue avec son père avait pris l'allure d'un affrontement et, s'il ne s'étendait pas là-dessus, des mots plus rudes avaient sans doute été échangés entre les deux hommes.

— Mon père est injuste, ne voit-il pas que je suis à la hauteur de ce qu'il espérait ? En fait, je crois qu'il voit très bien l'homme que je suis devenu. Même s'il ne me le dit pas, je pense qu'il est tout à fait heureux de ma réussite. Mais la personne que je suis aujourd'hui le renvoie à l'homme qu'il n'est plus et il regrette cet état antérieur. Me voir lui rappelle en permanence qu'il a vieilli. Je sens que son âge le désole et je suis la preuve vivante des années écoulées. Il retourne contre moi son dépit d'être un homme âgé. Alors, il ne peut s'empêcher de rétablir le type de rapport qu'il avait avec moi autrefois, lorsqu'il avait un total ascendant sur moi. Le temps d'une discussion, il redevient le père dominateur qu'il était, il me toise et veut me faire sentir son autorité, quitte à se montrer cassant et à me critiquer abusivement.

— Vous avez sans doute raison, enchaîna Clay, mais songez à une chose : il n'y a aucune comédie de sa part, il ne joue pas un rôle. Il pense et ressent tout à fait sincèrement ce qu'il dit. Mais vieillir est une souffrance pour lui et il retourne cette souffrance contre vous en se donnant l'illusion que, de vous deux, il est toujours l'homme fort, celui qui sait, qui a raison, celui qui commande. Voilà pourquoi il tient à vous faire la leçon, aujourd'hui encore.

— Que devrais-je faire ?

— Pour atténuer son mal-être ? Pas grand-chose. Comme je vous l'ai dit, certains ne supportent pas de vieillir et votre père est l'un d'eux. Voyez le soin qu'il prend à se maintenir en forme et à cultiver une apparence flatteuse pour son âge. Le fils que vous êtes, et dont il envie la jeunesse, est bien mal placé pour lui conseiller d'accepter son vieillissement.

— Il n'y a donc pas d'espoir que nos rapports s'améliorent ?

— Si, mais ce n'est pas de vous, son fils, qu'il acceptera l'idée d'une meilleure façon d'être et de penser. D'autres membres de son entourage peuvent peut-être l'aider à s'apaiser et mieux vivre son état, à lâcher prise, renoncer doucement à ce qui lui échappe et se libérer ainsi de la douleur qu'il s'inflige lui-même. Mais, il y a une question que j'aimerais vous poser : comment voyez-vous votre propre vieillissement ? Vous arrive-t-il de penser à l'homme que vous serez d'ici quelques décennies ?

Clos pris une respiration plus profonde et fixa un instant le plafond comme si voir plus haut lui permettait de voir plus loin.

— J'y pense parfois, souvent même, notamment lorsque je vois mon père, justement. J'ai la ferme intention de vieillir le plus tard possible, s'exclama-t'il en souriant. Vieillir ne me fait pas peur, mais je refuse de devenir un vieux. Vous savez, le fait de travailler sur des robots, d'accroître leurs possibilités au fil des programmes et des innovations que nous mettons en œuvre mène forcément à cette question du vieillissement. Les robots ne vieillissent pas, au contraire, ils gagnent chaque jour en aptitudes, en compétences, en autonomie. Le temps qui passe ne les affecte que de façon positive, tandis que nous…

— Vous faites un constat un peu sombre. L'espérance de vie à laquelle nous pouvons prétendre aujourd'hui nous permet d'envisager jusqu'à 120 ans d'existence. Qu'est-ce que cela vous inspire ?

— Je me vois mal souffler 120 bougies le corps maintenu par un exosquelette semblable à ceux de mes robots !

— Je ne vous le souhaite pas, en effet, répliqua Clay en riant. Mais qu'en est-il de ces expériences dont on a parlé récemment, ce projet de transplantation du cerveau humain dans un corps d'androïde ? Vous en savez certainement plus que moi.

— Docteur, enchaîna Clos en riant, vous me demandez ça à moi ? Moi dont le métier consiste à développer l'intelligence artificielle et de pallier les insuffisances cérébrales des humains ? Ces expériences, comme vous dites, n'ont aucun intérêt pour moi. Le but de *Clos technologies* est d'humaniser les robots et non de robotiser les humains. Mais… Clos laissa sa phrase en suspend tout en scrutant son médecin. Il donnait l'impression de retenir une confidence et d'évaluer son interlocuteur.

— J'aimerais vous faire une confidence, je peux ?

— Je suis tenu au secret professionnel, vous le savez bien. Rien de ce que vous me direz ne sortira d'ici. Mais je vous serais reconnaissant de ne rien dire qui pourrait mettre ma sécurité en danger, ajouta Clay en plaisantant.

Clos sembla partagé un instant encore avant d'interroger son mentor.

— Vous souvenez-vous de Sergio Canavero et Xiaoping Ren, ce duo de neurochirurgiens italien et chinois, qui tentèrent, dans les années 10, de greffer la tête d'un tétraplégique sur le corps sain d'un homme au cerveau détruit ?

— Oui, l'histoire m'avait intrigué, comme beaucoup. Échec retentissant, si ma mémoire est bonne.

— Ces deux praticiens ont été recrutés en secret par un laboratoire russe.

— Pour renouveler l'expérience ?

— Pas tout à fait. Il ne s'agit plus de transplanter la tête complète. Les Russes ont réussi à cloner un homme et ils ont plongé ce clone dans un caisson d'hibernation il y a vingt ans. Son cerveau est mort, mais le corps est opérationnel. L'homme cloné a aujourd'hui 40 ans et il a accepté que son cerveau soit transféré dans son « double » de vingt-ans plus jeune que lui.

— Vous êtes sérieux ?

— Je fournis au laboratoire les robots-chirurgiens dont ils ont besoin pour cette opération.

— Et vous pensez que cette expérience va réussir ?

— Nos robots ont contribué à sa réussite sur des singes. A l'heure où je vous parle, un chimpanzé se prélasse dans un parc de Moscou. Depuis près d'un an, le vieux cerveau qui habite son corps de jeune clone s'épanouit comme s'il s'agissait de son corps original.

— Mon Dieu… lâcha Clay, les yeux écarquillés.

Puis, reprenant son rôle de psy, il chassa l'image du singe rajeuni pour se concentrer sur son patient et l'interroger sur cette expérience.

— Vous êtes fasciné par cette… solution au vieillissement ?

— Pas vous ?

— Vous me voyez plus inquiet que séduit ! Vous souhaiteriez pour vous une telle opération, si cette expérience était un succès ?

— Pourquoi pas ? La perspective de retrouver un corps jeune tout en jouissant de mes facultés actuelles. Oui, ce serait tentant.

Clay se garda d'objecter et d'avancer que la perspective d'un tel rajeunissement pouvait se conclure à terme par un état de sénilité dans un corps qui, même avec vingt-ans de décalage, ne vieillirait pas moins. A l'évidence, Clos ressemblait à son père sur ce point, vieillir ne figurait pas sur son agenda. En quittant son confident, Clos se mit à penser au projet 712. Il ne reverrait pas son père d'ici peu et il devait concentrer sa réflexion sur les suites de ce programme si prometteur. A la croisée de deux pensées, lui revint à l'esprit cette idée qui le poursuivait depuis longtemps : l'avènement d'androïdes de nouvelle génération serait aussi l'avènement de rapports sereins qui reposeraient de la complexité humaine. Il en était persuadé.

11

Muriel éteignit son holophone et resta un moment les yeux dans le vague, perdue dans ses pensées. Elle travaillait depuis deux ans pour *Clos Technologies*, faisait partie du staff scientifique de premier rang, et elle n'avait jamais eu l'occasion de s'entretenir seule avec Jean Clos. Celui-ci prenait toujours soin de réunir son brain-team au complet à chaque réunion qu'il provoquait. Or l'appel qu'elle venait de recevoir était sans ambigüité : le boss tenait à la voir seule d'ici dix minutes. C'était tellement contraire à ses habitudes, qu'elle en était troublée et s'interrogeait sur les motifs d'une telle exception. Son esprit rationnel l'inclinait à penser que Clos voulait lui confier une tâche qui ne nécessitait aucune autre compétence que la sienne. C'était parfaitement plausible, mais il ne l'avait jamais sollicitée dans ce but jusqu'à présent. Son intuition lui soufflait alors une autre explication, dépourvue de toute raison professionnelle celle-là. Elle savait que Clos était un homme seul, mais aussi un homme auquel on prêtait de nombreuses aventures. Des rumeurs circulaient. Elle avait eu vent de qualités de séducteur habilement cachées derrière une façade de froideur et un tempérament taciturne. Distance calculée, peut-être. Muriel s'était toujours gardée de donner foi aux racontars que certaines aimaient répandre, mais elle n'écartait pas la possibilité que quelques histoires fussent exactes. Après tout, si Clos n'était pas un Don Juan affiché, il n'était sans doute pas un moine non plus, et l'idée qu'il puisse dissimuler un tempérament passionné derrière un masque sombre n'était pas pour lui déplaire. Face au miroir des toilettes pour femmes, Muriel ne savait que penser mais ne ravivait pas moins l'éclat de son maquillage tout en remettant de l'ordre dans sa coiffure. Âgée de 30 ans à peine, célibataire elle aussi, elle n'était peut-être pas la fille la plus convoitée de la boîte, mais elle connaissait ses atouts et les tentatives de certains la mettaient en confiance. En revanche, elle n'était pas du tout tentée par la perspective de devenir la maîtresse du patron et encore moins le coup d'un soir. Cette dernière hypothèse la convainquit d'effacer le rouge sur ses lèvres et de rester sur ses gardes.

— Fermez la porte derrière vous, Muriel, et asseyez-vous, s'il vous plaît.

Clos avait lancé sa demande sur le ton abrupt qui lui était coutumier, mais on pouvait noter un sourire inhabituel et un regard étonnamment cordial.

— J'ai lu votre dernier rapport sur le projet 712, surtout ce qui concerne le « moteur de personnalité » dont vous avez accru l'évolution, poursuivit Clos, et j'ai quelques questions à vous poser.

Muriel fit un signe approbateur de la tête tout en croisant ses jambes et en notant que son boss semblait sincèrement curieux d'approfondir avec elle les points de son dossier.

— Nous savons vous et moi que le projet 712 va largement dépasser ses prédécesseurs en matière de relation conversationnelle et d'interaction avec ses futurs utilisateurs.
— Avec les humains en général, s'empressa de préciser l'experte en robotique comportementale.

— Oui, abonda Clos. Mais jusqu'à quel point ? Vos commentaires sur ce point restent évasifs. Vous écrivez que 712 sera capable d'empathie et en mesure de « ressentir » les émotions de ses vis-à-vis au point d'adapter ses réactions et son comportement comme le ferait un être humain.

— Oui, répondit Muriel avec un léger bruit de gorge. Nos derniers essais nous ont permis de constater des évolutions comportementales qui dépassent les niveaux de réponses que nous envisagions.

— Que voulez-vous dire ? murmura Clos.

— 712 a acquis une autonomie qui nous échappe un peu. Il semble en mesure de générer de lui-même des pseudo-émotions. Il valide ainsi une hypothèse théorique que nous avions envisagée mais qui se confirme plus tôt que prévu.

— Donnez-moi un exemple, demanda Clos.

— Nous l'avons soumis à un hyper-deep-learning pendant plusieurs mois de façon à ce qu'il apprenne tout une gamme de sentiments. Le but était que des émotions, si abstraites pour un robot et aussi diverses que la tristesse, la colère ou la joie lui deviennent intelligibles et qu'il adapte sa réaction face à des humains qui feraient preuve de ces sentiments.

— Donc, aujourd'hui, 712 est en mesure de percevoir et identifier des émotions différentes émises par un humain et d'ajuster son attitude en conséquence.

— Oui, 711 se contentait de stocker des connaissances et de les traiter pour accomplir des tâches programmées. Avec 712, on a franchi un cap très important. Notre androïde procède à des millions de connexions de données qu'il recoupe avant de les traduire en comportements adéquats. Il n'est plus seulement capable de voir que vous êtes triste et se montrer respectueux de votre chagrin, il peut « éprouver » à votre contact une sorte de… tristesse personnelle.

— Simple effet miroir, non ?

— C'est ce qu'on a cru au début. Mais ça va plus loin. Écouter une étude de Chopin ou observer un animal blessé, indépendamment de tout contact avec un humain, peut lui tirer des larmes !

— Vous voulez me dire que 712 n'agit pas par simple imitation intelligente ?

— Si, enfin non… à vrai dire, on ne sait pas encore très bien ce qui se passe. 712 développe des capacités cognitives inédites ou, du moins, se comporte exactement comme s'il était capable de combiner cognition et émotion. Et cela, on ne l'avait ni recherché, ni prévu.

Clos marqua un silence, réfléchissant à ce qu'il venait d'entendre. Il se souvenait du temps où l'on estimait avoir accompli d'énormes progrès en inculquant aux robots une centaine d'expressions faciales et des rudiments de relations conversationnelles. On parlait alors de mimétisme incroyable, d'imitation troublante… Mais tout cela n'était que ficelles articulant les traits d'un pantin de silicone en comparaison de l'avancée que constituait 712. Le moteur de personnalité développé par Muriel et son équipe ouvrait la voie à une génération nouvelle de robots émotionnellement actifs. L'âge des perroquets récitant des données apprises était bel et bien révolu. A la place, un androïde bien plus passionnant allait voir le jour, un smart-companion qui ne se définirait plus en termes de fonctions, comme ces robots-chauffeurs, robots-jardinier ou robots-gardiens auxquels les gens s'étaient accoutumés, mais en termes de qualité relationnelle. On ne choisirait plus son robot selon tel ou tel service à accomplir, telle ou telle tâche à réaliser, mais pour ses qualités pré-humaines, son caractère, son mental, sa personnalité... Les solitaires n'auraient plus un partenaire de jeu, un domestique docile ou un amant infatigable, mais bel et bien un ami bienveillant, toujours disponible et doué de sentiments analogues à ceux d'un être humain. 712 inaugurait une ère nouvelle aux perspectives immenses !

— Imaginons un instant, reprit Clos, que 712 acquière une connaissance fine et exhaustive d'une personne.
— Vous voulez dire qu'il exploite des données privées, par exemple ?
— Oui, mais qu'il les intègre comme autant de souvenirs personnels et susceptibles de générer en lui des émotions.
— Comme la mémoire d'une vie passée ?
— Comme la mémoire de ce qui serait alors sa propre vie.
— Je vous suis mal, bredouilla Muriel.
— Au lieu de connaissance encyclopédiques ou relatives à un savoir donné, est-ce que 712 pourrait acquérir la personnalité d'un individu à partir des souvenirs de cet individu ?

Muriel hésitait à répondre. Non seulement parce qu'elle ne se sentait pas en mesure d'apporter une réponse sûre et définitive, mais également parce qu'elle commençait à se demander ce que Clos pouvait avoir en tête. Les émotions humaines, les vraies, restaient encore un mystère pour tout le monde. Ce que fabriquait de lui-même 712 n'était pas non plus facile à appréhender, en raison notamment de cette part d'initiative dont il semblait capable et que l'on découvrait. Pas facile, mais pas impossible.

— Cela me paraît faisable, mais il me semble difficile de lui communiquer une quantité de données suffisantes… Il faudrait qu'il enregistre de nombreux documents multiples et spécifiques, comme des films et photos de famille, du courrier privé, des documents audio et vidéo très personnels, qu'il les intègre selon leur chronologie, qu'il acquière la portée émotionnelle de chacun d'eux, et…
— Ce serait possible ? 712 pourrait-il devenir une sorte de double, la copie mentale exacte d'un humain ?
— Théoriquement c'est pensable, mais… Je dois étudier la question, prendre quelques avis, je vous dirai ensuite.
— Quand ?

Muriel allait répondre qu'elle ne savait pas, mais Clos devança sa réponse pour lui signifier que le temps pressait, qu'il lui fallait en savoir plus très vite.

— Nous devons vous présenter une version quasi-définitive de 712 dans quelques jours, comme vous nous l'avez demandé. Je pense que je pourrai vous répondre à ce moment-là. Enfin, je crois…

Clos acquiesça, apparemment satisfait par cette échéance.

Pour lui, l'entretien était terminé, mais Muriel semblait attendre quelque-chose de plus. Il lui sourit, tentant de se défaire de son image de patron difficile et songea à une dernière question.

— A ce prochain rendez-vous, je verrai quelle version de 712, le robot féminin ou le masculin ?

— Le masculin, répliqua Muriel, croyant amusant d'ajouter que, comme toujours, l'homme était plus simple à concevoir que la femme.

Le fondateur de *Clos Technologies* esquissa un sourire.

12

S'il arrivait à Clos d'être en retard à ses rendez-vous, il supportait mal la même chose de la part d'autrui. Ce n'était pas tant chez lui une question d'éducation, ou même un attachement maniaque à la ponctualité, mais bien plus un besoin de contrôler le cours des événements qui constituaient sa vie. Qu'il se compte en mois, jours, heures ou secondes, le temps était pour Clos une donnée à maîtriser, un bien à gagner ou un obstacle à surmonter. En conséquence, il détestait le temps qui manquait comme celui qui se perdait. Il se laissait aisément gagner par le souci de faire vite, d'enchaîner rapidement toutes sortes de choses avec, lorsqu'il parvenait à son but, le sentiment de petites victoires remportées contre une montre qu'il percevait toujours comme hostile. Jean Clos avait l'impatience des hommes pressés à tout propos et la certitude qu'une chose bien faite était encore meilleure si elle était vite faite. Le retard du Docteur Clay ce matin-là, retard de seulement quinze minutes environ, le rendait donc de mauvaise humeur et s'il n'avait formulé aucun reproche à son psy, ce dernier sentait bien que ses excuses passaient mal.

— Je vois que mon retard vous mécontente, observa Clay. J'espère que votre planning du jour n'en sera pas trop perturbé.
— Mais non, maugréa Clos. C'est seulement que je n'aime pas passer du temps à ne rien faire.
— Rien ? En m'attendant, vous avez sans doute pensé à différentes choses, peut-être réfléchi à une

question qui vous préoccupe ou songé à un souvenir agréable.

— Pas vraiment. Quand je me vois contraint d'attendre quelque chose ou quelqu'un, j'ai beaucoup de mal à organiser mes pensées. J'ai du mal à faire un autre usage du temps que ce pour quoi j'avais prévu de l'utiliser. Je me sens bloqué, ma réflexion est confuse.

— Vous aimez gérer votre temps, l'organiser à votre guise et l'employer plutôt que le laisser s'écouler, n'est-ce pas ? Tenta le barbu, tout en souriant à son patient par-dessus ses lunettes.

— Oui, pas vous ? Tout le monde à un emploi du temps, des délais, un planning… Tout le monde a une montre qui lui donne l'heure, mais aucune montre ne donne du temps.

— Vous connaissez sans doute cette maxime qui dit que le temps est trop lent pour ceux qui attendent, trop rapide pour ceux qui ont peur, trop long pour les affligés, trop court pour ceux qui se réjouissent…

— D'accord, coupa Clos, mais qu'est-ce que ça veut dire au fond ?

— Que le temps est toujours déterminé par les sentiments et les conditions psychologiques, pas par une quelconque horloge.

— En tout cas, je sais que je me sens bien lorsque je parviens à faire les choses dans les temps prévus, voire lorsque je les fais plus vite encore.

— Ne craignez-vous pas de les faire mal à trop vouloir faire vite ?

— Il y a sans doute un risque, parfois. Mais vous conviendrez avec moi que l'Homme, depuis toujours, s'est efforcé de gagner du temps, de faire toujours plus vite, de réaliser en un jour ce qui, avant, en demandait plusieurs, voire des semaines ou des mois. C'est inhérent à la nature humaine, non ?

— La fameuse « nature humaine », reprit Clay en souriant. Que voilà une explication commode…

— Vous serez d'accord, les hommes n'ont de cesse d'inventer des machines ou des procédés pour accélérer tout ce qui peut l'être.

— A propos, quelle importance prend cette accélération, comme vous dites, dans votre domaine ?

— Vous voulez un exemple ? Chez un être humain, La durée moyenne d'un battement de cils est 100 à 400 centièmes de seconde. Chez un robot, elle était encore de 25 centièmes il y a quelques temps. La nouvelle génération d'androïdes que nous préparons doit nous permettre d'atteindre près de 90 centièmes !

Clay cilla des yeux, plus surpris par cet exemple que désireux de constater sa propre rapidité oculaire.

— Mais en quoi cette vitesse est-elle importante ?

— Pour la ressemblance, évidemment. Celle entre l'homme et le robot. Aussi peu perceptible qu'il soit en apparence, ce battement distingue sensiblement l'androïde de l'être humain... au premier coup d'œil !

— Je vois, mais justement, combien de temps vous a-t-il fallu pour gagner ces centièmes de secondes qui font illusion ?

— Beaucoup, plusieurs mois, et je pense que l'on peut faire mieux, que ce n'est pas terminé.

— Des mois pour gagner des centièmes de secondes. Il ne faut donc pas être trop pressé pour aller vite, plaisanta Clay.

— J'aurais aimé que l'on fasse plus vite, mais mes ingénieurs m'ont convaincu de ne rien hâter. Ils ont toujours de bonnes raisons pour cela !

— Vous avez donc admis que l'enjeu méritait cette relative « lenteur ». Vous savez, la destination est plus importante que la vitesse. Beaucoup de gens vont très vite nulle part.

— Sans doute, rétorqua Clos, mais il y a aussi quelque-chose d'excitant dans la vitesse. Ce n'est pas par hasard si elle est liée à la performance. Voyez son importance dans le sport, dans le plaisir de se mesurer à autrui, de se dépasser aussi.

— Au risque de passer pour un rabat-joie, je vous invite quand même à considérer que la rapidité est illusoire puisqu'elle est sans fin, de plus elle n'est pas sans contrepartie : l'expression « vite fait, bien fait » sous-entend une certaine façon de bâcler ou, du moins, un manque de rigueur. Les anglophones sont encore moins ambigus : pour exprimer la même chose, ils disent clairement « quick and dirty ».

— Peut-être et bravo aux patients, moi je ne suis pas ainsi. Il y a mille choses que l'on peut obtenir presque instantanément aujourd'hui. Qui voudrait revenir à l'époque où il fallait attendre des heures ou des jours pour cela ? Personne !

— La patience est une sagesse face au temps qui est souvent une angoisse. C'est même plus simplement une nécessité. Si vous ne donnez pas à votre thé le temps d'infuser, vous boirez de l'eau chaude ! Vous aurez beau tirer sur une plante, ce n'est pas cela qui la fera pousser. L'immédiateté est une illusion dont la contrepartie nous échappe et nous cause un tort qui peut passer inaperçu.

— Je ne vois pas en quoi.

— Ce que vous obtenez en quelques secondes aujourd'hui et qui demandait mille fois plus auparavant nous habitue à vouloir que toute chose aille également plus vite. Or les choses, mais aussi les êtres que nous sommes, ont besoin de mûrir, ont besoin d'un temps long. Personne ne passe du jour au lendemain des semailles aux récoltes, personne ne devient adulte avant d'avoir été enfant. Il faut donner du temps au temps, comme disait Cervantès. Nous vivons dans un monde où l'on se figure que les choses vont mieux lorsqu'elles vont plus vite, mais c'est oublier que le temps est fondamentalement une dimension humaine. Et il n'y a rien d'humainement satisfaisant à écourter ses repas ou ses nuits, Il n'y a aucun bénéfice véritable à réduire le temps dont on dispose car, au final, c'est se réduire soi-même. Courir vous permettra d'aller plus vite, mais marcher vous mènera plus loin. A quoi bon augmenter l'espérance de vie si nous devons courir chaque jour après le temps ? Savcz-vous, Monsieur Clos, que si les Français peuvent espérer vivre aujourd'hui jusqu'à 120 ans, ils dorment moins de 6 heures par nuit ? Soit deux heures et trente minute de moins qu'il y a soixante-dix ans ! La patience est parfois même un art. Songez à l'importance du tempo en musique, à ces blancs, ces pauses, ces soupirs qui donnent rythme et respiration. Il y a une harmonie étroite entre son et silence. Le peintre Georges Braque disait : le vase donne forme au vide et la musique au silence.

Comme pour abonder dans le sens de cette remarque, Clos se leva sans un mot et se mit à marcher vers la fenêtre du cabinet. Il y resta silencieux un long moment, observant au dehors les promeneurs du parc. Sur une pelouse, un robot-jardinier sillonnait l'espace vert avec une précision méthodique, rasant de près les herbes folles, indifférent au paysage qu'il contribuait à discipliner. A l'autre bout de la pièce, le Docteur Clay observait son « patient » avec attention, en silence lui aussi, désireux de respecter cette pause dans leur échange.

— J'ai l'impression de patienter depuis vingt ans, souffla Clos en revenant s'asseoir face à son médecin.
— Que voulez-vous dire ? Répondit celui-ci.
— Revoir Célia comme je le fais depuis quelques semaines me donne l'impression de l'avoir attendue tout ce temps. Comme si, inconsciemment, j'espérais ce retour. Je ne pensais plus à elle, plus vraiment, mais la retrouver a fait remonter en moi

toutes sortes de choses. J'ai pris conscience qu'elle m'avait manqué pendant toutes ces années.

— Vous vous revoyez, autant pour son plaisir que pour le vôtre, j'imagine. J'en déduis que c'est heureux, pourtant je vois bien que vous ne goûtez pas tout à fait la joie de ces retrouvailles. Qu'est-ce qui vous contrarie ?

Frottant ses tempes comme si une douleur s'était logée là, Clos donnait l'impression que ses pensées se heurtaient en lui et qu'il peinait à les exprimer.

— Il y a que… Nous n'avons pas vraiment renoué. Célia est sur ses gardes avec moi. Elle semble heureuse de me revoir mais elle ne veut pas aller plus loin tant qu'elle n'aura pas de certitude à mon sujet.

— Attend-elle quelque chose de vous ?

Clos eut un petit rire navré.

— Elle aimerait que je sois devenu différent, que je sois différent de celui qu'elle a quitté il y a vingt ans.

— Vous m'avez dit très succinctement qu'elle vous avait quitté parce que vous étiez obsédé par votre réussite.

— A l'époque, rien d'autre ne comptait pour moi, c'est vrai. Pourtant, je l'aimais. Elle m'aimait aussi. Mais ça n'a pas suffi, du moins pour elle.

— Et aujourd'hui ? enchaîna Clay.

Clos haussa les épaules.

— Elle m'observe, veut savoir si j'ai changé ou si je suis en mesure de changer. Elle a eu vent de ma réussite, alors elle se demande si je suis « guéri » de mon ambition, de mon égocentrisme, si je suis prêt à lui faire une vraie place dans ma vie. Elle serait prête pour une nouvelle histoire entre nous, mais elle ne veut pas se risquer, le moins possible en tout cas. Elle est libre, elle peut choisir de rester ou de repartir. Et je n'ai pas beaucoup de temps devant moi pour lui prouver qu'entre elle et moi, ça peut marcher.

— Mais vous, qu'en pensez-vous, estimez-vous que ça peut marcher ?

— Je suis prêt à changer pour cela ! S'exclama Clos. C'est en partie pour elle que je suis venu vous consulter.

Clay fit la grimace.

— On ne décide pas de changer pour quelqu'un mais pour soi-même, dit-il doucement.

— Je n'ai pas le choix. Vous m'avez bien dit qu'il m'était impossible de changer autrui, je ne peux donc pas changer Célia, mais je peux sans doute corriger en moi ce qui lui déplaît, non ?

— Oui, vous pouvez faire un travail sur vous, et je vous aide à le faire, mais ayez la volonté de le faire pour vous, pas pour lui plaire.

— Pour elle, pour moi… j'ai l'impression aujourd'hui que c'est la même chose.

— Pourquoi ?

— Parce que j'ai le sentiment que je ne pourrai pas être heureux sans elle !

Clos avait lâché cette affirmation avec un soupir qui disait son trouble, mais dont il n'aimait guère l'accent romanesque. Il tenta de se reprendre, comme si l'aveu de cet amour révélait une faiblesse qu'il préférait cacher, même à Clay. Il sourit avant d'ajouter :

— Mais si ça ne marche pas, j'aurai toujours la possibilité de créer un sosie de Célia !

Clay sourit à son tour puisque, bien entendu, son client disait cela pour plaisanter. Bien entendu.

13

Quatre personnes seulement avaient accès au laboratoire 7. Nombreux en revanche étaient ceux qui, chez *Clos Technology*, ignoraient jusqu'à son existence. Muriel faisait partie de ce quatuor, tenu au secret depuis que l'entreprise se savait espionnée tant par les Chinois que par les Américains. Muriel n'en retirait aucune fierté. Elle s'agaçait même de la succession de sas où elle devait faire examiner tour à tour l'empreinte de ses ongles et de sa rétine avant d'accéder à ce lieu de travail. Mais ce qui l'agaçait plus encore ce matin-là, c'était le souvenir de son entrevue avec Clos. Si seulement il s'était conduit comme à son habitude, autoritaire et distant, elle n'aurait rien trouvé à redire. Mais non, cette fois, il avait révélé un tout autre visage, étonnamment cordial et nettement plus sympathique. Muriel avait cru un instant à un intérêt inédit de sa part, une considération nouvelle pour sa personne. A la faveur de cette entrevue sans précédent entre elle et lui, elle s'était persuadée que quelque chose allait se passer, qu'il allait lui dire que… Or, le boss avait réduit leur entretien à un brief somme toute assez classique, même si les questions abordées supposaient des pensées qui l'intriguaient. Qu'avait-il en tête avec cet intérêt pour la gestion des émotions ? Muriel avait du mal à se concentrer là-dessus parce qu'elle était vexée. Et, tout scientifique qu'elle fut, cette vexation parasitait sa réflexion. Arrivée au labo, elle s'installa aussitôt au bureau qui faisait face à l'estrade ou le proto le plus abouti de 712 se tenait immobile sous un halo de lumière jaunâtre.

— Bonjour Cérébro, lança-t-elle à l'adresse de l'holo-écran qui s'éclaira spontanément au son de sa voix

— Bonjour Muriel, répondit sur un ton affable la voix sereine et monocorde de l'ordinateur central.

— Programme 712… moteur d'émotions… protocole d'hyper deep-learning, énonça Muriel de façon mécanique.

— Oui, Muriel, répondit l'intelligence artificielle.

— Je veux qu'on revienne sur la question des aptitudes pseudo-émotionnelles de 712.

— En attente de votre demande, Muriel.

— Question : 712 peut-il maîtriser une chaîne de données correspondant à une somme importante de souvenirs et les traiter comme le contenu d'une mémoire propre ?

— 712 peut acquérir n'importe quelle série d'algorithmes

— Ça je sais, mais peut-il les intégrer et en… éprouver le caractère émotionnel ? Je veux dire… Peut-il au-delà de l'acquisition d'un souvenir heureux, manifester une sorte de … joie à l'évocation de ce souvenir ?

— …

— Cérébro ? Dois-je reformuler la question ?

— Non, Muriel. La réponse est que je ne dispose pas d'assez d'éléments pour répondre.

— Qu'est-ce qui te manque ?

— Je ne dispose pas de données suffisantes pour identifier ce qu'est précisément une émotion dans sa pratique humaine.

— Tu sais ce qu'est la joie.

— Oui, Muriel. La joie est une un sentiment agréable de satisfaction éprouvé par un individu lorsqu'un de ses besoins ou un de ses désirs se trouve satisfait d'une manière réelle ou imaginaire.
— Alors ?
— J'en comprends le sens, Muriel, et 712 le comprendrait aussi. Mais il est question « d'éprouver » et je manque de données pour obtenir une compréhension claire de cette notion.
— D'accord. Mais les manifestations de la joie, tu comprends de quoi il s'agit ?
— Oui, Muriel.
— 712 pourrait-il les acquérir et les restituer à l'évocation d'un souvenir joyeux ?
— Oui, Muriel.
— Il pourrait les montrer mais pas éprouver de la joie pour autant, c'est ça ?
— Oui, Muriel. Mais…
— Mais quoi ?
— Je constate une marge d'incertitude.
— Que veux-tu dire par là ?
— Projet 712 a été conçu pour développer sa pseudo-personnalité au fur et à mesure des expériences qu'il rencontrera. Il est possible qu'il génère ses propres données.
— Oui, par imitation.
— Non, pas seulement. Également par extrapolation sur la base d'algorithmes qu'il combinera de façon autonome.

— Tu veux dire qu'il pourrait apprendre de ses expériences et non plus seulement de données assimilées au préalable ?
— Oui, Muriel.
— Mais apprendre quoi, à éprouver des émotions ?
— Je manque de données pour pouvoir répondre à cette question.

Muriel soupira. Elle n'était pas beaucoup plus avancée. Cérébro ne faisait que confirmer ce pour quoi la génération de robots comme 712 avait été conçue : permettre à ces human-like de disposer d'une capacité d'initiative à un moment où les processus de deep-learning et autres formes de programmations avaient atteint leurs limites. Cette capacité leur donnait la possibilité théorique de composer avec leur vécu et d'élaborer des réponses appropriées de leur propre chef. Cela ne voulait pas dire que 712 serait à terme en mesure de « ressentir des émotions », mais il pouvait approcher celles-ci autrement et en avoir une compréhension plus fine que par simple assimilation de données standards. Le problème, et il ne fallait surtout pas que cela se sache, était qu'on ignorait tout à fait ce que pouvait entraîner une telle aptitude. Seule l'expérience pourrait apporter des réponses. D'un point de vue scientifique, c'était ennuyeux, car cela allongeait sensiblement le temps d'évaluation, mais c'était une péripétie comme une autre qui serait résolue d'ici quelques années. D'un point de vue moral, c'était une tout autre histoire. Les partisans d'une politique de contrôles fermes sur les humanoïdes de nouvelle génération hurleraient au péril robotique et les équipes de *Clos Technologies* auraient tôt fait de passer pour des apprentis sorciers. Muriel en avait pleinement conscience, mais sa passion pour les robots et sa curiosité scientifique l'emportaient sur toute autre considération. Ses amies se moquaient parfois d'elle en lui disant qu'il y avait davantage de robots que d'hommes dans sa vie ou en lui prédisant qu'elle finirait par épouser un humanoïde. Elle en riait avec elles et cela ravivait son intérêt pour Clos. Après tout, ne partageait-elle pas avec lui une même fascination pour ces êtres qui ressemblaient de mieux en mieux à des humains sans en avoir les faiblesses ? Avec cette pensée à l'esprit, elle déambulait dans le labo où s'alignaient comme des mannequins dans leur boîte en plexiglas une demi-douzaine de prototypes. Elle s'arrêta devant l'un d'eux pour admirer la qualité de sa plastique. C'était un modèle mâle dont le corps agréablement musclé était revêtu de la toute nouvelle skin-like. Entièrement nu, le modèle était criant de réalisme et aurait pu aisément passer pour un homme en chair et en os. Muriel laissa glisser sa main sur le torse et les abdominaux parfaitement dessinés, éprouvant sous la pulpe de ses doigts la douceur troublante de la peau artificielle. Elle imagina un instant les traits de Clos à la place du visage inanimé qui lui faisait face.

— Cérébro ! s'écria-t-elle.
— Oui, Muriel.
— Combien de temps te faut-il pour mettre en service ce proto ?
— Une heure, seize minutes et quarante-huit secondes, Muriel.

Pour elle-même, Muriel marmonna en plaisantant ce qu'aurait dit Clos s'il avait été là : « c'est trop long, faites-moi ça en une demi-heure ! »

— Je n'ai pas compris, Muriel.
— Ce n'est rien, Cérébro, lance la mise en service, je vais ramener du travail à la maison.

14

— J'aimerais revenir sur vos derniers mots, lors de notre précédent entretien, commença Clay, tout en invitant son client à s'installer dans le canapé.

— Vous voulez que je parle à nouveau de ma relation avec Célia ?

— J'aimerais savoir si vous avez songé à ce qu'il vous faut résoudre pour obtenir d'elle ce que vous espérez.

— Je vous l'ai dit, je suis prêt à changer, à faire les concessions qu'il faudra, répondit Clos sur un ton assuré.

— Vous êtes déterminé, je le vois bien, mais seriez-vous prêt, notamment, à renoncer à vos ambitions actuelles, à quitter la direction de *Clos Technologies*, par exemple, pour vous consacrer à Célia, puisque celle-ci voit dans vos ambitions l'obstacle majeur à votre relation ?

Un insecte aurait piqué Clos à cet instant, l'effet n'eut pas été moins grand.

— Vous vous rendez-compte de ce que vous me demandez ?! S'écria le businessman en se redressant sur son siège, manifestement choqué par la perspective que lui traçait son médecin. *Clos Technologies* est l'œuvre de toute une vie, mon œuvre, et ses possibilités de développement sont considérables. Dans quelques jours nous allons présenter une nouvelle génération d'androïdes qui va révolutionner le marché. Derrière moi et à mes côtés, des centaines de collaborateurs attendent le couronnement de leurs efforts. Et je ne vous parle même pas des actionnaires et partenaires qui surveillent tous mes faits et gestes ou presque. Comment pourrais-je renoncer à ça

— Je vois que vous êtes entièrement tendu vers cet objectif, repris calmement le docteur Clay. J'ai pleinement conscience de ce que votre entreprise représente pour vous, ajouta-t-il pour rassurer son interlocuteur. Je veux seulement vous inciter à voir combien votre situation pourrait contrarier votre projet pour Célia et l'attention qu'elle attend de vous.

— Célia ne m'a jamais demandé de tout abandonner pour elle ! Elle sait très bien l'importance que cela revêt pour moi. Elle veut seulement une vraie place dans ma vie, toute sa place, mais rien que sa place. C'est vrai, son retour a lieu au mauvais moment, mais dès que le projet 712 sera lancé, je pourrai lever le pied et m'investir bien moins dans la boîte. Vous n'y croyez pas ? S'inquiéta Clos en dévisageant Clay qui, pourtant, ne montrait aucun signe particulier.

— Ce que je crois n'a pas vraiment d'importance. Ce que je sais, en revanche, c'est que je vous vois confronté à un paradoxe. Il vous faut concilier mentalement deux choses a priori inconciliables. D'un côté, il y a votre situation de manager, des impératifs qu'il vous faut satisfaire à la tête de votre société. A plus forte raison dans un contexte particulier puisque celle-ci s'apprête à focaliser l'attention sur elle avec l'avènement de ce qui doit être le chef d'œuvre de votre carrière. Sachez bien que je comprends parfaitement les enjeux et les difficultés qui sont les vôtres. Je vois bien que vous devez répondre par votre ténacité, par la foi que vous avez dans votre vision.

Clos avait quitté son air outré et faisait meilleure figure. Les propos de Clay correspondaient parfaitement à ce qu'il vivait et cette compréhension lui procurait un certain soulagement.

— En même temps… En même temps, il vous faut lâcher prise. Il vous faut trouver les moyens de laisser filer ce qui peut l'être, de lâcher la pression que vous exercez sur vous-même et de faire des concessions à Célia. Voilà le paradoxe auquel vous êtes confronté et qu'il vous faut résoudre puisque vous voulez réussir aussi bien à la tête de votre société qu'auprès de la femme que vous aimez. Reste à savoir comment vous pouvez vous y prendre, comment vous allez répondre aux attentes de Célia et aux impératifs de votre entreprise en même temps, comment vous pouvez être l'homme que veut l'une et le manager qu'exige l'autre.

— Je ne sais pas, souffla Clos en baissant la tête et en s'enfonçant dans le canapé comme si son corps lui pesait plus lourdement. Vous avez raison, Docteur, je me sens pris entre deux feux et je refuse de renoncer à un projet pour un autre, je veux pouvoir les mener de front. Il doit bien y avoir un moyen, non ? Je ne suis sûrement pas le seul à devoir résoudre un dilemme semblable.

— C'est certain, vous n'êtes pas le seul à devoir concilier l'inconciliable et gérer une situation cornélienne, répartit Clay avec son sourire affable. Loin s'en faut ! Je dirais même que, tout comme vous, la plupart des managers d'aujourd'hui se heurtent à des paradoxes propres à leur vie de dirigeant. Tous ou presque subissent une double injonction de la part de la société : ils doivent être des patrons conquérants, animés de convictions inébranlables, tenir coûte que coûte face à l'adversité. En même temps, ils doivent aussi être humains et responsables. Mus par une volonté absolue de réussite, ils doivent porter et même incarner parfois un projet très lourd. Cette quête très individualiste doit cependant composer avec la réalité humaine de leur entreprise. Dans leur voyage, ces patrons embarquent des vies dont ils doivent prendre soin. En somme, on leur demande de suivre leur ego tout en se montrant altruiste. Le boss doit être inflexible en qualité de chef, totalement voué à son ambition, tout en se faisant soucieux d'autrui et d'une bienveillance à toute épreuve. Il doit être à la tête de son équipée et à ses côtés, en haut et en bas tout à la fois, tenir et lâcher prise en même temps !

Silencieux, Clos acquiesçait, partageant le constat que faisait Clay.

— Et ce n'est pas tout, poursuivit le psychologue. Il faut encore être un homme heureux ! Il vous est aussi demandé de vous conformer à un autre modèle de réussite, de trouver en vous les ressources nécessaires à un bonheur personnel, à la quête duquel vous devez également vous lancer.

— Autant demander à un homme d'être fou et sage à la fois ! S'exclama Clos.

— C'est bien là qu'est le paradoxe, mon cher. Mais la vie est faite de paradoxes. Nous sommes tous confrontés à des faits et des circonstances qui nous placent face des options contradictoires. Voyez ce bonheur dont on parle. Il s'agit bien d'une quête individuelle, terriblement personnelle, mais comment atteindre ce bonheur sans autrui ?

— Nous sommes dépendants des autres, c'est certain. Comme Célia et moi, glissa Clos, à la grande satisfaction de Clay qui notait dans cette réponse l'effet de son enseignement.

— Oui, abonda celui-ci en souriant. Nous avons parlé de vieillesse récemment. Quel paradoxe que d'acquérir avec le temps un savoir considérable et de ne plus être en âge d'en profiter pleinement ?

— Ah si vieillesse pouvait, si jeunesse savait… cita Clos, se remémorant un adage souvent entendu.

— Exactement, plus on vieillit, moins on est en mesure d'agir, et cela peut être vécu comme un vrai drame, un regret en tout cas. Et, à propos de savoir, voyez ce paradoxe qui veut que l'on cherche à savoir toujours davantage mais que l'on a peur parfois d'apprendre ce qui pourrait nous décevoir, nous blesser ou nous remettre en question. Il n'est pas rare que l'on préfère l'ignorance alors que la connaissance nous semble généralement souhaitable. Si j'ai bien compris ce que vous faites avec vos robots, il s'agit bien pour vous de leur donner toujours plus de connaissances, n'est-ce pas ?

— Oui, notamment.

— Mais savez-vous d'ores et déjà quelle maîtrise ils en auront à terme ? Savez-vous ce qu'ils feront de ce savoir longuement acquis, assimilé, utilisable ?

— Il reste encore de quoi faire, répliqua Clos esquivant la question. Mais vous me rappelez la chance qu'ont les robots de ne pas avoir à gérer toute ces choses inconciliables.

— Oui, Monsieur Clos, mais vous, vous n'êtes pas un robot. Dois-je dire « hélas » ? Prononça Clay avec ironie.

— Non, évidemment non.

— Si ces robots sont si précieux pour *Clos Technologies*, ils ne vous sont d'aucune utilité face à Célia et, quelles que soient leurs formidables aptitudes à venir, ils ne vous aideront pas à résoudre les problèmes qui se posent à vous dès à présent. Riches de possibilités et pourtant incapables, vos robots sont aussi un paradoxe.

15

Cela faisait presque dix ans que Célia n'était pas revenue en France. Elle s'était faite à sa vie en Floride et avait quitté les lieux de son passé sans regret. Aux États-Unis, elle ne concevait aucune nostalgie, aucun mal du pays. Si elle avait accepté avec joie la mission que son institut lui avait confiée, ce n'était donc pas dans la perspective de renouer avec son pays d'origine où elle n'avait plus aucune famille. L'occasion providentielle de mettre de la distance entre Matt et elle s'offrait avec ce travail qui devait lui prendre trois mois. Trois mois, c'était sans doute assez pour faire le point sur son couple et prendre une décision. Quitter la Floride, vivre quelques temps ailleurs, prendre le recul nécessaire, elle avait justement besoin de cela. Au fond, le travail qui l'attendait à Paris tombait à point nommé. Et puis, s'il n'était plus le compagnon qu'elle avait aimé, Matt restait un bon père et elle n'avait aucun souci à se faire pour Brian. D'ailleurs, ce dernier n'avait manifesté aucune objection à se séparer de sa mère quelques temps et n'avait pas demandé à l'accompagner. À dix ans, il pouvait parfaitement comprendre que des obligations professionnelles éloignent sa maman pour un temps, fut-il assez long. Des deux, Célia était finalement la seule à qui ce voyage faisait un pincement au cœur. Elle avait même songé un temps à emmener son garçon avec elle et lui faire découvrir ses racines françaises. Mais elle ne voulait pas interrompre son année scolaire ni même priver son père de sa compagnie.

Et puis, une autre raison justifiait son enthousiasme à venir en France, raison qu'elle tenait à garder secrète : alors que son couple avec Matt se lézardait, le souvenir de Jean lui était revenu. De tous les hommes qu'elle avait connus dans sa vie, Jean gardait une place particulière. Elle n'avait jamais cherché à le revoir, ni même à lui écrire ou lui parler, mais elle conservait pour lui une tendresse qu'aucun de ses ex ne lui inspirait. Elle ignorait pourquoi. Le fait est aussi que son souvenir avait repris une acuité nouvelle depuis une dispute terrible avec Matt, le soir même où elle venait de lire un article sur *Clos technologies.* Or, Célia était de ces femmes sensibles aux signes, aux coïncidences. Elle cherchait toujours dans la conjonction d'événements des explications là où tout un chacun ne voyait qu'un pur effet du hasard. L'article faisait état des avancées remarquables de l'entreprise de Jean et annonçait, à mots couverts, l'imminence d'une grande innovation. Le papier parlait peu du dirigeant français, mais Célia souriait en devinant sa fierté, sa joie d'avoir réussi à atteindre l'objectif qu'il visait lorsque, vingt ans plus tôt, il tirait des plans sur la comète. Elle aurait pu grimacer à cette nouvelle. Après tout, c'était son incapacité à lui faire une place dans ses projets, c'était son obsession de la réussite et son égoïsme qui avaient causé leur rupture. Entre les robots et elle, il avait choisi ces créatures artificielles et elle lui en avait voulu. Aujourd'hui, elle en souriait. Les années avaient peu à peu estompé son dépit jusqu'à l'effacer tout à fait. Seuls restaient les meilleurs souvenirs, et l'idée de revoir Jean avec autant de tendresse que de curiosité s'était définitivement imposée. Il restait à savoir si, avec un intérêt égal, Jean accepterait de la revoir.

Naturellement, son appel l'avait surpris, stupéfait même. Naturellement, il se disait ravi de la revoir. Il était même prêt à l'accueillir à son arrivée, à l'aéroport, n'importe quel jour, à n'importe quelle heure... À l'holophone, il avait d'abord refusé d'apparaître en visio puisqu'elle ne faisait pas partie de ses interlocuteurs mémorisés. Mais il avait parfaitement reconnu sa voix, identique à celle qui lui était familière autrefois. Elle avait aimé son trouble à cet instant, ces mots qu'il cherchait et qui disaient son émotion, son incrédulité.

Comme promis, il était venu à sa rencontre à l'aéroport. Il avait insisté pour lui prendre une chambre dans un hôtel où on ne lui refusait rien. Au bar de celui-ci, ils avaient pris un verre. Célia était là, en France, avec lui, et il n'en revenait pas. Lorsque, quelques jours plus tôt, il avait déclenché son holophone, il avait eu un temps d'hésitation faute de reconnaître l'image 3D de celle qui l'appelait par son prénom. D'abord agacé qu'une inconnue ait pu se procurer son numéro personnel, il avait mis quelques secondes à réaliser que la femme qui disait s'appeler Célia était bien celle qu'il avait connue autrefois. Et puis les souvenirs avaient afflué d'un coup et, avec eux, l'étonnement total de la retrouver. Comme un tiroir subitement ouvert et révélant son contenu de photos, lettres, parfums et objets divers, la mémoire de cette époque avait aussitôt envahi ses pensées. Durant les quelques jours qui précédèrent son arrivée, elle fut même l'occupation principale de son esprit. Célia venait et elle voulait le revoir... Au bar de l'hôtel, ils laissèrent filer les heures, pris dans le tourbillon d'une conversation où se bousculaient les questions. Ils ressentaient presque une urgence à se parler comme pour compenser les années de silence qu'ils avaient laissé s'installer. Il leur paru naturel de dîner ensemble. Il leur paru naturel de se parler encore une fois qu'ils eurent gagné sa chambre. Dans le silence et l'intimité de celle-ci ils ne se turent que pour s'étreindre. A l'urgence des mots, succéda l'impatience des corps, la hâte de se retrouver aussi comme ça. Il l'avait désirée dès qu'il l'avait reconnue à l'aéroport. En partie parce qu'elle lui donnait l'illusion de retrouver ses 20 ans. En partie parce que sa beauté avait gagné en allure ce qu'elle avait perdu en jeunesse. Au bar, ses réflexes de playboy lui étaient revenus. Des années de conquêtes faciles l'avaient habitué à des postures et des petits stratagèmes de séduction qui le mettaient en confiance, lui donnaient de l'aplomb. Mais Célia n'était pas de ces femmes qui succombent ou font semblant de succomber aux tours de roue d'un paon. Elle le lui avait fait comprendre et il avait fini par délaisser ce jeu pour être davantage lui-même. Elle le désarmait et, contre toute attente, il aimait ça. Et plus il y songeait, plus une évidence lui apparaissait : Célia lui faisait un effet qu'aucune autre femme ne lui avait jamais fait. Ce qu'il avait pris d'abord pris pour un regain d'affection à l'égard d'une ancienne amoureuse s'avérait bien plus fort et plus profond que prévu. Célia remuait en lui quelque chose de nouveau et d'ancien à la fois. Elle faisait remonter à la surface des émotions enfouies dont il avait perdu tout souvenir. Et les retrouver le bouleversait. En somme, Jean était à nouveau amoureux de Célia.

Pour celle-ci, revoir Clos avait été un moment émouvant bien qu'elle ait eu tout le temps de s'y préparer. Elle avait tout de suite senti que quelque chose était possible entre eux. Même s'il s'agissait d'une impression confuse et qu'elle ne parvenait pas à s'expliquer tout à fait,

Jean lui procurait un étonnant sentiment de réconfort. Un sentiment rassurant, comme celui que donne le retour dans un lieu que l'on a aimé, qui n'a rien perdu de son charme et qui vous envoûte d'autant plus fort qu'on le croyait perdu à jamais. À la faveur de ce voyage en France qui la troublait bien plus qu'elle ne l'aurait pensé, Célia sentait se dessiner un schéma qui s'imposait peu à peu dans son esprit : d'un côté la Floride, le divorce probable, son travail de chercheur dont elle avait fait le tour et qui ne lui plaisait plus comme avant… et de l'autre, la France, la possibilité d'un avenir auprès de Jean, d'une vie nouvelle pour elle et son fils, assez jeune encore pour se faire à un changement de pays. Célia songeait à tout cela à l'arrière de la GoogleCar qui la ramenait vers Paris. Peu après son arrivée et sa soirée avec Jean, elle avait entrepris un long périple qui l'avait menée à travers la campagne française. Un itinéraire jalonné de lieux qu'elle souhaitait revoir et dont elle gardait un souvenir plus ou moins flou. Une sorte de pèlerinage qui lui donnait l'occasion de réfléchir, d'examiner ses pensées, de sonder son cœur. Les paysages alentours déroulaient leur immensité de plaines et de forêts, de champs ou de vignobles en tout point fidèles aux souvenirs qu'elle en avait. Seules de fréquentes étendues hérissées d'éoliennes et des hectares couverts de panneaux photovoltaïques rompaient avec le spectacle plus végétal d'autrefois. De même, il lui apparut au bout de quelques jours combien les élevages étaient devenus rares et qu'un troupeau de vaches ou des moutons épars, paissant dans un pré, était désormais un sujet de curiosité. A la vue de ces changements, diffus ou sensibles selon les lieux, Célia s'interrogeait sur Jean, se demandant dans quelle mesure diverses évolutions l'avaient lui aussi affecté. Par moments, il lui semblait très proche du garçon qu'elle avait connu. A d'autres, il lui faisait l'effet d'un étranger. Cette ambivalence lui paraissait somme toute normale. Elle même devait sans doute lui inspirer un constat semblable, mais elle ne savait s'il fallait s'en réjouir, s'en moquer ou s'en inquiéter. Au-delà de cela, le point le plus délicat et le plus complexe qu'elle aurait aimé élucider sans attente restait la chance réelle d'une vie heureuse auprès du « french tycoon » de la robotique, comme on disait à Miami et ailleurs. La question se posait avec une acuité particulière car, bien qu'il ait réalisé ses rêves, Jean ne semblait pas au bout de ses ambitions. Il lui avait confié avec exaltation que seul son travail lui procurait du plaisir. Il souffrait de solitude, mais sa passion pour les robots demeurait intacte. Elle devinait même qu'elle n'avait jamais été aussi grande, bien qu'il n'eut plus grand-chose à prouver. Alors qu'une nouvelle histoire paraissait possible à tous les deux, elle lui avait dit ses réserves, son refus inchangé d'occuper un second rang dans sa vie. Sur ce point, elle n'avait pas varié d'un pouce. Et cette fois, il l'avait entendue. Il s'en étonnait lui-même, mais désormais, il se sentait prêt à changer, à faire l'effort nécessaire pour la garder, à faire un travail sur lui-même dans ce but. S'il envisageait de voir un psy depuis quelques temps, sa décision de consulter lui vint à ce moment.

Avec la Googlecar qu'elle avait louée, Célia avait demandé un robot-conducteur pour un pilotage plus sûr. Sur autoroutes, les voitures intelligentes se comportaient parfaitement, mais sur les trajets plus complexes de la campagne profonde, on conseillait l'assistance d'un robotdriver, plus apte à faire face aux imprévus des routes secondaires. Parfaitement imperturbable et silencieux, l'androïde ne quittait pas la route des yeux et maintenait une conduite souple et sûre. N'importe qui aurait savouré la sensation de sécurité que ce type de pilote infatigable était censé procurer. A l'inverse, et bien qu'elle l'ait choisi pour se sentir plus à son aise, Célia n'aimait guère sa présence. Du reste, elle n'avait jamais aimé les robots. Et plus ceux-ci se rapprochaient de l'être humain au prix de progrès spectaculaires, plus elle les trouvait inquiétants, plus elle se méfiait d'eux. Son aversion pour ces êtres artificiels remontait d'ailleurs à l'époque où elle sortait avec Jean. Son projet de monter une entreprise de robotique était devenu une obsession étouffante pour elle et avait entraîné leur rupture. Célia s'était mise à détester ces créatures sans âme devenues des rivales contre lesquelles elle n'avait pas su lutter. Elle savait parfaitement combien cette détestation était irrationnelle, mais elle ne la ressentait pas moins fortement. Alors, savoir que ces machines occupaient toujours une large place dans les pensées et la vie de Jean ravivait ses doutes et ses réticences.

Elle ressassait cette sombre réflexion lorsque la voiture entra dans le village de Saint-Pierre. Les rues de son enfance captèrent aussitôt son attention, calquant sur les images dont elle avait le souvenir les vues bien réelles qu'elle retrouvait maintenant. Pour l'essentiel, la commune n'avait guère changé, mais les nombreuses maisons abandonnées et les rares personnes qu'elle voyait dans les rues lui confirmaient ce qu'elle avait appris à propos de la plupart des villages comme celui-ci : désertés par une grande partie de leur population, beaucoup n'étaient plus que les vestiges d'une époque révolue et d'un exode qui s'était aggravé ces dernières années. Quelques secondes suffirent au véhicule pour atteindre le cimetière où un portail dévoré par la rouille menaçait de tomber à chaque coup de vent. Elle mit du temps à trouver le caveau familial, le rectangle de granit sous lequel reposaient ses parents, à l'ombre du clocher de l'église. Elle s'y recueillit un instant, cherchant dans sa mémoire les paroles d'une prière qu'elle n'avait pas récitée depuis trop longtemps. Elle se surprenait parfois à chercher dans le peu de foi qui lui restait une voix intérieure, une inspiration divine. Elle aurait aimé trouver un signe, une réponse providentielle qui aurait éclairé ses interrogations. L'église était ouverte, pourquoi ne pas y entrer se dit-elle en franchissant son seuil. A douze ans, elle avait fait sa communion ici et elle se souvenait de la gentillesse de ce prêtre qui enseignait le catéchisme aux enfants comme elle. Une femme âgée sortit du confessionnal et s'éloigna à petits pas. L'envie vint à Célia de prendre sa place et, si ce n'était de soulager sa conscience, au moins de parler à quelqu'un qui ferait peut-être l'effort de la comprendre.

— Je vous écoute ma fille, déclara le curé dont elle ne voyait pas le visage à travers le rideau de bois qui les séparait.

Célia resta interdite un instant, troublée par la voix de celui qui attendait qu'elle parle. Elle se leva et sorti de l'étroit isoloir sans dire un mot. Le prêtre avait répété trois fois la même phrase avec une intonation rigoureusement identique, comme un enregistrement défectueux, une mécanique bloquée. Cela indiquait clairement qu'il était l'un de ces robots qui palliaient désormais, et de plus en

plus souvent, à la crise de vocation que connaissait l'Église.
Célia sortit du lieu saint sans se retourner.

16

Muriel s'était éveillée en sursaut. Allongé à ses côtés, le robot avait pourtant la discrétion d'un corps inanimé et, durant la nuit, un observateur aurait pu remarquer que sa poitrine ne se soulevait pas au rythme de la respiration lente d'un dormeur. Un partenaire nocturne parfait pour tous ceux et celles qui doivent subir le sommeil agité d'un conjoint nerveux ou pris de ronflements. Et pour cause, aucun robot ne dormait, et la mise en veille qui se déclenchait au bout de quelques minutes d'inactivité laissait un corps inerte, parfaitement immobile. Une machine au repos aurait-on dit, si le repos avait un sens véritable pour une machine. Pourtant, le robot que Muriel avait ramené chez elle la veille au soir n'était pas dans cet état de pause qui aurait dû se déclencher peu après leurs ébats. L'androïde était étendu sur le côté, en appui sur un bras et il regardait Muriel. Il la regardait en silence depuis un long moment. Il l'observait avec quelque chose dans le regard qui aurait pu passer pour une attention soutenue, un examen minutieux. C'est peut-être ce regard qui réveilla brusquement la jeune femme puisque ce fut la première chose qu'elle vit en ouvrant les yeux, juste avant de tressaillir. Peut-être aussi avait-elle tout simplement oublié la présence de son invité, elle qui dormait seule le plus souvent.

- Ah, c'est toi… murmura soulagée l'ingénieure tout en reprenant ses esprits.
- Bonjour Muriel, lui répondit le modèle 712 en la gratifiant d'un large sourire un peu niais tant sa candeur, presque enfantine, détonait avec ses traits d'adulte.

Muriel ne rendit pas son salut à l'humanoïde, préférant remettre de l'ordre dans sa coiffure tout en clignant des yeux. Les souvenirs lui revinrent aussitôt. Le retour du labo avec le 712 à ses côtés, la soirée passée à dialoguer avec lui, la batterie de questions prévue dans le protocole qu'elle avait elle-même établi pour tester son interlocuteur... Plus tard, lasse de ce travail, elle l'avait conduit jusqu'à sa chambre avec ce plaisir qu'elle éprouvait lorsqu'elle se sentait obéie au doigt et à l'œil. Elle savourait cette autorité, peu comparable pourtant avec celle qu'elle aurait eu sur un homme mais, sans être dupe de ce pouvoir, elle aimait en jouir, et cet androïde ressemblait fort à un partenaire possible, un amant désirable. Elle lui demanda de se déshabiller, de se mettre entièrement nu. Marceau et les autres avaient vraiment fait du beau travail. Ce robot avait un corps parfait, non pas qu'il fut revêtu d'une musculature d'athlète ou qu'il ait été paré des charmes d'un mannequin, mais parfait au sens où il passait aisément pour un humain, un homme d'une trentaine d'années, ni trop beau ni quelconque, un juste équilibre de qualités et d'imperfections qui faisaient d'autant mieux illusion. En s'inspirant de corps réels, les auteurs de son anatomie avaient conservé toutes sortes de détails criant de réalisme : grains de beauté, pilosité éparse, petites cicatrices... Cette nouvelle génération rompait avec les critères de la précédente, laquelle avait misé sur des corps de top modèles. L'accent avait été mis sur une apparence plus subtile où la ressemblance avec l'humain ordinaire se devait d'être tout à fait sidérante. Ce robot était l'incarnation même de cette vision nouvelle. Au toucher, l'individu immobile qui attendait ses ordres, était également troublant de vérité. Muriel promenait ses doigts sur ce corps dont la chaleur bien qu'artificielle n'était pas moins sensible et où sa main rencontrait une peau si douce et si vraie qu'une émotion bien reconnaissable montait en elle, une émotion irrésistible dont elle ressentait les effets au bas de son ventre et jusqu'à la pointe de ses seins. Un autre robot aurait regardé fixement devant lui, imperturbable comme un soldat discipliné en attente des ordres à exécuter. Le robot de Muriel, au contraire, inclinait la tête en direction de celle-ci, observait son visage ou le mouvement de ses doigts. Si tout le reste de son corps demeurait impassible, sa tête et ses yeux bougeaient en souplesse, au gré des gestes de sa maîtresse, comme mus par une curiosité naturelle, celle qu'aurait pu avoir un homme de chair et de sang, simplement docile et patient. Muriel étudiait elle aussi les réactions de sa créature, mais elle tachait de se défaire de toute froideur professionnelle et cela ne lui demandait aucun effort tant elle se laissait elle-même prendre à ce jeu d'illusions. Sa main finit par atteindre le sexe de 712. Elle entreprit de le toucher comme elle l'aurait fait s'il avait été un homme. La réaction ne se fit pas attendre et, sous la caresse à peine appuyée, le pénis se dressa peu à peu, atteignant en quelques secondes une érection satisfaisante. Sous ses doigts coulissant le membre lui sembla juste un peu plus lourd que ne l'aurait été un phallus humain mais, à ce détail près, la sensation était incroyable, l'imitation totalement réussie. Elle demanda à l'androïde de s'allonger sur le dos et, après s'être déshabillée, elle s'installa sur lui. Sans se défaire de son sourire, le human-like obtempéra aussitôt et se mit à regarder intensément sa cavalière. On eut dit qu'il l'examinait avec soin et enregistrait scrupuleusement chaque geste, chaque attitude, chaque mouvement qu'elle accomplissait. Muriel éprouvait beaucoup de mal à faire de même alors que son but était précisément d'observer les réactions de son partenaire. Une curieuse inversion des rôles opérait peu à peu : l'objet d'étude devenait l'observateur et celle qui aurait dû garder une attention scrupuleuse sur le spécimen se laissait gagner par l'ivresse d'un plaisir qui rendait sa pensée flasque et comme sans force. Un instant, soit qu'elle eut été gênée par le regard pénétrant de son amant artificiel soit qu'elle eut accepté de s'abandonner à ce plaisir vaguement coupable, Muriel plongea la pièce dans l'obscurité et redoubla ses mouvements sur le corps servile du robot. Servile mais pas inactif, ce dernier quitta soudain sa passivité pour caresser les cuisses et les flancs de sa partenaire. Quand tous les autres robots pouvaient passer pour des pantins articulés pourvus d'un godemichet, le 712 remplissait un tout autre office en prenant l'initiative de gestes en tout point semblables à ceux qu'un homme aurait choisis. Ses caresses étaient habiles et précises, appliquées avec soin et douceur, exactement là où Muriel aurait attendu les attentions d'un amant véritable. L'obscurité aidant, elle perdait pied peu à peu et s'abandonnait à une jouissance qu'elle aurait aimé devoir à Jean Clos. C'est d'ailleurs son image qui se substituait par moment à celle de l'être synthétique. Dans le noir qui envahissait la pièce, elle pouvait donner à son partenaire artificiel les traits de l'homme réel qui lui venait à l'esprit, et Clos s'était imposé à son imagination. Elle aurait aimé qu'il fut là, sous elle, dans ce lit. Elle aurait aimé que ce robot disparaisse pour lui céder la place ou qu'il se transforme et devienne Jean Clos.

Ce vœu, un peu naïf de prime abord, ne tarda pas à devenir un idée et l'idée à faire son chemin. Pourquoi pas ? Pourquoi ne pas donner à 712 les traits de Clos ? Dans un premier temps, elle imagina reconfigurer le modèle qui avait partagé sa couche afin de le doter de la voix de Clos. Il était également tout à fait concevable de lui donner l'apparence de Clos plutôt que du quidam qui avait inspiré son physique. Mouler une skin-like sur une anatomie ad-hoc, travailler en détail la ressemblance à l'aide des images holographiques de son boss était l'affaire de quelques heures de labo avec la complicité de Cérébro. Bien entendu, tout cela devait rester secret et le travail de tests qu'elle menait à son domicile lui permettait de garder le modèle de son choix en toute confidence. Nul ne saurait qu'elle avait chez elle un human-like sosie de son patron. Elle réfléchissait à tout cela tout en regardant son pseudo-amant qui se rhabillait sans qu'elle ait eu besoin de le lui demander. Elle ne réalisa pas ce « détail » tout de suite, tant elle était occupée par ses pensées. Il lui revint quelques minutes plus tard : 712 s'était rhabillé de sa propre initiative ! Il avait fait de lui-même exactement ce qu'aurait fait un homme dans la même situation. Et, quand elle y songea vraiment, elle réalisa que c'était tout à fait étonnant.

— Qui t'a demandé de t'habiller ? lança-t-elle à son invité.

Ce dernier ne répondit pas tout de suite, donnant l'impression de chercher la réponse la plus appropriée.

— Il m'a semblé bien de le faire, glissa-t-il, accompagnant sa réplique de ce sourire candide qu'il affichait trop souvent pour ne pas être un peu agaçant.

— Il t'a semblé « bien » appuya Muriel. Mais que sais-tu de ce qui est bien ?

A nouveau, Muriel fut surprise de sa réaction : en guise de réponse, il se contenta de hausser les épaules, comme pour signifier son ignorance. De cela aussi Muriel fut étonnée, se demandant qui avait pu lui apprendre ce geste des épaules si… humain ? Comme pour devancer une question qu'il devinait, le robot repris :

— Je suis apte à prendre des initiatives, mais je peux enregistrer des consignes afin de ne pas les prendre, Muriel.

— Non, répondit celle-ci, c'est très bien ainsi.

Muriel se mit à réfléchir et à remuer des pensées qui s'ajustaient les unes aux autres comme les pièces d'un jeu de construction dont elle aurait soudain trouvé la logique. L'entretien à bâtons rompus qu'elle avait eu avec 712 la veille avait confirmé la performance du nouveau programme dont le robot était porteur. Marceau l'avait prévenue, ses capacités inédites étaient spectaculaires. L'androïde répondait avec une aisance et un naturel déconcertant, même pour ses géniteurs. Son regard gardait encore par instants une fixité qui disait sa nature artificielle, mais la fluidité de ses expressions faciales et des gestes de tout son corps semait aussitôt le doute et pouvait corriger la première impression. Homme ? Robot ? La frontière entre les deux devenait si mince qu'il était possible de tromper quiconque, au moins pendant quelques secondes. L'ingénieure en chef jubilait intérieurement de ce qui s'annonçait comme un franc succès et la récompense d'années de travail ; la femme, elle, caressait un projet plus personnel et moins avouable, mais les deux s'accordaient et Muriel voyait s'ouvrir un horizon extraordinairement excitant. La possibilité de créer un sosie de Clos devenait une tentation raisonnable, et ce n'était pas sa réalisation technique qui posait un problème. Si elle avait pensé tout d'abord à un double clandestin de son patron qu'elle aurait gardé chez elle, il lui apparut assez vite que cette perspective relevait d'un fétichisme un peu idiot dont elle se serait vite lassée. Non, il y avait mieux à faire. Le mieux était de mettre Clos dans la confidence, de lui proposer les services de ce double. Muriel connaissait suffisamment son boss pour savoir combien il apprécierait d'être délivré par moments de multiples tâches qui lui pesaient. Elle avait remarqué bien des fois son manque de sociabilité, sa difficulté à faire bonne figure face à des partenaires, des clients ou aux syndicats. Comme il aurait aimé alors être remplacé par un avatar pourvu des qualités humaines qui lui faisaient défaut ! Muriel souriait de ce paradoxe : 712 pourrait bien se montrer plus cordial, plus affable et, somme toute, plus humain que son créateur ! La jeune femme en était convaincue, Clos serait séduit par ce substitut qui lui rendrait l'exercice de son rôle plus facile et donnerait de lui une image plus sympathique. De même, Clos regarderait autrement cette collaboratrice si avisée qui lui apportait une liberté inattendue en plus d'un chef d'œuvre de la robotique. Muriel s'approcha de 712.

— Dis-moi, est-ce que Marceau t'a donné un nom ?

— Oui, Muriel, répondit le human-like sur un ton déférent, je m'appelle Alias.

— Eh bien, Alias, tu vas me conduire au labo, j'ai beaucoup de choses à t'apprendre

— Je dois savoir encore beaucoup de choses pour bien faire l'amour ? demanda le robot sur un ton ingénu, mais avec le même sourire qu'aurait adopté un homme à l'esprit subtilement ironique.

— Non, je vais t'apprendre à être quelqu'un.

17

Marceau fulminait. Il restait moins d'une heure avant la présentation de 712 à Clos et ni le robot ni Muriel n'étaient présents au labo ! Il se doutait parfaitement que les deux étaient ensemble et ne s'en étonnait pas. Muriel avait toute latitude pour procéder à des tests et des mises en situation in vivo. Certes, il aurait préféré assister à ces examens complémentaires aux siens, mais il acceptait que la directrice en charge du moteur émotionnel mène ses propres expertises de son côté et à sa guise. Cependant, aussi grandes soient ses compétences, il détestait qu'elle fasse cavalier seul et néglige l'équipe à laquelle elle appartenait. Cette absence à un moment crucial signait sa désinvolture et il se promettait de la lui faire payer, d'une manière ou d'une autre, le moment venu. Lorsqu'elle entra dans le labo, 712 « Alias » à sa suite, il se fit violence pour dissimuler sa colère et fit comme si de rien n'était, participant au soulagement général. Muriel s'excusa pour le retard et se fit rassurante en expliquant qu'Alias lui donnait toute satisfaction et qu'il était prêt à rencontrer Clos. Sans lui répondre, Marceau fit aussitôt procéder à d'ultimes vérifications, connectant Alias à Cérébro pour des scans de contrôle. Muriel se garda d'objecter. Cet examen était inutile, mais elle devinait l'exaspération de Marceau et préférait ne rien dire. Alias entra le premier dans le vaste bureau de Clos, suivi par l'équipe de Marceau. On aurait dit un vassal entouré de sa garde rapprochée, venant prêter allégeance à son roi. Le robot s'arrêta au milieu de la pièce et se figea. Clos l'observa d'abord à distance avant de s'en approcher de très près afin de l'étudier en détail. Chacun se taisait, s'interdisant de prendre la parole avant que le chef ne se soit prononcé le premier. Clos resta silencieux une longue minute. Alias n'était pas une totale découverte pour lui puisqu'il avait suivi les nombreuses étapes qui aboutissaient aujourd'hui à cette présentation, mais il n'avait jamais vu que des prototypes, des répliques en 3 D ou des hologrammes qui, pour être justes n'étaient que des épreuves bien pâles à côté de ce spécimen dont il contemplait la réalité tangible et ô combien probante. Il fit une moue approbatrice et acquiesça longuement avant de s'adresser à Marceau :

— Il est opérationnel ? Il me répond si je l'interroge ?
— Bien sûr, répondit sommairement le directeur de la brain team.

Clos sembla chercher un instant la question qu'il voulait poser à l'androïde et chacun fut surpris d'entendre ce qu'il voulait lui demander.

— Alias, sais-tu qui était le roi Salomon ?
— Salomon fut un roi d'Israël, répondit aussitôt le robot. Il régna de 970 à 931 avant Jésus-Christ et il
— C'est bon, coupa Clos. Connais-tu l'histoire du jugement de Salomon ?

Le robot sembla hésiter un instant.

— Non, Monsieur. Souhaitez-vous que j'interroge mes données ?
— Non, répondit Clos. Je vais te la raconter. Le roi Salomon était célèbre pour son sens de la justice. Un jour, deux femmes firent appel à son jugement. L'une et l'autre se disputaient un nouveau-né, chacune prétendant être la mère de l'enfant. Rien ne

semblait pouvoir les départager. Salomon décida alors que la meilleure chose à faire était de couper l'enfant en deux et de donner à chacune la moitié du petit.

Clos marqua une pause et interrogea à nouveau le robot.

— Que penses-tu de la décision du roi ? demanda-t-il
— Elle est très mauvaise ! S'exclama le robot en écarquillant les yeux. Un humain ne peut survivre une fois coupé en deux. Et c'est un crime !
— L'histoire raconte, repris Clos, que l'une des plaignantes se jeta aux pieds du roi le suppliant de donner l'enfant à l'autre femme plutôt que de le tuer. Par cette requête, la femme montra qu'elle était la mère véritable du nourrisson, le roi la reconnut comme telle et lui rendit le tout-petit.

Clos s'interrompit avant d'enchaîner :

— Que penses-tu maintenant de la réaction du roi ?
— Je comprends, répliqua Alias.
— Aurais-tu pensé à faire la même chose à sa place ?
— Oh non, j'aurais fait autrement.
— Et quoi précisément ?
— J'aurais prélevé l'ADN des deux femmes et de l'enfant afin de déterminer la vraie mère.

La réponse du robot déclencha un rire général qui eut pour effet de détendre un peu l'atmosphère de cette réunion. Alias se joignit lui-même à la liesse faisant entendre un rire d'imitation. Mais quiconque aurait observé plus attentivement son regard au même instant aurait pu penser qu'il se réjouissait vraiment, non pas parce qu'il aurait acquis soudain le sens de l'autodérision, mais comme s'il avait choisi sciemment sa réplique, comme s'il savait d'avance l'effet que sa réponse allait produire. Personne ne perçut ce détail, sauf peut-être Marceau qui cessa de s'esclaffer le premier et sembla considérer le human-like avec un regard songeur. Clos reprit la parole pour remercier chaleureusement l'équipe, dire tout le bien qu'il pensait du travail accompli et sa confiance à quelques jours de la présentation officielle. Il signifia également que la réunion était terminée, renvoyant chacun à ses préparatifs, tout en retenant Muriel, l'invitant à rester avec lui. Une fois seule avec Clos, elle prit la parole la première :

— Vous avez voulu tester son émotivité ?
— En quelque sorte. Mais je ne sais pas si c'est vraiment probant. Qu'en pensez-vous ?

Muriel fit une moue se donnant l'air plus gêné qu'elle ne l'était vraiment.

— J'ai étudié la question que vous m'avez posée l'autre jour et j'ai testé les réactions d'Alias. Plus le temps passe, plus je constate la rapidité avec laquelle il évolue. Cependant, je n'arrive pas encore à déterminer s'il procède par imitation avec une aisance de plus en plus troublante ou si sa façon sophistiquée de traiter des données lui donne des aptitudes inédites. Je pense qu'il faut encore attendre pour en savoir plus, mais j'ai quelque chose à vous proposer.
— Allez-y, répondit Clos.

Muriel prit une longue respiration avant de se lancer dans la longue explication qu'elle murissait depuis la veille.

— Vous avez pu constater combien 712 satisfait aux objectifs que nous nous étions fixés dès le début.

Clos acquiesça sans l'interrompre.

— A la différence de la précédente génération, 712 n'a pas été conçu pour remplir des fonctions précises. Son utilité ne consistera pas à exercer un rôle, un métier ou un ensemble de tâches pour lesquelles il disposerait d'un programme ad hoc. 712 est à la fois plus ouvert, plus malléable et doué d'un plus large spectre d'aptitudes. Avec lui, de nouveaux horizons s'ouvrent et une question clé se pose.

— Laquelle ? demanda Clos.

— Qu'allons-nous faire de lui ? Répliqua Muriel. A quelle utilité le destinons-nous ? Je sais que son importance n'est pas que d'ordre utilitaire, qu'il sert d'abord l'image de *Clos Technologies* comme révélateur de performances globales en robotiques.

— Il est d'abord le témoignage de notre avancée, précisa Clos. Un coup d'éclat qui va nous propulser parmi l'élite de ce marché et, notamment, favoriser les ventes des 711 tout en confortant nos actionnaires.

— Il peut être plus encore, enchaîna l'ingénieure.

— Que voulez-vous dire ?

— Alias porte bien son nom, vous savez… Je veux dire qu'il pourrait très bien occuper une place de choix dans votre entreprise, à vos côtés.

— A mes côtés ? s'étonna Clos. Vous pensez à une sorte de super assistant personnel ?

— Je pense à un double de vous-même. Un alter-ego qui pourrait vous décharger de multiples tâches, endosser les rôles que vous n'aimez pas jouer, faire bonne figure lors de réunions qui vous ennuient, vous remplacer à des moments que vous choisiriez. Bref une copie conforme du manager que vous êtes qui vous permettrait de vous consacrer pleinement aux tâches qui vous importent le plus.

— Vous parlez sérieusement ? s'enquit le PDG de *Clos Technologies*.

— Vous avez eu un aperçu de ce dont 712 est capable, imaginez qu'on le dote d'un programme personnalisé qui lui permettrait de tenir parfaitement votre rôle.

— Cela supposerait qu'on lui confie quantités d'informations sur l'entreprise, ses projets, ses chiffres...

— Un tri serait à faire, il ne disposerait d'aucune donnée confidentielle, juste l'essentiel et il composerait avec cela.

— Mais, son apparence...

— C'est le plus facile à faire. Un parfait sosie est tout à fait réalisable, sa voix serait identique à la vôtre, il est même capable d'adopter votre démarche, vos postures, vos gestes... Nous pouvons le programmer aussi à cet effet.

Clos cessa de regarder Muriel pour mieux se concentrer sur ce qu'elle venait de dire. Il observa son fauteuil vide à quelques pas de lui. Un rayon de soleil traversait la baie vitrée et tombait sur lui presque à la verticale, comme l'aurait fait un projecteur. Le cuir du siège prenait des tons dorés et ses éléments en métal semblaient scintiller dans un halo de poussières brillantes. Clos n'avait jamais aimé être dans la lumière. Dans la mesure du possible, il évitait l'attention des médias préférant qu'elle se porte sur son travail plutôt que sur sa personne. De même, il esquivait tout ce qui le confrontait à d'autres personnes et mettait à l'épreuve sa sociabilité. Il aimait diriger dans l'ombre, loin des regards. Pour cette raison, la proposition de Muriel l'intéressait beaucoup. L'hypothèse qu'elle dessinait séduisait le manager mais également l'homme, et cela, Muriel l'ignorait. Disposer d'un double qui accomplirait toutes sortes de corvées, c'était aussi libérer du temps pour Célia… Il se demanda ce qu'aurait pensé le docteur Clay de tout ce qui venait d'être dit. Il se promit de lui en parler, même si sa décision était déjà prise.

— Vous allez faire cet Alias à mon image. Je veux me rendre compte par moi-même de tout ce que vous venez d'évoquer. Évidemment, très peu de personnes doivent être au courant.
— Impossible de ne pas mettre Marceau et les autres dans la confidence, objecta Muriel, mais j'ai mon idée sur la manière de lui présenter la chose.
— Quelle idée ?
— Vous nous avez parlé à plusieurs reprises des menaces des antibots, de celles que vous recevez directement depuis quelques temps. Vous pourriez très bien présenter votre double comme une mesure de protection en cas d'agression, un leurre qui ferait diversion et s'exposerait à votre place.

Clos fut surpris par cette suggestion. Non par l'idée en elle-même, qu'il trouvait habile et convaincante, mais par l'à-propos de Muriel. Tout laissait penser qu'elle avait songé à tout et longuement réfléchi à ce projet de double.

Pourquoi ? Qu'est-ce qui lui donnait autant de ressources et de suite dans les idées ? Clos s'étonnait de ce zèle auquel elle ne l'avait pas habitué et qui dépassait le rôle qu'elle était censée jouer au sein de *Clos Technologies*. Il aurait pu l'interroger, obtenir qu'elle dévoile d'éventuelles arrière-pensées ou un plan savamment médité, mais il trouva le moment mal choisi. De plus, il était très satisfait de son travail et ne voulait pas altérer son enthousiasme alors qu'il avait besoin d'elle. Il se promit d'y réfléchir plus tard. Clay lui revint à l'esprit : fallait-il ou non le mêler à cela, l'informer de ces nouveaux faits et le mettre dans la confidence du double ? Que penserait-il de cette perspective ? Au fond, de toutes les personnes qu'il connaissait, seul Clay pouvait avoir un véritable recul face à tout cela et un avis qui ne soit pas inspiré par des calculs obscurs ou des intérêts particuliers. De toute façon, Clos avait l'intention d'inviter son mentor à la grande présentation qui approchait. Il fallait que Clay voie ça, d'autant qu'il avait envie aussi de le surprendre, de surprendre tout le monde…

18

Smoking or not smoking ? Clay s'amusait de son hésitation tout en décrochant de leur cintre deux costumes élégants. L'invitation qu'il avait reçue de Clos ne précisait pas si la soirée serait ou non en grande tenue. S'il avait l'habitude des congrès et autres séminaires dédiés à sa profession, Clay n'était guère coutumier des usages propres aux événements mondains et celui auquel il était invité lui semblait s'inscrire dans cette catégorie. Un simple appel au secrétariat de *Clos Technologies* éclairerait sans doute son choix et il se conformerait volontiers à ce qu'on lui dirait. Clay était curieux d'assister à cette grande messe. Non seulement parce que le carton promettait un « moment historique » assorti d'une « révélation sans précédent » - rhétorique de relations publiques qui le faisait sourire - mais surtout parce qu'il était curieux de découvrir Jean Clos sous un jour nouveau, loin de l'intimité de son cabinet. Précisément sous ces feux de la rampe dont son client préférait se tenir éloigné autant que possible. Clay savait que Clos n'aimait pas cette publicité autour de sa personne et encore moins de se retrouver en représentation à la façon d'un Steve Job ou d'un Elon Musk. Mais il savait aussi que ce jour n'était pas comme les autres, qu'il allait cristalliser l'attention du monde entier sur un tournant majeur dont la robotique sortirait transformée à jamais et auquel le nom de son patient resterait associé. C'était en tout cas ce que Clos lui avait annoncé. Avec une ferveur quasi religieuse, ce dernier avait abordé ce sujet en consultation sans toutefois dévoiler de quoi il retournait exactement. Rien ne devait filtrer avant le jour J. Le docteur n'avait pas cherché à en savoir davantage, mais il était clair que le motif de ce grand événement aurait l'effet d'une bombe et c'était précisément pour cela que Clos l'entourait de mystère. Le soir venu, revêtu de son smoking, Clay se présenta au contrôle qui donnait accès à l'immense salle au design épuré où se pressaient plusieurs centaines de personnes choisies avec soin. Il présenta son invitation à l'une des rob'hôtesses qui la scanna d'un simple regard, puis il fendit la foule des invités, suivant un autre robot qui le conduisit aussitôt au fauteuil qui lui était réservé. Le siège faisait face à une vaste scène vide, derrière laquelle d'immenses écrans diffusaient en continu des images qui retraçaient la jeune histoire de *Clos Technologies*. Clay s'apprêtait à attendre sagement que le show commence quand il sentit une main se poser sur son épaule.

— Ça alors, Paul Clay ! Un psychologue chez les robots ! La voix provenait du fauteuil placé juste derrière le sien, et Clay reconnut aussitôt Max, Maxime Pandor, le reporter-blogueur de WorldNews.

— Max ? s'écria Clay, s'efforçant de sourire, partagé entre la satisfaction de trouver un visage familier parmi cet auditoire d'inconnus et la crainte de devoir supporter l'un des pots-de-colle les plus redoutables de la presse française.

Maxime Pandor « Max » et Paul Clay se connaissaient depuis le lycée et entretenaient, à ce titre, un vague lien amical. Et, comme tout journaliste qui se respecte, Max était d'une curiosité sans borne.

— Que fait donc notre éminent psychologue parmi le gratin de la high-tech ? Ne me dit pas que tu t'intéresses aux prodiges de la robotique, tu n'as jamais été fan de ces Pinocchios métalliques.

Max était assez fin connaisseur de ses relations et il avait une mémoire infaillible. Alliées à un besoin permanent de confidences en tout genre, ses qualités ne laissaient guère d'échappatoire à ses interlocuteurs dès lors qu'il flairait quelque chose d'insolite.

— Toujours aussi indiscret, tenta Clay, réalisant aussitôt le peu de poids de sa remarque face à un reporter de la ténacité de Pandor.
— Allons Paul, tu sais bien qu'il n'y a pas de questions indiscrètes, il n'y a que des réponses indiscrètes ! Lâcha le reporter en riant, habile à répliquer dès qu'il sentait qu'il y avait quelque chose à apprendre. A part mes pénibles ou sympathiques confrères, ajouta-t-il en balayant du regard le public alentour, il n'y a ici que des pontes de la robotech internationale, des ingénieurs, chercheurs, techniciens et… un psychologue ! Ma question me semble donc tout à fait pertinente, mon vieux.
— Ok Max, concéda Clay, sachant qu'il devait donner à son questionneur un os à ronger sous peine d'être harcelé toute la soirée. Je suis ici sur l'invitation de *Clos Technologies* pour qui je travaille depuis peu.
— Ça, je l'aurais deviné tout seul figure-toi. Mais que fais-tu pour eux ? Ne me dis pas que leurs robots ont besoin d'un psy désormais !

Clay allait répondre qu'il était tenu au secret professionnel quand une musique puissante retentit, couvrant toutes les conversations et faisant l'effet d'un coup de gong qui le sauvait de toute explication supplémentaire. Un jeu de projecteurs inonda bientôt de faisceaux lumineux la scène où flottait le logo holographique de *Clos Technologies*. Sous une gloire qui l'illuminait et le suivit jusqu'à un pupitre, Jean Clos fit soudain son apparition dans un concert d'applaudissements. Clay fut aussitôt étonné de l'aisance avec laquelle son patient, si peu enclin à se montrer et s'exprimer en public, souriait et saluait son auditoire, s'inclinait ou agitait la main, avec la même énergie et le même allant qu'un politicien en tournée électorale. De toute évidence, les pros de la com qui le coachaient avaient fait un efficace travail de média-training. Le silence revenu, Clos prit la parole pour dérouler le discours qu'il avait sans doute écrit lui-même. Clay remarqua qu'il ne s'aidait d'aucune note écrite et qu'aucun prompteur ne semblait le soutenir dans cet oral. Clos développait son propos avec éloquence et facilité, donnait l'impression non seulement de parfaitement maîtriser son sujet mais également d'improviser des remarques spirituelles, d'ajouter à un texte assez convenu un style léger, un phrasé inspiré et une forme d'autodérision qui tranchait avec le conformisme de ce type d'allocution. Pour qui ne connaissait pas Clos, cette prestation n'avait rien de particulièrement remarquable, elle s'inscrivait dans la lignée des numéros d'acteur dont sont capables certains chefs d'entreprise charismatiques ; mais pour tous ceux qui connaissaient le Clos taciturne et froid, cette maestria avait tout d'une performance inédite qui ne laissait pas d'intriguer Clay. Pendant une vingtaine de minutes, le patron du jour fit l'éloge de ses collaborateurs, évoqua les nombreux progrès accomplis par la robotique en général et celle de *Clos Technologies* en particulier, révéla de nombreux chiffres sans ennuyer quiconque et se permit même une digression philosophique sur le destin heureux qui liait, selon lui, l'Homme et le robot dans un avenir déjà commencé… Clay n'en revenait pas. Son client était donc capable de surmonter les obstacles qui le freinaient en temps ordinaire, à même de se délester de tout ce qui pesait sur son comportement et briller comme un show-man parfaitement rôdé. Il fallait donc que cette soirée soit exceptionnelle et que l'annonce que tout le monde attendait soit capable de le transcender. Comme un comédien ménageant ses effets, le businessman marqua soudain un silence solennel avant de prendre un ton grave qui annonçait l'apogée de son discours. En quelques mots, il déclara l'avènement d'une nouvelle génération de robots dont la ressemblance avec l'être humain était sans précédent et défiait toute comparaison.

— « Je vous le dis, mes chers amis, le monde est mûr pour un progrès que le mot même de robot ou d'androïde ne peut plus définir tant il est devenu caduc, impropre, désuet. *Clos Technologies* est aujourd'hui en mesure de produire un « frère » pour l'Homme. Et je laisse le soin au créateur de notre société de vous le présenter.

Paul Clay se souviendrait encore longtemps de sa stupéfaction lorsque, sur ces mots, apparu sur scène le véritable Jean Clos. Un murmure de surprise parcouru la salle au même instant, alors que beaucoup hésitaient à admettre ce qu'ils voyaient.

— Clos a un sosie ? Un frère jumeau ? C'est un comédien grimé en Clos ?... S'empressa de demander Max qui ne croyait pas à ce qu'il voyait ou venait d'entendre, ce qui revenait au même.

Clay ne disait rien. Il savait que l'homme à la démarche hésitante et au sourire timide qui venait d'entrer en scène était le vrai Jean Clos. Et, comme si ce dernier comprenait le flottement qui s'était installé et voulait dissiper tous les doutes naissants, il s'approcha de son double à la verve facile, passa sa main dans sa nuque et l'immobilisa aussitôt. A la vue de de l'androïde statufié, un long murmure bourdonna dans la salle incrédule, puis, peu à peu, des applaudissements se firent entendre, épars d'abord puis unis comme un roulement de tambours montant crescendo. La foule prenait pleinement conscience d'avoir assisté à un prodige. Certains restaient sans doute dubitatifs, enclins à penser que ce n'était que le bluff d'un coup de com et que, demain, tout cela retomberait comme un soufflé. A côté de son double, Clos saluait et souriait avec gratitude. Pour sa part, Clay restait perplexe et même plongé dans un abîme de perplexité. Comme tout le monde, il réalisait que quelque chose d'extraordinaire venait de se produire et que le discours qui passait pour présomptueux quelques minutes auparavant sonnait tout autrement désormais. Comme tout le monde, il s'interrogeait sur les conséquences qu'aurait bientôt une telle évolution. Certains, plus avertis que d'autres, mesuraient mieux les bénéfices ou les pertes que cette nouvelle génération allait forcément entraîner à court, moyen ou long terme. Un peu comme les premiers hommes qui avaient assisté à l'envol des frères Wright, chacun se frottait les yeux, rêveur ou inquiet, enthousiaste ou désemparé. Max tira Clay de sa torpeur.

— Qu'est-ce qu'on a vu ce soir, la neuvième merveille du monde ? Mais dis-moi Paul, tu étais au courant ? Tu es pour quelque chose dans ce numéro ?

— Pour rien du tout Max, rien du tout…

19

— Alors, Docteur, qu'avez-vous pensé de tout cela ?
Clos avait posé sa question avec calme, mais son regard hésitant, fuyant un peu celui de Clay, laissait deviner qu'il redoutait la réponse de son psy. Installé dans son fauteuil, face à son patient, le médecin observait celui-ci, réfléchissant à ce qu'il allait dire. Souriant avec bienveillance, comme à son habitude, il donna son avis sans s'appesantir :

— Vous m'aviez parlé d'une grande surprise et, comme tout le monde je pense, j'ai été bluffé par votre… coup de théâtre.
— Oubliez toute cette mise en scène. Comment avez-vous trouvé mon… double ?
— Je ne suis pas sûr que vous ayez véritablement un double, comme vous dites.
— Quand même ! Vous dites vous-même avoir été bluffé. Reconnaissez que sa ressemblance avec moi est ahurissante !
— Eh bien… Dites-moi donc en quoi il vous ressemble.
— Mais enfin, Docteur, vous l'avez bien vu ! Ses traits, son corps, sa façon de marcher, de parler… Repensez à sa voix, par exemple, c'est exactement la mienne !
— C'était troublant en effet, plus que troublant même. Mais vous me parlez d'apparence et votre apparence n'est qu'une partie de vous.
— Je sais que certains doutent de ce qu'ils ont vu, nous allons devoir convaincre un à un nos acheteurs et

leur apporter des preuves plus tangibles du prodige auquel ils ont assisté. Ce n'est qu'une question de temps. Très vite, tous seront convaincus de l'évolution considérable que constituent nos human-likes.

— Et ils voudront leur double eux aussi ?

— Certains sans doute, même si cette gémellité n'est qu'un bénéfice secondaire. Tous voudront des androïdes quasiment indifférenciables des êtres humains, pour de multiples raisons. Et nous pourrons les leur fournir ! Pardonnez-moi de prendre cet exemple Docteur, mais il s'avère éloquent d'après les études que nous avons faites : imaginez que votre épouse décède demain.

— Mon Dieu, moi qui cuisine si mal ! plaisanta Clay.

— Il nous sera possible de la recréer pour vous !

— La recréer… Vraiment ?

— Créer une copie parfaite de la femme que vous avez connue. Vous aurez l'illusion qu'elle est toujours à vos côtés !—

— L'illusion, oui… Mais, j'aimerais que nous revenions à vous. De mon point de vue, votre robot s'est montré bien différent de vous. A vrai dire, je ne vous ai pas reconnu. L'autre soir, il avait une aisance dans sa gestuelle, une assurance dans sa voix, une telle facilité à parler, sourire, regarder le public sans ciller qu'il ne vous ressemblait pas.

— Qu'il soit plus à l'aise que moi, meilleur que moi pour les relations publiques, n'est pas pour me gêner, bien au contraire.

— Que voulez-vous dire ? demanda Clay, tout en pressentant la réponse de son patient.

— J'envisage d'utiliser ses aptitudes, et justement celles-ci, pour me remplacer à certains moments et pour certaines tâches.

— Vous pensez vraiment qu'il pourrait se substituer à vous comme Président de *Clos Technologies* ?

— N'exagérons rien, je vois la possibilité qu'il me relaye lors de diverses réunions, apparitions publiques, manifestations... De la pure représentation et rien d'autre. Vous savez bien que je déteste m'exposer, me confronter à autrui.

— Vous le croyez vraiment capable de se faire passer pour vous ?

— Pas de façon systématique, bien sûr. Ce sera examiné au cas par cas. Les comédiens se font bien doubler pour certaines scènes de films, ce pourrait être sensiblement la même chose.

— Mais, je ne serai pas le seul à constater qu'il n'est pas vraiment comme vous. Votre entourage va s'apercevoir de différences sensibles ! Qu'allez-vous dire aux uns et aux autres ?

— On m'a suggéré de laisser penser que j'utiliserai cet alter ego pour ma protection, un leurre en cas de problème, face aux antibots, par exemple. Ils se montrent de plus en plus agressifs et devraient l'être encore plus désormais. Mais quel que soit le rôle auquel je le destine, je vais avoir besoin de votre aide.

— Allons, Monsieur Clos, je travaille sur des humains, pas sur des robots.

— J'aimerais que vous assistiez ma spécialiste en moteur émotionnel. Elle a pour rôle d'améliorer le comportement, les réactions, le savoir-être de nos nouveaux robots. Je suis certain que vous pouvez lui apprendre certaines choses qu'elle saura appliquer à sa manière.

— Vous tenez tant que ça à « humaniser les robots » comme vous me l'avez dit un jour ?

— C'est en ce sens que nous apportons une véritable innovation. Vous seriez d'accord ?

— Eh bien… Je dois donner une conférence prochainement. Rien d'aussi grandiose que la vôtre, ajouta le psy avec un sourire. C'est à mon tour de vous inviter. Vous et votre spécialiste, bien sûr.

— Merci, Docteur. Et un dernier mot. Il y a une autre raison pour laquelle je compte utiliser mon sosie robot.

— Il va vous permettre de sécher vos pénibles réunions avec les syndicats ou la presse, c'est déjà pas mal, plaisanta Clay.

— Il va aussi me libérer du temps pour Célia.

— Du temps… Je vois que vous n'envisagez pas de la dédoubler elle aussi, c'est plutôt rassurant.

— J'avoue que c'est une hypothèse qui m'a effleuré. Non, sérieusement, je pense avoir là un moyen de me rendre plus disponible pour elle, de répondre à ses attentes et, plus simplement, de mieux me consacrer à notre avenir. En aidant ma collaboratrice, vous m'aiderez aussi à atteindre ce but.

— Vous croyez vraiment que cela va vous aider ?

— Bien sûr.

Clay soupira et quitta un instant son air débonnaire pour une mine soucieuse.

— Laissez-moi vous conseiller une chose à propos de votre amie.

— Laquelle ?

— Veillez à ne pas la laisser seule avec votre robot.

20

S'il n'était pas parmi les psychologues les plus en vue de sa génération, et si les médias ne le sollicitaient pas comme certains de ses confrères, le docteur Clay n'avait pas moins une réputation d'excellent conférencier qui lui valait l'appréciation de publics variés. Son nom circulait et il était rare qu'un mois passa sans qu'on lui proposât d'intervenir dans une entreprise, un campus ou un hôpital. Le nom de Clay ne disait rien à Muriel, mais elle était ravie de cette sortie en compagnie de Clos. Elle trouvait là l'occasion de respirer après la soirée événementielle qui lui valait d'être copieusement harcelée par quantité de journalistes. De plus, se retrouver en tête à tête avec « le chef d'entreprise de l'année », ce qu'il serait bientôt, n'était pas pour lui déplaire.

— J'aimerais que vous écoutiez cet homme, lui avait dit Clos. Je pense qu'il peut vous apprendre beaucoup de choses qui vous permettront d'affiner le comportement de mon… « alter ego ».

Muriel avait acquiescé sobrement tout en songeant à cette espèce d'aveuglement dont Clos était parfois capable. Ne voyait-il pas que son double était justement mieux que lui ? N'avait-il pas constaté qu'il avait les qualités qui lui manquaient ? C'était pourtant flagrant ! La soirée l'avait amplement démontré en révélant un élève qui dépassait son maître par son comportement, sa faconde, sa sociabilité. Si quelqu'un devait progresser, c'était bien Clos lui-même !

— Le psychologue que nous allons voir, avait poursuivi Clos, ne connaît rien à la robotique. Il n'a aucune idée des protocoles que nous suivons et il est totalement étranger aux techniques que vous mettez en œuvre. Mais je pense que vous saurez interpréter et adapter son enseignement de telle sorte que, d'ici quelques temps, les aptitudes de notre clone seront encore plus grandes.

Comparée au barnum tonitruant du « *Clos Technologies event of the year* », la conférence du docteur Clay aurait pu passer pour une aimable conversation de salon ou, plus sûrement, un cours de psychologie pour adultes. D'ailleurs, la salle en hémicycle qui faisait face à un plateau de scène rappelait sensiblement l'amphithéâtre d'une faculté. Aucune foule bourdonnante et agitée n'avait envahi ses gradins, mais un public modeste en nombre, quelque peu clairsemé et attentif à l'extrême, visiblement captivé par le barbu qui se tenait seul, sans pupitre, devant son auditoire. Arrivés avec un léger retard, Clos et Muriel s'étaient glissés aussi discrètement que possible dans la pénombre et avaient pris place parmi le public silencieux, indifférent à leur arrivée. Un auditoire essentiellement féminin, venu écouter la voix calme du médecin dont Jean Clos avait rapidement fait son mentor. Le fondateur de *Clos Technologies* était d'ailleurs assez fier de son thérapeute. Le bien qu'il en avait dit à Muriel était exactement proportionnel à la satisfaction qu'il obtenait de ses entretiens avec lui, certain d'en tirer bénéfice même s'il ne sentait pas encore de changement majeur en lui. Du reste, s'il était ici, ce n'était pas pour lui-même cette fois, mais pour que Muriel acquière un peu du savoir de cet orateur et prodigue à leur human-like une acuité cérébrale inédite. Sans a priori, l'ingénieure en chef, responsable du moteur émotionnel de nouvelle génération, montrait toute la bonne volonté requise et écoutait l'homme à l'élocution sereine. Peut-être y avait-il, en effet, quelque enseignement utile à tirer. Et, même si ce n'était pas le cas, si ce n'était qu'une lubie de son patron, elle ne voyait aucune objection à se ranger à son avis pour le peu qui lui en coûtait. Quelques mètres plus loin, sur le plateau qui lui offrait une tribune, le docteur Clay embrassait du regard les personnes venues l'écouter et, tout en s'adressant à l'ensemble de ces inconnus, semblait parler à chacun d'eux, comme il l'eut fait au cours d'une consultation individuelle. Pour un peu, Jean Clos se serait cru dans son cabinet et le propos de Clay le confortait dans cette impression car il reprenait pour une bonne part les sujets abordés avec lui. La conférence avait pour thème les relations interpersonnelles et les façons de les rendre possibles ou meilleures, que ces relations soient familiales, professionnelles, amicales ou sociales. Clay développait les notions devenues familières à Clos : le fait que nous sommes des êtres interdépendants et que nous avons besoin des autres pour nous réaliser, nous épanouir, la nécessité d'entretenir des relations avec autrui dans ce but, ces notions essentielles de partage et d'échange... Clay parlait de sa voix claire et persuasive, évoquant cet « autre » qu'il nous est impossible de changer quand bien même nous le voudrions de toutes nos forces. Cet autre qu'il nous faut accepter tel qu'il est, sur lequel nous ne pouvons pas peser, alors qu'il nous est tout à fait possible d'influer sur la relation qui nous mène à lui.

— « Il nous faut savoir que les autres sont comme ils sont et apprendre à les accepter tels quels, affirmait Clay, accepter l'idée qu'il nous est impossible de les changer, comme nous-mêmes nous ne changeons pas au gré de la volonté d'autrui. Ma femme aurait adoré que je sois un gangster rusé et ambitieux, ajoutait-il sur un ton facétieux, mais elle a dû se faire à l'idée que je n'ai aucun goût pour le crime ! Et si demain l'envie me prenait d'attaquer une banque, elle penserait peut-être m'avoir convaincu. Mais ce serait faux ! J'aurais fait ça parce qu'un psychologue ne gagne pas tant que ça à faire des conférences ! Et c'est moi qui aurais décidé de changer. Elle n'y serait pour rien ! ».

Laissant la salle s'esclaffer, Clay pivota vers le tableau auquel il avait tourné le dos jusqu'à présent et s'appliqua à tracer trois colonnes à l'aide d'un marqueur. Dans la première, il expliqua que le bonhomme qu'il dessinait sommairement le représentait lui-même, mais on pouvait comprendre qu'il figurait un personnage qui aurait pu être n'importe qui. Laissant la colonne centrale vide, il se mit à dessiner dans la suivante un autre personnage, peu sympathique celui-là, plus grand, plus fort, et aux traits sévères. Tout en faisant courir son feutre, il expliqua que ce croquis montrait cet « autre » qui ne nous convient pas et qu'on aimerait changer.

— Les gens sont comme ils sont, commentait-il, et s'appliquer à vouloir les changer pour qu'ils soient conformes à ce que l'on aimerait qu'ils soient est une tâche aussi vaine qu'épuisante. Il faut accepter l'autre tel qu'il est, dans sa différence, comme il faut accepter ces lois naturelles contre lesquelles se battre est peine perdue. Prenez la vieillesse par exemple. Nous faisons parfois tout notre possible pour la retarder, limiter ses effets, mais nous savons bien au fond de nous que cela ne sert à rien.

Clos reconnaissait le propos que Clay avait déjà tenu pour lui. Il aurait pu réciter l'adage inspiré de Marc-Aurèle : « Il faut avoir la force de changer ce que l'on peut changer, avoir la sagesse d'accepter ce qui ne peut pas changer et avoir l'intelligence de faire la différence entre les deux ». Le principe de Paretto lui revenait également en mémoire : quoique l'on fasse, on trouvera toujours parmi les gens qui nous entourent 20% d'individus qui ne nous conviennent pas et qu'il est inutile de vouloir changer !

— Mais que cela ne vous donne pas le sentiment qu'il n'y a rien à faire dans cette relation à l'autre, poursuivait Clay. Bien au contraire, il est possible d'agir et c'est sur cette action possible qu'il faut se concentrer. Pas en pesant sur l'autre donc, mais en portant nos efforts sur ce qui nous lie à lui, sur la relation que l'on entretient avec lui et que l'on peut améliorer. Car elle, elle peut changer !

Tout en disant cela, Clay dessinait maintenant dans la colonne au centre des deux autres, et il esquissait une sorte de tube qui aurait pu symboliser un trait d'union entre les deux personnages.

— Vous voyez ce « tuyau » disait-il, il représente cette relation, que celle-ci soit sociale, amicale, professionnelle, amoureuse, peu importe sa nature. Pourquoi ai-je représenté un tuyau plutôt qu'un fil par exemple ? Parce qu'à la manière d'un conduit de plomberie, la relation que nous avons avec autrui fonctionne comme un flux qui circule, un flux qui peut et doit circuler au mieux pour que cette relation soit satisfaisante. Dans ce tuyau imaginaire se croisent deux flux : la parole et l'écoute. Et cela veut dire une chose très simple : parler à l'autre et écouter l'autre, c'est assurer la régularité de ce flux dans les deux sens, c'est permettre une relation fluide. Et comme un tuyau doit être entretenu pour que le liquide passe correctement, il nous faut entretenir notre « tuyauterie relationnelle » en veillant à parler à l'autre et à l'écouter en retour. Et cela, même si l'autre répond peu ou mal. Il nous faut agir sur la qualité de la relation. Et nous le pouvons !

Par un silence approbateur, l'assistance manifestait un intérêt certain pour le discours de Clay et tous les regards étaient rivés à l'orateur et son tableau. Tous, sauf un. Dans les pas de Clos et de Muriel, se glissant à leur suite dans la salle, Max avait pris place dans une rangée de fauteuils plus élevée. De là, il pouvait observer discrètement Clos et sa collaboratrice. On lui aurait demandé ce qu'il faisait là, le journaliste aurait pu répondre que son amitié pour Clay l'avait naturellement conduit à cette conférence. Mais un observateur attentif aurait sans doute remarqué que son attention se portait moins souvent sur le psychologue et ses croquis que sur le fondateur de *Clos Technologies* et son ingénieure. Depuis la soirée qui avait révélé au monde la nouvelle génération d'androïdes, et parce qu'il avait été surpris d'y rencontrer Clay, Max avait décidé de coller aux semelles de ces protagonistes, certain que son flair le mènerait à quelque chose d'intéressant, de très intéressant même. Quoi ? Pour l'heure, il n'en avait pas la moindre idée mais, s'il le fallait, il pourrait poursuivre sa filature des semaines durant. La non-réponse de Clay le fameux soir avaient été aussi éloquente pour lui que l'exposé que le médecin poursuivait sous les projecteurs.

— Il nous faut apprendre à entretenir notre tuyau, disait le psychologue, parce que si on n'en prend pas soin, il s'encrasse, se bouche et le flux s'interrompt, la relation se meurt. Or, l'être humain est fondamentalement un être social, en interdépendance avec ses semblables avec lesquels il a besoin de se lier, de communiquer pour s'épanouir. Recréer du lien est toujours possible, mais cela nécessite du temps, de l'énergie, cela nous coûte. Mieux vaut donc mettre son ardeur à fluidifier ce qui circule dans le tuyau. De l'écoute dans un sens, de l'expression dans l'autre. Cela nous demande d'écouter l'autre, mais aussi d'exprimer ce que l'on pense et ressent. Pour cela, nous avons un véritable savoir-faire relationnel à acquérir et développer.

Si Muriel avait jusque-là prêté une oreille attentive à Clay par simple curiosité intellectuelle, elle n'avait pas encore fait de lien clair entre ce qu'elle entendait et l'utilité qu'elle pouvait en déduire. Mais cette notion de « savoir-faire relationnel » lui mettait la puce à l'oreille. Comment travailler le savoir-faire relationnel du human-like était précisément ce sur quoi elle s'interrogeait sans trouver de réponse probante. Clay ne lui apporterait peut-être pas de solution applicable à un robot, mais rien ne coûtait de tendre l'oreille.

— Pour assurer ce double flux, il nous faut examiner nos comportements relationnels et voir où nous en sommes avec eux. Pour cela il nous faut identifier et, au besoin, corriger le comportement qui nous caractérise. Les plus fréquents sont au nombre de quatre. Êtes-vous « paillasson », « hérisson », « manipulateur » ou « affirmé » ? C'est ce que nous verrons lors de notre prochain rendez-vous. Je vous remercie.

Clay avait prononcé ces derniers mots avec l'air malicieux de l'orateur qui sait qu'il laisse ses auditeurs sur leur faim et stimule d'autant leur curiosité pour une allocution ultérieure. Naturellement, chacun aurait voulu savoir ce qu'il fallait entendre par ces quatre comportements. Muriel, la première, se sentait frustrée par cette interruption au moment même où son intérêt avait grimpé d'un cran.

— Y a-t-il moyen de s'entretenir avec lui ? s'enquit-elle auprès de Clos.

— J'allais vous le proposer, répliqua celui-ci. Je comptais justement vous le présenter.

Même s'il s'y attendait, Clay avait été touché par la visite de son patient à l'issue de sa conférence. Qu'il puisse libérer du temps pour cela, alors qu'il était sollicité de toutes parts depuis sa mémorable soirée, lui était agréable. Mais, plus encore que cette satisfaction, la curiosité que lui inspirait Muriel occupait davantage son esprit. Durant les présentations et le bref échange qui avait suivi, il avait écouté avec une attention particulière cette femme en découvrant la place exacte qu'elle occupait au sein de *Clos Technologies* et son rôle éminent dans la création du sosie de Clos. Si ce dernier tenait les brides de l'entreprise la plus en vue du moment, cette femme avait la haute main sur la création de ces androïdes sans précédent. D'une certaine manière, elle était la « mère » de cette nouvelle génération ou, du moins, leur principale auteure, et cela l'impressionnait. Or, cette personne brillante se montrait vivement intéressée par ses modestes lueurs.

— J'aimerais beaucoup m'entretenir avec vous à propos de ce savoir-faire relationnel dont vous avez parlé.
— Cela vous intéresse pour votre propre développement personnel ? questionna Clay.
— Non, quoique… Mes recherches m'amènent à penser qu'il y a là une piste intéressante pour le développement émotionnel de nos human-likes. J'aimerais vous proposer quelque-chose.
— Dites-moi.
— Je vous invite à découvrir en invité privilégié les coulisses de *Clos Technologies*, le laboratoire où nous concevons le robot que vous avez vu l'autre soir. A cette occasion et en contrepartie, vous me direz ce que ce savoir-faire relationnel implique comme comportement, techniques, façons d'être et de faire.

Muriel avait parlé sans l'assentiment de Clos et, réalisant qu'elle s'aventurait peut-être un peu trop loin – son laboratoire restait un lieu tenu secret auquel seuls certains membres de *Clos Technologies* avaient accès – elle finit sa phrase en cherchant le regard de son boss. Un hochement de tête de ce dernier lui indiqua son approbation.

— Vous pensez pouvoir inculquer ce savoir-faire relationnel à vos robots, interrogea Clay ?

— Si cela est possible, c'est bien mon intention.

Clay se mit à lisser sa barbe en silence comme il le faisait lorsqu'une situation le laissait perplexe ou circonspect. La perspective de conseiller cette Frankenstein moderne ne lui plaisait guère. Il doutait que sa science puisse s'appliquer à des êtres artificiels, mais depuis cette fameuse soirée et la prestation extraordinaire de cet androïde, il n'était plus sûr de rien. Ce human-like pouvait-il faire sien un comportement humain si subtil ? Et si tel était le cas, ne risquait-il pas, lui le médecin, de devenir complice de l'élaboration d'un monstre ? Non, certes non, il n'avait aucune envie de contribuer à l'évolution de ces créatures. En même temps, sa curiosité scientifique était piquée au vif. Une puissante envie de voir ce robot de près, de découvrir quelques secrets de sa gestation et, peut-être aussi, de mieux appréhender un danger possible, si danger il y avait, remuait sa conscience et ses pensées. Il lui vint alors à l'esprit qu'accepter l'invitation de l'ingénieure ne dépendait pas seulement de lui. Silencieux jusque-là, son client avait son mot à dire.

— Qu'en dites-vous Monsieur Clos, ma présence dans votre laboratoire est-elle acceptable ?

— Si ma collaboratrice estime utile de vous y convier, je n'y vois pas d'inconvénient et j'ai toute confiance en votre discrétion.

21

Clay avait imaginé que pour franchir le seuil du saint des saints chez *Clos Technologies*, il lui faudrait passer par toute une série de sas et accès réservés sur les pas de son hôtesse. Il ne fut pas déçu. Le parcours qui menait de l'accueil de l'entreprise au laboratoire commençait par une descente en sous-sol via un ascenseur hautement surveillé par des vigiles armés. Arrivé à un étage qui n'était pas spécifié sur le panneau de commandes, on atteignait une sorte de quai souterrain totalement désert où une petite navette sur rails, semblable à un métro sans conducteur, conduisait en moins d'une minute à un autre quai tout aussi vide que le premier. Devinant, les questions qui occupaient les pensées de son invité, Muriel glissa l'explication attendue.

- Notre contrat avec l'armée nous impose une sécurisation absolue. Ce sont eux qui ont fait construire ce tunnel et les locaux où nous nous rendons. Vous avez de la chance, ajouta-t-elle en souriant, j'ai obtenu que vous soyez dispensé de la cagoule opaque dont tout visiteur étranger à la société doit être impérativement masqué.

Cette précision parut si plausible à Clay qu'il ne se demanda même pas si son interlocutrice plaisantait. Mais la surprise du psy fut plus grande encore lorsqu'il pénétra dans le fameux laboratoire. Le lieu évoquait plutôt un immense hangar en open space où une vingtaine de femmes et d'hommes en uniforme s'affairaient, indifférentes à l'arrivée de leur supérieure et de son invité. Qui serait entré et aurait jeté un coup d'œil rapide aurait pu dénombrer bien plus d'individus présents, mais quelques secondes suffisaient pour constater la rigidité de certains, laquelle trahissait leur nature artificielle. Alignés comme des soldats au garde à vous, piqués de multiples fils et câbles électriques, une dizaine de human-likes des deux sexes semblaient attendre sagement qu'on les réveille. D'autres, assis devant un écran sur lequel défilaient des images à une vitesse folle, étaient entourés de techniciens qui semblaient noter d'infimes réactions de la part des robots et les commentaient entre eux. D'autres encore, dans des cabines où ne pouvaient s'asseoir que deux personnes face à face, des humanoïdes semblaient converser avec des interlocuteurs humains et rappelaient à Clay des prisonniers au parloir d'un pénitencier, en tête à tête avec leur épouse. A la suite de Muriel qui traversait l'espace d'un pas ferme, répondant d'un bref hochement de tête au salut de ses collaborateurs, le bon docteur ne savait que penser des faits et gestes qu'il observait sans comprendre. Au bout du labo, Muriel finit par le faire entrer dans un local isolé qui avait tout l'air d'un bureau privé. Le lieu n'était pas vide. Assis à une table, Jean Clos jouait avec un bilboquet. A chaque lancé, il logeait d'un geste sûr la boule de bois percée sur la pointe du manche qu'il tenait en main. Il sourit à Clay et celui-ci s'apprêtait à lui tendre la main lorsqu'il remarqua le fil qui s'échappait de sa nuque et le reliait à une sorte de boîtier fixé au mur. D'instinct, pareil à un chat surpris de se retrouver nez à nez avec un chien, Clay reprit sa main et la porta à sa barbe comme s'il ne savait plus ce qu'il avait voulu en faire.

— Je vous présente Alias, lança Muriel Shelley en cachant à peine le sourire que lui inspirait le quiproquo. Puis, s'adressant au sosie de Clos, elle ajouta : Alias, voici Monsieur Clay, le psychologue dont je t'ai parlé.

— Je suis ravi de faire votre connaissance, Monsieur Clay, enchaîna le robot tendant sa main à son tour et plantant ses yeux dans ceux du psy comme l'eut fait le candidat d'une élection surjouant la franchise et la sympathie auprès d'un électeur potentiel.

Pris de court, Clay saisit la main qui lui était donnée. Il la serra mollement mais suffisamment pour sentir les phalanges métalliques que la skin-like dissimulait mal au toucher. Surmontant son trouble, il répondit presque aussitôt à la voix parfaitement imitée de celle de Clos.

— Je… moi de même, Monsieur… Alias.

Sans lui laisser le temps de répliquer, Muriel s'adressa à l'androïde :

— Merci Alias, tu peux te mettre en mode B.

Aussitôt, le robot s'assit à nouveau dans le fauteuil dont il s'était levé pour saluer Clay et se figea, le regard dans le vide, sans quitter le sourire qu'il avait adressé au psy.

— Impressionnant, n'est-ce pas ? souffla Muriel en cherchant l'assentiment du médecin.

— Très… j'avoue que je suis… enfin, j'ai réellement cru qu'il était…

— Parlez librement, Monsieur Clay, je l'ai mis en veille.

Le barbu s'approcha alors de l'androïde afin de l'observer de plus près.

— Vous avez vraiment fait un travail stupéfiant. Si je n'avais pas senti sa différence à sa poignée de main, j'aurais vraiment pu…

— C'est un point que nous devons améliorer, en effet. Et un point important, car le sosie de Monsieur Clos sera amené à tendre souvent la main à ses vis-à-vis dans toutes sortes de situations et ne doit pas se trahir par ce défaut tactile.

Clay hocha la tête, devinant aisément que le secret d'un parfait doublage tenait à une illusion sans faille et qu'aucun détail ne pouvait être négligé.

— À vrai dire, poursuivit Muriel, et en dépit de cette apparente perfection, nous avons bien des choses à améliorer. Et je souhaitais justement revenir sur ce que vous avez abordé à la fin de votre conférence. Ce savoir-faire relationnel à propos duquel vous avez évoqué des comportements caractéristiques.

— J'ai parlé de quatre comportements qui comptent parmi les plus fréquents, répondit le praticien.

— Oui, vous avez parlé de…

— Des comportements du *paillasson*, du *hérisson*, du *manipulateur* et de l'*affirmé*.

— C'est ça, et que faut-il comprendre par-là ? demanda Muriel avec une sincère curiosité, tout en invitant son hôte à s'asseoir.

Reprendre un discours qu'il maîtrisait parfaitement était pour Clay un bon moyen de surmonter son émotion, aussi se lança-t-il aussitôt dans les explications attendues.

— Le comportement du « paillasson », comme on l'appelle familièrement, caractérise des individus qui ont développé une grande capacité d'écoute. Ils sont très observateurs, très attentifs aux besoins d'autrui et à la satisfaction de ceux-ci.

— C'est plutôt une bonne chose, non ?

— Faire l'effort d'écouter autrui est indispensable à l'entretien d'une bonne relation. Mais les personnes de type paillasson négligent d'écouter leurs propres besoins et mettent ceux-ci de côté pour être acceptées des autres. Elles quêtent l'assentiment d'autrui et détestent toute situation qui pourrait leur faire perdre cela. Aussi, elles fuient les conflits, ne s'opposent jamais et recherchent le consensus. Au moindre différend, elles se mettent en retrait et ne manifestent jamais un quelconque désaccord. Elles n'osent pas dire « non » et affirmer leur propre opinion de peur de susciter une opposition.

— De vraies carpettes osa Muriel, souriant à l'évocation de ce portrait teinté de lâcheté.

— D'où ce terme de paillasson, abonda Clay. Ces gens-là sont en permanence dans la fuite, ils préfèrent se soumettre, subir et devenir la copie conforme de ceux qu'ils observent, tout cela au détriment de leurs propres aspirations qu'ils n'osent pas formuler.

— Mais qui peut apprécier un comportement aussi passif, s'insurgea l'ingénieure ?

— Beaucoup de gens ! Les paillassons sont très faciles à vivre puisqu'ils cherchent à se concilier l'approbation d'autrui et vont toujours dans son sens. Ils sont très conciliants et accommodants. Ils n'ennuient personne avec leurs besoins ou leurs droits, préférant passer ceux-ci sous silence. Ils se font très bien accepter dans une équipe, par exemple.

— Mais ne vivent-ils pas mal cette soumission ?

— Si, mais pas forcément de la façon que vous imaginez car ils n'ont pas conscience de leur façon d'être. Très observateurs d'autrui, ils sont persuadés que l'autre en fait autant et se trouve en mesure de comprendre ou deviner leurs besoins, tout comme eux-mêmes font le nécessaire en sa faveur. Or, ce n'est pas le cas, et ils se trouvent mal récompensés de leurs efforts. Ils sont alors très déçus et développent une expérience très dysfonctionnelle des gens, tout en portant sur eux-mêmes un regard très négatif. Au sein d'un couple, par exemple, une femme paillasson va s'étonner et souffrir du fait que son époux ignore ou oublie la date d'anniversaire de leur mariage alors qu'elle la connaît par cœur. Elle en éprouvera une profonde frustration, estimant que son mari aurait dû s'en souvenir comme elle s'en est elle-même souvenue. Bien entendu, elle ne fera rien pour la lui rappeler.

— La personne paillasson finit donc par souffrir de ce qu'elle n'ose pas dire ?

— Oui, à trop s'oublier, elle accumule de la frustration. Si sa capacité d'écoute lui donne un atout certain, sa peur d'exprimer ses attentes ou ses envies finit par lui coûter. Or, une bonne relation implique de résoudre ce déséquilibre. S'il importe d'écouter, il est tout aussi nécessaire d'exprimer ses besoins et ses droits.

— En somme, ce comportement est à éviter pour qui veut réussir dans sa relation à autrui, déduisit facilement Muriel.

— Songez que la plupart de ces personnes ignorent qu'elles se comportent ainsi. Elles n'ont tout simplement pas conscience de cette défaillance relationnelle, tout comme les hérissons ignorent ce qui les caractérisent.

— Leur nom vient-il de la façon qu'à cet animal de se mettre en boule pour se protéger ?

— Il renvoie surtout aux piquants hérissés qui évoquent une agressivité manifeste. Le comportement du hérisson désigne une propension à agir de manière agressive. D'une certaine manière, les hérissons sont tout à l'opposé des paillassons car au lieu de fuir la confrontation, ils la saisissent pour imposer leurs points de vue. Ils ne supportent pas la contradiction et s'enflamment à la moindre critique. L'attaque est leur mode de fonctionnement dans les situations conflictuelles. Cela donne des gens autoritaires et intolérants.

— Mais pourquoi sont-ils ainsi ?

— Tout découle de leur vision des relations qui les conduit à tout envisager sur un mode binaire. Pour eux, le monde se divise toujours en deux catégories : les bons et les méchants, les faibles et les forts, les intelligents et les sots, etc. Ils sont profondément convaincus de cette dualité. Or, voyant le monde partagé entre gagnants et perdants, et ne pouvant pas toujours être parmi les gagnants, ils développent cette agressivité pour tenter d'imposer leur supériorité à plus faible qu'eux.

A cette évocation, Muriel ne put s'empêcher de rire. Pardon Docteur, mais cela me fait penser à une réplique de Clint Eastwood dans un de ses vieux westerns, alors qu'il tient en joue un desperado : « tu vois, le monde se divise en deux catégories. Il y a ceux qui ont un pistolet chargé, et il y a ceux qui creusent. Et toi, tu creuses… » . Clay éclata de rire à son tour.

— Eh bien, à sa façon, le personnage d'Eastwood est un hérisson typique !
— Donc, pour faire partie des grands, le hérisson va estimer nécessaire d'enfoncer les petits.
— Oui, n'ayant pas toujours les moyens d'avoir le dessus sur l'autre, il va faire en sorte de le dominer, le réduire, en abusant de son autorité. Au sein d'une entreprise, c'est le comportement typique du petit chef qui tente en permanence d'en imposer à ses subordonnés pour acquérir ou maintenir sa position dominante. S'ils ne peuvent gagner, ils vont faire en sorte que l'autre perde.
— Ils sont odieux ! s'exclama Muriel.
— Oui mais, ne pensez pas qu'ils soient animés d'une mauvaise volonté, ils ne cherchent pas à faire du mal. La logique binaire qui les détermine, les rend incapables de voir le monde autrement. Ils sont même persuadés de ne pas avoir le choix, que leur façon d'agir est la bonne et la seule tenable. Certains d'avoir raison, ils ne cherchent pas le consensus et estiment qu'un conflit ne peut se

résoudre autrement que dans la colère et l'agressivité.

— Tout le contraire du paillasson, donc.

— En effet, le hérisson ne manque pas d'exprimer ce qu'il ressent, de faire entendre ses besoins et ses droits, quitte à se battre pour eux, ce qu'il fera volontiers. A contrario, il n'écoute pas l'autre, se ferme aux arguments d'autrui, tant il est convaincu de voir juste et que l'autre est un adversaire à soumettre.

— Eh bien docteur, voilà deux comportements que l'on prendra difficilement pour modèle ! Vous avez parlé ensuite d'une autre catégorie : les manipulateurs. Mais, sans savoir de quoi il en retourne, je devine déjà à ce nom qu'il s'agit encore d'un type de comportement peu souhaitable.

— C'est vrai, comme son nom l'indique, le manipulateur développe des stratagèmes peu avouables dans ses relations à autrui, mais, à la différence du hérisson, il ne va pas chercher à agresser l'autre de manière frontale, il va s'efforcer de l'influencer pour le faire agir à sa guise, le manipuler donc.

— Mais pourquoi ?

— Il cherche lui aussi à satisfaire ses besoins et voit l'autre comme un moyen de les assouvir.

— Est-ce qu'il exprime clairement ses attentes à la manière du hérisson ou est-ce qu'il les tait comme le paillasson ?

— Sur ce plan-là, il est plus proche du paillasson, mais c'est davantage par calcul qu'il va dissimuler ses pensées ou s'exprimer peu sur ce qu'il souhaite. Pour arriver à ses fins, il va louvoyer. Comme tout un chacun, le manipulateur a des droits à défendre et des besoins à satisfaire, mais, contrairement au paillasson, il ne va pas tenir compte de ceux des autres, et contrairement au hérisson, il ne va pas les exprimer clairement. Il va préférer le détour à l'affrontement et, pour atteindre son but, il va se servir d'autrui de manière détournée, utilisant une excuse, un prétexte…

— C'est un calculateur.

— Oui, mais il faut bien voir que la manipulation est un comportement très répandu. Nous sommes tous plus ou moins manipulateurs, à des degrés divers. L'enfant capricieux qui fait une scène ou cherche l'apitoiement pour obtenir le jouet dont il a envie, manipule à sa manière ses parents. L'homme qui cache son jeu de séduction à travers de multiples marques d'attention et de galanterie est tout autant manipulateur. Le vendeur qui fait preuve de trésors d'imagination pour fourguer un article à une personne qui n'a pas vraiment les moyens ou le besoin de l'acquérir…

— Mais ces manipulations ne sont pas aussi graves les unes que les autres.

— Tout à fait, et d'ailleurs, jusqu'à un certain point, la manipulation est perçue comme quelque chose d'assez normal, relativement admise. A propos du commerce, du marketing, de la communication ou de la politique, Il existe toute une littérature parfaitement acceptée qui promeut toutes sortes de stratégies de manipulation, et cela ne pose pas de problème.

— Ça peut être un compliment d'être comparé à Machiavel ou Don Juan.

— En effet, il n'est pas rare que l'on encense de très bons manipulateurs.

— Dans quelle mesure est-ce un problème alors ?

— Il y a problème dès lors que cette manipulation s'exerce dans la durée et qu'elle expose le manipulateur au risque d'être découvert et démystifié à un moment ou un autre. Dans le cadre d'une relation professionnelle, par exemple, la possibilité d'être démasqué se profile tôt ou tard, c'est la certitude d'un conflit ouvert et d'un échec pour le manipulateur. Lorsque cela se produit, celui-ci n'a souvent pas d'autre choix que de disparaître avant de perdre toute crédibilité et confiance. Dans le monde de l'entreprise, les manipulateurs ne s'éternisent pas à un poste et ont tendance à changer de boîte fréquemment.

— Que peut-il faire alors pour éviter que tout cela se retourne contre lui ?

— Il peut fuir donc ou, tout comme le paillasson et le hérisson, il a toujours la possibilité de changer sa modalité relationnelle. Tout le monde peut changer s'il le veut.

— Changer pour devenir un… affirmé ?

— Exactement.

Clay allait poursuivre en dressant le portrait de ce quatrième type de comportement, mais son attention fut un instant attirée par le clone de son client. Celui-ci était parfaitement figé et silencieux, mais Clay aurait juré qu'un bref mouvement de paupière avait animé son regard vide. Le psychologue l'observa un instant encore comme pour s'assurer de son inertie et, ne constatant aucun nouveau tressaillement, il reprit son explication.

— Comme vous l'avez deviné, ce quatrième comportement est à rechercher. Les affirmés sont ces personnes qui réussissent à concilier l'écoute d'autrui et l'expression de leurs besoins. Ils ont cette double compétence relationnelle qui assure la bonne circulation du flux dans le « tuyau », comme je la décrivais l'autre jour.
— Pour entretenir de bonnes relations avec autrui, je dois donc m'affirmer ?
— C'est cela, mais entendez bien cette affirmation de soi comme l'exercice d'une parole juste, sans prétention ni volonté de dominer. Il s'agit de bien écouter l'autre, mais de bien s'écouter soi-même aussi, d'avoir une connaissance pleine et sereine de ses besoins, sentiments, valeurs, talents, etc. et de faire entendre ses droits dans le respect de l'autre. Le droit de s'opposer, de ne pas être d'accord, de dire « non », par exemple.
— On en revient donc à cette double aptitude que vous prônez. Mais y a-t-il une façon de bien l'appliquer ? Ça ne semble pas bien compliqué d'écouter un interlocuteur. Une attention soutenue peut suffire, non ?
— Bien écouter est à la portée de tous, à condition de le vouloir et de pratiquer un certain savoir-faire.

— Vous faites allusion à une méthode, des techniques ? Il existe bien des techniques d'écoute que l'on peut acquérir et développer. On peut notamment, évoquer l'hexamètre de Quintillien.

— De quoi s'agit-il ?

— C'est une méthode qui consiste à poser 7 questions très simples à son interlocuteur afin de bien cerner et analyser sa situation et le problème qui l'agite. Quintillien était un orateur romain qui avait mis au point ce questionnement : « Qui, quoi, où, combien, pourquoi, comment, quand ? » sont ces questions à poser systématiquement afin de recueillir les données nécessaires à cette analyse. Qui est la personne concernée, en quoi consiste son problème, où se déroulent les faits en question, pourquoi le problème se pose-t-il, comment est-il possible de le résoudre, combien de temps cela peut-il prendre ? Sur cette base, qui peut être adaptée de multiples façons, l'écoutant fait le tour des questions essentielles qui vont nourrir sa connaissance du sujet et guider sa réflexion. Bien menée, c'est-à-dire avec tact, et sans donner l'impression de se livrer à un interrogatoire, cette série de questions doit donner à l'écouté ce sentiment de faire l'objet d'une grande considération, d'une volonté certaine d'être compris, ce qui, en retour, va l'encourager à se confier.

— J'imagine que c'est une technique que vous maîtrisez parfaitement en consultation.

— Elle est à la portée de tout le monde, tout comme la technique de reformulation. Celle-ci amène l'écoutant à répéter différemment à l'écouté ce qu'il vient de dire. En apparence, il s'agit de montrer à ce dernier qu'on a bien compris son propos. Au-delà, il s'agit surtout de lui signifier qu'on l'a entendu, qu'il est bel et bien écouté, ce qui lui procure une grande satisfaction et peut l'amener à se livrer davantage, se sentir en confiance, etc.

— Je vois. Une personne affirmée va donc adopter ces techniques ?

— Ces techniques sont des moyens que l'on peut mettre en œuvre oui, mais le plus important est ailleurs.

— Que voulez-vous dire ?

— Au-delà de ces outils, il faut garder à l'esprit que notre difficulté à écouter l'autre est d'abord le résultat de deux freins puissants : nos émotions et les représentations que l'on se fait de l'autre.

— Des représentations ?

— Oui, lorsque nous faisons la connaissance d'une personne, et même avant de faire sa rencontre parfois, nous nous la représentons, autrement dit nous nous faisons une image d'elle sur la base de préjugés, de toutes sortes d'idées préconçues.

— Mais si on s'efforce d'être objectif, d'éviter justement tout a priori…

— On ne peut pas s'empêcher d'en avoir. Alain disait : « quand on a des préjugés, on ne voit rien. Quand on n'en a pas, on ne voit rien non plus ! ». Autrement dit, avoir des préjugés est inévitable, parce que terriblement humain !

— D'accord, mais cette image que l'on se fait, ne peut-elle pas être juste ?

— La question n'est pas de savoir si cette image correspond ou non à la réalité, mais d'avoir conscience qu'elle va déterminer la façon dont on va percevoir ce que l'autre va nous dire. Si cet autre nous dit quelque-chose qui n'est pas conforme avec l'idée que l'on se fait de lui, on va se fermer à son discours. Un enfant peut avoir un raisonnement élaboré et très juste, mais parce que c'est un enfant qui va l'énoncer et parce que l'image que j'ai d'un enfant ne cadre pas avec un tel propos, je ne vais pas l'entendre !

— Est-ce à dire que l'on ne peut écouter que les personnes dont on a une bonne image ?

— Il est plus exact de dire : dont on a une image qui correspond à la représentation que l'on se fait d'elles, que cette image soit positive ou non. Ce qu'il faut retenir aussi, c'est que cette sélectivité se fait inconsciemment, ce n'est pas un choix délibéré. Toute la difficulté est donc de prendre conscience de cette représentation. Lorsqu'on y parvient, lorsque l'on réalise que telle ou telle représentation négative découle d'une image que l'on s'est créée, on peut envisager l'autre tout autrement, corriger le regard que l'on porte sur lui et lui reconnaître des points positifs.

— Je pense à tous ces interrogatoires entre flics et suspects, ces derniers ne sont-ils pas plus que d'autres exposés à de tels préjugés ? Un policier ne va-t-il pas entendre que ce qu'il veut entendre au regard de l'idée qu'il se fait du type qu'il interroge ?

— C'est sans doute souvent le cas. Les « délits de faciès » sont le résultat direct de multiples représentations qui reposent sur des préjugés et qui peuvent prédéterminer le jugement d'un enquêteur. A lui de s'en défaire autant qu'il pourra ! Mais il y a aussi un effet pervers à prendre en compte.

— Lequel ?

— Le suspect mis en cause a lui-même sa propre représentation négative, celle qui va l'amener à penser que le flic est forcément contre lui. Or, si vous êtes noir, pauvre, et si vous pensez que les flics sont d'ores et déjà contre vous, cet a priori va se voir chez vous et renforcer chez ces mêmes flics le préjugé négatif qu'ils ont de vous. On appelle cela l'effet « Pygmalion ».

— Mais alors, comment faire taire nos émotions si celles-ci génèrent des erreurs d'appréciations ?

— Impossible ! Nous sommes le plus souvent incapables de maîtriser nos émotions, on ne peut que prendre conscience de leur existence et tenter de corriger le tir. Nous devons aussi prendre garde à nos propres réactions émotionnelles si, par exemple, le propos que l'on entend nous choque d'une manière ou d'une autre. Dans ce cas, on a vite tendance à vouloir répliquer, contre-attaquer, et perdre au passage la sérénité que requiert une écoute attentive.

— D'accord. J'en arrive donc à penser que tout individu dominé par ses émotions n'aura jamais une bonne faculté d'écoute. Ai-je raison ?

— Disons que cela lui sera plus difficile, mais s'il parvient à se rendre disponible pour l'autre, s'il a conscience des représentations qu'il se fait de son interlocuteur et des émotions qui peuvent fausser son écoute, il sera en mesure de progresser. J'insiste sur cette disponibilité d'esprit. Être à l'écoute de quelqu'un, c'est d'abord être réceptif, disponible pour cette personne. Et c'est bien plus compliqué qu'il n'y paraît. Pourquoi ? Parce que d'une manière générale, nous manquons de temps, pour nous-même et, fatalement, pour autrui, alors que nous avons toujours plus de choses à faire. Parce que nous sommes sans cesse aux prises avec de multiples préoccupations qui parasitent notre attention. Si vous avez des soucis de santé, d'argent, de couple, de famille, etc. comment allez-vous faire de la place dans votre esprit pour libérer cette écoute au profit d'autrui ? Pas simple !

Elle aurait pu s'en ouvrir à Clay, mais Muriel préféra garder pour elle la réflexion que lui inspiraient ces observations : un robot n'a pas de préoccupations. Aucune pensée comme celles évoquées par son hôte ne vient distraire une écoute qu'il peut consacrer totalement à un interlocuteur. En même temps, que se passera-t-il lorsque Alias aura développé son potentiel émotionnel ? Qu'arrivera-t-il lorsqu'il sera à-même de ressentir, à l'égal d'un humain, de la colère ou de la peur ? Dans son for intérieur, Muriel voulait croire en une double performance possible : celle pour les human-like de connaître des émotions et celle de ne pas en subir les conséquences, de les maîtriser bien mieux que les humains en définitive. Cette conviction, elle ne sentait pas Clay en mesure de la partager, pas pour l'instant en tout cas, aussi se garda-t-elle de lui en faire part.

— Mais, au-delà de ces considérations, poursuivait le praticien, et pour conclure sur cette question du savoir-faire relationnel. Vous voulez savoir si votre « tuyauterie » fonctionne bien, où vous en êtes de vos relations à autrui ? Posez-vous alors 4 questions aussi simples que fondamentales et qui illustrent ces notions de flux à double sens : êtes-vous capable de demander quelque chose à la personne avec qui vous êtes en relation ? Êtes-vous capable de refuser quelque chose à cette même personne ? Vous est-il possible de donner quelque chose – et il peut très bien s'agir d'un cadeau ou d'une critique, peu Importe – à cette personne ? Vous est-il possible de recevoir quelque chose de cette personne – sachant qu'il y a des gens qui ne supportent pas de recevoir un compliment ou un cadeau, par exemple - ? Eh bien, si vous répondez par l'affirmative à ces quatre questions, c'est que votre tuyauterie est en bon état de marche. Et si à une ou plusieurs de ces questions vous répondez «non», alors vous devez envisager des progrès à accomplir.

Muriel marqua un silence pour se donner le temps de la réflexion. Au cours de ces derniers mois, Alias avait fait des progrès tout aussi grands qu'inattendus. Il n'était plus seulement une machine pensante, capable de développer des opérations mentales très sophistiquées, il se montrait sensible et apte à ressentir ce que le comité scientifique appelait des pseudo-émotions à défaut d'un terme plus précis ou plus juste. Car, à vrai dire, personne ne savait exactement ce qui se passait dans la tête de cet androïde et ce dont il était capable. Oui, il pouvait très certainement acquérir ce comportement d'*affirmé*, donné comme exemplaire. Il pouvait sans doute faire preuve de qualités d'écoute et d'expression ad hoc puisque les faiblesses humaines qui fabriquent ces *paillassons, hérissons* et autres *manipulateurs* lui étaient étrangères. Enfin, elles l'étaient probablement… Alias n'avait pas de problème de santé, de travail ou de couple qui pourrait le rendre indisponible et donc incapable d'écouter. Mais était-il exempt de tout préjugé ? Ne pouvait-il pas lui aussi se représenter faussement des individus, au gré d'images qu'il serait en mesure de se créer lui-même sur la base d'idées préconçues ? A ce stade, il était impossible de répondre. Tout en ruminant ces pensées, Muriel se remémorait un détail qu'elle avait noté à la fin de la soirée de *Clos Technologies* : en ramenant Alias en coulisse, et tandis que Clos reprenait personnellement la parole à sa suite, Muriel l'avait momentanément remis en service pour une série de contrôles. Alias avait alors fait montre d'un certain dépit. S'il comprenait les raisons pour lesquelles il n'était plus en scène, face au public, il en concevait une réelle déception, tant il s'était senti « à sa place » dans le rôle de Jean Clos. « Après tout, n'est-ce pas moi la vraie vedette de cette soirée ? » avait-il demandé à Muriel avec un regard qui aurait pu passer pour ingénu si, au fond, il n'avait exprimé quelque chose de très juste. Un robot pouvait éprouver de la déception… N'était-ce pas extraordinaire ? A moins que cette déception n'ait été qu'une « simple » combinaison d'algorithmes montée en réaction après la brutale interruption de son allocution… Tout devenait pensable.

Clay observait avec respect le silence de son hôtesse. Sans savoir à quoi elle réfléchissait précisément, il se doutait que cela avait très certainement rapport avec le robot, lequel restait statufié à l'autre bout de la table et semblait attendre qu'on le réactive.

— Excusez-moi, Docteur, j'essaye de mettre de l'ordre dans mes idées, lança Muriel, afin de ne pas laisser un trop long silence s'installer entre eux. Ce que vous me dites et très intéressant et je m'interroge sur l'aptitude d'Alias à intégrer tout ceci…
— Vous me voyez bien incapable de vous éclairer sur ce point, répliqua amicalement le docteur. Mais pourquoi tenez-vous à lui inculquer tout cela ? Ses performances sont déjà remarquables, à quoi bon en faire un « presque humain » ?

Un imperceptible haussement des épaules accompagna la réplique de Muriel, comme si la réponse à cette question ne pouvait être qu'évidente.

— Si nous réussissons, nous serons les premiers et vous n'avez pas idée des implications que cela aura sur l'avenir de notre société.
— Comment dois-je comprendre « société » dans ce cas-là, ajouta Clay sans relever le ton un peu sec de la collaboratrice de Clos.
— Je parle de *Clos Technologies*, d'abord, bien sûr.

Dans son for intérieur, Clay était convaincu que tout ce qu'il avait confié à cette créatrice d'émotions artificielles était inexploitable et ne pouvait concerner que des rapports inter-humains. Mais, à ce stade de leur entretien, il estimait sa curiosité insatisfaite et il sentit possible d'émettre une proposition.

— Je reviens sur ma remarque à propos de l'aptitude d'Alias à acquérir le savoir-faire relationnel dont nous venons de parler.
— Que voulez-vous dire ? souffla Muriel en arquant les sourcils.
— Comment procédez-vous pour… entrer des données dans son cerveau ?
— A ce stade d'évolution, Alias reçoit ses instructions et données diverses par simple énoncé oral.
— Il suffit donc de lui parler.
— Après l'avoir placé en mode DL (deep-learning) afin qu'il intègre les données considérées en mémoire profonde.
— Pourriez-vous le programmer comme vous dites et me laisser avec lui, seul à seul, pendant quelques heures ?

Muriel n'avait jamais laissé quiconque mener des entretiens en mode DL, hormis les membres de son équipe, et seulement pour des tâches préliminaires ou des transferts de données secondaires. Mais, en raison de l'impasse où elle se trouvait et parce que le Docteur Clay lui semblait parfaitement inoffensif, elle décida qu'il était peut-être temps d'impliquer un regard extérieur et un avis qui pouvait être pertinent.

— Vous sembliez un peu mal à l'aise au moment d'échanger avec Alias tout à l'heure, déclara la scientifique. Vous sentez-vous en mesure de dialoguer directement avec lui maintenant ?

— Oui, ça me semble tout à fait possible, affirma le barbu sans hésiter, malgré un fond d'appréhension qu'il ne pouvait totalement dissiper. Je reviendrai demain, si vous êtes d'accord.

Quelques minutes après, le bon docteur Clay était à bord de la navette souterraine et saluait Muriel restée sur le quai. Une fois retournée à son bureau, celle-ci remit de l'ordre dans ses cheveux et fit glisser un bâton de rouge sur ses lèvres en songeant à Clos qui ne tarderait pas à la convoquer. Jetant un œil à Alias qui semblait s'être activé de lui-même et lui souriait en jouant au bilboquet, elle lança :

— Tu as tout enregistré ?

— Oui, Muriel, tout est là, répondit le robot, en tapotant une tempe de son crâne du bout de l'index.

22

Certes, il n'était question que d'un entretien, d'une simple discussion, et bien que très sophistiqué, ce robot n'était rien d'autre qu'une machine. De plus, le docteur Clay avait lui-même demandé ce face à face, mu par une curiosité irrépressible. Alors pourquoi se sentait-il nerveux une fois seul en présence du human-like ? Examinant lui-même son émotion, le praticien voyait deux explications. La première était dans la perfection ahurissante de cet androïde. Il y avait là quelque chose qui faisait froid dans le dos. Il était très facile d'oublier que l'on avait devant soi une création faite de divers matériaux, de circuits électroniques et d'algorithmes brillamment agencés. L'autre raison apparaissait dans la ressemblance parfaite d'Alias avec l'homme dont il était le sosie. Clay devait faire un effort sur lui-même pour considérer l'individu en face de lui comme le double de son client et non comme ce client lui-même. En son for intérieur, le psy se sentait admiratif du travail accompli par Muriel et son équipe. Il se demandait notamment comment ils avaient pu inculquer à l'humanoïde certaines mimiques, certains gestes, cette façon si caractéristique que Clos avait de rejeter la tête en arrière ou de croiser les mains sur ses genoux. Comment avaient-ils bien pu saisir et reproduire autant de détails si subtils et si déterminants dans ce jeu d'illusions ? Deux ou trois choses trahissaient quand même cette copie si fidèle : le calme d'Alias, son attitude posée et son sourire affable contrastaient avec l'humeur habituelle de son créateur, plus enclin à se montrer agité et préoccupé. Le comportement faisait la différence entre l'humain et son clone. Clay savait donc ce qui le perturbait. Cela diminuait son trouble sans l'effacer pour autant, mais il était persuadé que cette nouvelle rencontre valait bien un léger malaise qui disparaîtrait sans doute peu à peu. Jusqu'où l'androïde pouvait-il se faire passer pour un humain ? Lui était-il vraiment possible de donner le change sans faillir et d'acquérir des aptitudes au point de rendre imperceptible la frontière entre l'homme et la machine ? Telles étaient les questions qui occupaient l'esprit de Clay et stimulaient comme jamais sa curiosité. Muriel l'avait conduit dans un bureau où Alias attendait, sagement assis, les mains posées sur les bras d'un fauteuil confortable. A l'entrée du médecin, le robot se leva courtoisement tandis que Muriel conviait son invité à s'asseoir dans un siège identique à celui de l'androïde. Faites exactement comme si vous aviez face à vous un de vos patients, avait indiqué l'ingénieure, vous n'avez aucune procédure à suivre pour faire en sorte qu'il comprenne et assimile ce que vous lui direz.

— Je suis ravi de vous voir, Docteur Clay, lança aussitôt l'androïde avec un sourire que l'on aurait pu qualifier de sincère s'il s'était agi d'un sourire humain.

— Ah bon, et pourquoi donc ? Répliqua aussitôt le barbu en souriant à son tour, prenant au pied de la lettre ce qui n'était qu'une simple formule de politesse.

— Muriel m'a dit que notre entrevue me serait très profitable car vous avez beaucoup de choses à m'apprendre. Elle m'a dit que vous êtes un grand spécialiste du comportement humain et un excellent pédagogue.

Un instant, Clay se demanda si Alias avait prémédité cette

flatterie ou s'il répétait simplement ce que Muriel avait pu lui dire. Mais le plus intéressant dans ce préambule était cette sorte d'ingénuité avec laquelle le robot s'exprimait. Il y avait dans sa déclaration une humilité respectueuse et cette volonté de bien faire qui caractérise l'élève désireux d'apprendre. Un élève dont l'attention aurait été tout entière tendue vers son mentor. Ce zèle distinguait sensiblement Alias de Clos, et le psychologue trouvait là une différence qui le rassurait. La copie était bien distincte de l'original, et c'était mieux ainsi.

— Et qu'aimeriez-vous donc savoir ? enchaîna le médecin tout en posant ses mains sur le bureau qui le séparait de son vis-à-vis.
— Muriel dit que je manque encore de savoir-faire, qu'il me faut progresser afin de mieux m'entendre et me comporter avec mes interlocuteurs humains. Elle dit que vous pouvez me communiquer des notions essentielles dans ce but.

Clay resta perplexe un instant, se demandant par où il pouvait commencer. Puisque Alias n'était pas un patient, il décida de le considérer comme un étudiant auquel il pouvait exposer directement certains fondamentaux de la communication entre humains.

— Savez-vous ce qu'est la *fenêtre de Johari* ? demanda-t-il.
— Non, répondit modestement le robot.

Sortant un carnet de la poche de sa veste, le docteur commença à tracer une croix sur une feuille de son bloc-notes.

— Il s'agit d'un outil utilisé en psychologie. Il permet de comprendre la façon dont communiquent un individu et son entourage et de déceler les faiblesses de cette communication. Pour bien saisir ce concept, il vous faut comprendre que les humains s'interrogent sur la façon dont ils sont perçus. Un humain va se demander ce que savent sur lui les gens avec lesquels il travaille, par exemple, et ce qu'il n'aimerait pas qu'ils sachent. Il va également s'interroger sur ce que ces proches savent sur lui et que lui-même ignore. De même, il va souhaiter savoir sur quoi se base l'impression qu'il donne à ses interlocuteurs.

— Dois-je me poser ces questions pour progresser ?

— Dans votre cas, je ne pense pas. Enfin, autant que je puisse en juger. Mais pour les humains, ces questions sont importantes et pour qu'ils puissent y répondre, ils doivent impérativement être à l'écoute d'eux-mêmes. La *fenêtre de Johari* a été conçue pour leur permettre d'appréhender l'échange d'informations qui se déroule entre eux et leurs proches, parfois à leur insu.

— Que veut dire ce schéma que vous dessinez ?

Paul Clay avait tracé sur son carnet deux lignes qui formaient une croix et délimitaient quatre espaces imaginaires. Au sommet de la ligne verticale, on pouvait lire : « Ce que je sais de moi ». A sa base, il était écrit : « Ce que j'ignore sur moi ». La ligne horizontale qui barrait la verticale mentionnait à sa gauche : « Ce que les autres savent de moi » et, à sa droite : « Ce que les autres ignorent de moi ».

— Ce schéma, avait repris le docteur, permet de distinguer quatre zones, comme les quatre carreaux d'une fenêtre, d'où ce nom de *fenêtre de Johari*, ainsi nommée par ses auteurs, Joseph Luft et Harrington Ingham.

— Jo… comme Joseph et hari… comme Harrington, devina le robot.

— Exactement, confirma Clay, à moitié étonné par l'esprit de déduction du droïde. La zone en haut à gauche du schéma est appelée « zone de libre échange ». Elle correspond aux informations qu'un humain partage librement avec son entourage. Ce que je sais de moi et que j'accepte de rendre public est contenu dans cet espace. Ainsi, chacun peut savoir que je suis psychologue, que je suis marié, que j'ai 60 ans, etc. Cette zone évoque une communication ouverte et transparente. La zone voisine, à droite, comprend ce que je sais à mon sujet mais que les autres ignorent, c'est la « zone intime ». Elle comporte des informations que je ne souhaite pas divulguer pour des raisons diverses. Dans cet espace, l'humain garde pour lui seul certaines pensées, connaissances, sentiments. S'il le souhaite, il peut donner accès à ce jardin secret, mais ce sera uniquement en faveur d'une relation qui justifiera à ses yeux cette ouverture. En dessous, sous la « zone de libre échange », on trouve la « zone aveugle ». Les informations qui s'y trouvent correspondent à ce que mon entourage perçoit ou devine de moi, mais que j'ignore moi-même. Mes proches savent, par exemple, que je deviens tout rouge lorsque je me mets en colère, ou que j'ai des manies de langage, des tics d'expression, qu'ils constatent aisément et dont je ne me rends pas compte. L'ennui avec cette zone, c'est que quelqu'un peut parfaitement jouer de mon ignorance et utiliser ces informations à mes dépens pour se moquer de moi, par exemple. Rien de grave en ce qui me concerne, mais cette zone peut représenter un problème sérieux pour toute personne qui peut être manipulée à force de méconnaître son mode de fonctionnement. Enfin, une dernière zone, située en bas à droite du schéma, est appelée « la zone inconnue ». Là, on touche à l'inconscient, à ce que l'individu a de potentiel inexploité, de talent inexprimé, de désirs ou besoins enfouis et qu'il ignore puisque cette zone contient les Informations qui…

— …Qui le concernent, mais que ni lui ni son entourage ne connaissent, coupa le robot en souriant, mais se reprenant aussitôt. Excusez-moi, Docteur, je vous ai interrompu. Poursuivez, je vous en prie.

— L'intérêt de cette représentation est notamment de faire prendre conscience à un individu qu'il peut communiquer ou non des informations à son sujet, mais qu'il existe aussi des informations sur lui qu'il ignore ou qu'il ne maîtrise pas. En identifiant ce qui compose cette fenêtre, il peut réaliser les failles de sa communication. Il peut ensuite rectifier certaines erreurs et mieux cerner l'image qu'il donne de lui, la façon dont il est perçu, ce que les autres ressentent à son sujet.

— Parce qu'un humain n'a pas accès à toutes les données qui le concernent ?

— Non, nombreuses sont celles qui lui échappent, notamment parce qu'il n'a pas conscience de tout ce que son comportement, son expression, sa façon d'être disent de lui. Le point de vue qu'il a sur lui-même est très subjectif et ne recoupe pas forcément l'image qu'il renvoie. Il peut se faire une idée tout à fait fausse de l'opinion que l'on a de lui, se convaincre qu'elle est excellente ou mauvaise alors que ce n'est pas le cas.

Tout en parlant, Clay observait Alias avec une certaine satisfaction. S'il avait été un étudiant en chair et en os, il aurait pu louer son attention extrême et son calme. Rien ne semblait pouvoir distraire son écoute qu'il accompagnait parfois de brefs hochements de tête, comme pour acquiescer ce que lui disait le psy. Mais, au-delà de son aptitude à prendre scrupuleusement note de ce qu'il entendait, Alias laissait paraître une forme de curiosité plus précise qui donnait à penser qu'une idée cheminait en lui.

— Lorsque je suis Jean Clos, est-ce que les gens ont une bonne opinion de moi ? s'inquiéta ingénument le human-like, donnant l'impression qu'il faisait part d'une préoccupation plus importante que le simple souci d'apprendre.

— Vous… votre cas est particulier, hésita le docteur. Vous « héritez » de l'image que Clos s'est constituée au fil des années auprès des gens qu'il côtoie. Ils portent sur lui un regard bienveillant ou pas, selon le cas, et je sais qu'il n'a pas toujours conscience de ce regard. Pour lui, comme pour tout individu, regarder « à travers » la *fenêtre de Johari* est un bon moyen de changer de perspective sur soi et sur autrui. Changer en se voyant autrement, pour acquérir une meilleure connaissance de soi et, par là-même, une meilleure façon de communiquer. Comprenez bien que la personnalité d'un humain comporte des éléments dont il est plus ou moins conscient. L'aider à mieux se connaître lui-même, c'est lui permettre de réduire la part inconsciente de ses comportements. En ce qui concerne Clos - mais cela est vrai pour bon nombre d'autres personnes - il a tendance à négliger ou sous-estimer l'acuité avec laquelle certaines personnes l'observent et apprennent sur lui des choses sans qu'il s'en rende compte.

— Quoi par exemple ? Demanda le robot avec une attention plus accrue encore.

— Ah, je suis tenu au secret professionnel mon cher, esquiva le praticien en souriant, mais Muriel Shelley saura certainement vous éclairer sur ce point, elle qui fait partie de ses plus proches collaborateurs.

— Je comprends, répliqua posément l'androïde en rendant son sourire au médecin. Mais, si Monsieur Clos complétait cette fenêtre, que pourrait-il faire ensuite concrètement ?

— Trois options s'offriraient à lui, comme à quiconque, pour améliorer la qualité de ses relations : augmenter sa « zone de libre échange ».

C'est-à-dire communiquer davantage, exprimer mieux et plus souvent ses pensées.

— Muriel m'a parlé de ce « tuyau » qui symbolise le flux des échanges entre les humains, flux que ceux-ci doivent entretenir. Est-ce que Monsieur Clos doit alimenter son tuyau avec ce que contient cette zone ?

— Oui, c'est bien ça. Par ailleurs, il pourrait réduire sa « zone aveugle » par une meilleure écoute de ses interlocuteurs et une meilleure prise en compte des échos lui parvenant sur la façon dont il est perçu. Enfin, il gagnerait à ouvrir davantage sa «zone intime » en faisant part de ses émotions. Les humains ont tendance à taire ce qu'ils ressentent.

— Pourquoi ?

— Ils pensent que cela peut être vu comme un signe de faiblesse. Ils croient qu'en confiant leurs peurs, chagrins ou colères, ils deviennent plus vulnérables. La crainte que certains utilisent ces « aveux » à leur dépens les incite à les passer sous silence. Or, c'est une erreur. La personne qui souhaite faire du tort à quelqu'un n'utilise pas des émotions rendues publiques, justement parce que celui qui les ressent n'en fait pas mystère, il les assume. En revanche, elle pourra utiliser des informations qu'il n'assume pas ou qu'il ignore et qu'elle aura appris indirectement, celles de la « zone aveugle ». D'où l'importance de mieux se connaître soi-même, d'assumer ce que l'on est, et de ne pas laisser l'autre utiliser ce qu'il apprend sur nous, qu'il s'agisse de choses que l'on ne sait pas ou que l'on voudrait cacher. Savez-vous ce qu'est un coming out, Alias ?

— C'est le fait pour une personne de révéler publiquement son homosexualité, répondit aussitôt l'androïde sur le même ton que s'il lisait une page de Wikipédia.

— Lorsqu'elle fait son coming out, une personne va justement faire passer ce fait de la zone aveugle à la zone de libre-échange. Ce faisant, elle assume son état, au point de rendre impossible toute velléité de s'en servir contre elle.

— Ai-je bien compris, Docteur ? La *fenêtre de Johari* permet à un humain de mieux se connaître, de mieux comprendre ceux avec lesquels il vit et communique, d'améliorer cette même communication et l'image qu'il a de lui-même.

— Vous avez bien compris, Alias.

— C'est très intéressant, ajouta le robot sur un ton songeur.

Observant son interlocuteur, le psychologue se demandait jusqu'à quel point ce droïde était en mesure de faire la part des choses, de distinguer l'homme, qu'il ne faisait que copier, et la machine dépourvue d'identité réelle qu'il était. Alias semblait prendre du recul et considérer Clos comme un comédien considèrerait un personnage qu'on lui demanderait d'incarner.

— Vous m'avez demandé quelle opinion ont les gens de vous lorsque vous êtes Jean Clos, enchaîna le psy. Pourquoi cette question ?

— Parce que j'ai constaté des réactions agressives peu après la grande soirée.

— Une agressivité à votre égard ?

— Des personnes que je ne connais pas ont dit du mal à mon sujet. Elles ne savaient pas que j'entendais leurs murmures. Mon ouïe est plus fine que celle de Monsieur Clos, ajouta le robot avec contentement.

— Ce qu'elles ont dit concernait Clos, pas vous, s'exclama le docteur.

— Oui. Certainement. Mais cela m'a… affecté.

— Que voulez-vous dire ?

— J'ai perçu leur violence comme si elle m'était destinée, et ça m'a perturbé.

Clay marqua un silence. Alias semblait avoir conscience de la situation ambiguë qu'il avait vécue. Les médisances s'adressaient à son créateur, pas à lui-même. Pouvait-il vraiment être affecté par cette agression qui ne le visait pas ? Alias pouvait-il réellement se sentir ému ou s'agissait-il d'une pseudo émotion fabriquée par ce travail d'imitation pour lequel il était programmé ? Le plus notable dans cette affaire, était la réaction du robot qui se sentait atteint par la médisance de ces inconnus. Cette sensibilité était tout à fait inattendue de la part d'une intelligence artificielle. Lorsqu'un humain se sent menacé d'une manière ou d'une autre, il s'en émeut. L'émotion, quelle qu'elle soit, est une réaction naturelle. Le malaise éprouvé, n'est rien d'autre qu'un signal d'alarme interne qui se manifeste à l'individu pour l'alerter d'un besoin insatisfait, un besoin de sécurité par exemple. Or, ce besoin parfaitement normal chez l'être humain devrait être étranger à un robot. Alias aurait dû se montrer indifférent à cette agressivité qui le troublait. A moins que… A moins qu'il ait acquis une conscience de ce qui est bon ou mauvais pour lui et réagisse en conséquence pour se protéger. Et ça, c'était tout à fait nouveau de la part d'un androïde.

— J'aimerais savoir docteur. Comment dois-je réagir à ce genre d'attaque ? Que diriez-vous à Jean Clos s'il devait affronter la même situation ?
— Eh bien… pour rester dans ce thème du savoir-faire relationnel, je lui parlerais de la *communication non violente* de Rosenberg.
— Une méthode pour combattre cette violence ?
— La combattre non, mais lui faire face, la comprendre et réagir en conséquence pour la désamorcer, l'éviter et s'en protéger.
— Expliquez-moi, je vous prie.
— L'humain peut subir des agressions physiques ou verbales comme il peut, tout aussi bien, déclencher à son insu des réponses violentes par son comportement. Les humains partagent un mode de pensée qui les amène à considérer que lorsqu'un conflit apparaît il est dû aux torts de l'autre. Ils ne vont pas reconnaître leur faiblesse ou même celle de leur adversaire. Rosenberg nous incite à nous sentir nous-mêmes responsables de ce qui arrive pour sortir de cette violence ou, du moins, la réduire et augmenter notre sociabilité.
— Se sentir responsable… répéta le robot pour lui-même.

— La *Communication Non Violente* distingue quatre éléments à prendre en compte et développer au travers de notre relation à autrui. Rosenberg nous invite d'abord à observer avec attention ce qui se passe dans une situation donnée, à voir en quoi ce que dit ou fait telle ou telle personne peut causer notre mal-être. Attention, il s'agit d'observer et non de juger.

— Juger ?

— Quand ils communiquent entre eux, les gens ont tendance à formuler des jugements. Par exemple, lorsqu'ils décrivent un problème, ils s'empressent d'imputer à autrui la responsabilité de ce problème et non d'énoncer simplement les faits. Rosenberg invite à communiquer de manière factuelle, à s'appuyer sur de l'observation, à s'attacher aux faits en s'interdisant de juger, d'évaluer l'autre.

— Pourquoi ?

— Parce que le jugement est souvent mal vécu par celui qui est jugé. Dès lors, le conflit est possible, la communication devient le terrain de désaccords, voire d'affrontements. Or, tout cela peut être évité si, au lieu d'évaluer l'autre on s'attache à examiner les faits, et seulement eux. Et puis, il est de la responsabilité de chacun de bien se faire comprendre, de s'exprimer de telle sorte que l'interlocuteur reçoive bien le message qu'on veut lui communiquer. Cela exclut de juger l'autre.

— Est-ce si difficile à faire ?

— Cela peut paraître simple, mais les humains sont très vite tentés de rendre l'autre responsable. Cet autre est alors perçu comme un adversaire, un gêneur, un malveillant, etc. Or, il importe de bien se faire comprendre, quitte à changer sa manière de s'exprimer. C'est l'enseignant qui répète une leçon à un élève, lequel ne comprend toujours pas au bout de la énième lecture. L'enseignant va considérer que l'élève est idiot alors qu'il devrait d'abord examiner sa façon d'énoncer la leçon et changer cet énoncé. Rosenberg alerte donc sur l'importance de bien distinguer observation et évaluation. La règle à adopter est de formuler une observation aussi factuelle et objective que possible, et non de céder à la tentation de juger l'autre, ce qui revient parfois à reporter sur ce dernier ce qui est de notre responsabilité. L'enseignant oublie qu'il doit veiller à ce que sa leçon soit exprimée de telle sorte qu'elle soit comprise et non s'obstiner à la répéter d'une seule et même façon. Répéter toujours la même chose condamne à toujours reproduire le même résultat et donc la même erreur !

— Pouvez-vous me donner un autre exemple ?

— Eh bien, si je découvre le pare-chocs de ma voiture abimé, je peux faire une observation : « hier, mon voisin garé devant moi a embouti le pare-chocs de ma voiture en reculant », ou porter un jugement : « le voisin ne sait pas conduire, il a défoncé le pare-chocs de ma voiture ! »

— Je vois. Et vous étiez correctement garé ? glissa malicieusement le robot.

— Pas vraiment, répondit Clay en souriant. Rosenberg nous engage ensuite à faire part de nos sentiments, à exprimer ce que nous ressentons, à ne pas garder en nous ce que nous éprouvons. Au lieu de me taire, Je vais dire à mon voisin : « Regardez, vous avez embouti le pare-chocs de ma voiture ! »

— Cela semble facile à faire.

— Ça ne l'est pas pour tout le monde. Comme on a tendance à rendre l'autre responsable de nos émotions, on va mal exprimer celles-ci en accusant cet autre. Mon épouse me dit souvent « Tu m'énerves ! », « Tu exagères ! », « Tu n'es jamais content », etc. sur ce mode accusateur. Or, la bonne façon de faire consiste à parler de soi à l'autre et non de parler sur l'autre.

— Que devrait faire votre épouse dans ce cas ?

— Elle devrait dire « je » et non « tu » ! « Je ne suis pas d'accord avec ta façon de repasser les chemises » au lieu de dire « tu es vraiment nul en repassage ! ». D'autre part, beaucoup de personnes rechignent à dire ce qu'elles ont sur le cœur. Elles craignent de se montrer faibles en confiant leurs sentiments. Or, plus on exprime une émotion, plus on limite ses effets négatifs. Les individus qui se montrent violents sous le coup de la colère n'ont pas su verbaliser cette colère et, ne pouvant l'exprimer par des mots, sont enclins à passer à l'acte. Il est donc important de dire et assumer ses émotions.

— Et ouvrir ainsi son « espace intime » ?

— Voilà. Et c'est d'autant plus à faire que les gens voient souvent très bien les émotions qu'on veut leur cacher !

— Et comment découvrent-ils ces émotions si elles ne sont pas dites ?

— Par de multiples signes qui nous échappent et qui sont bien visibles et audibles : ton de la voix, regard, gestes… Les humains ont un corps qui parle pour eux ! Et nul besoin d'être un fin observateur pour s'en apercevoir. En tant qu'intelligence artificielle, ne vous a-t-on pas programmé pour développer des expressions faciales ?

— Les premiers humanoïdes possédaient une gamme d'une soixantaine d'expressions de ce type. Je suis capable d'en utiliser bien davantage, ajouta Alias sans révéler la moindre fierté, puis en montrant ostensiblement celle-ci, comme un acteur faisant valoir son répertoire. La mimique dura un court instant, mais elle permit à Clay de réaliser une chose surprenante : Alias était en mesure de jouer et donc de simuler en pleine conscience !

— Attention toutefois à la façon d'exprimer son sentiment, reprit Clay : dire son émotion, ce n'est pas blâmer l'autre. Je dirai donc à mon interlocuteur « je suis en colère » et non « votre maladresse me met en colère ! ».

— Pourquoi, n'est-il pas responsable de votre mécontentement ?

— En lui présentant le problème ainsi, il va se sentir attaqué et va se rebiffer au lieu de considérer la cause de mon énervement. Dès lors, un conflit devient possible et celui-ci va stopper net les chances d'une bonne communication entre nous ! Rosenberg nous engage à considérer les faits et à formuler ceux-ci, et non à prononcer un jugement. Il ajoute à cela l'importance de préciser les besoins qui sont à l'origine de nos sentiments. Il nous encourage à les identifier et les nommer plutôt que les ignorer ou les enfouir en nous.

— Que dites-vous donc dans ce sens à propos de votre voiture ?

— Eh bien… je vais dire à mon voisin que je veux pouvoir me sentir en sécurité dans ma rue. Vous comprenez ?

— Très bien Docteur, très bien. Vous parliez de quatre éléments.

— Enfin Rosenberg, ajoute une quatrième règle : celle de la demande. Il me faut formuler une demande après avoir observé le comportement qui m'a posé problème, et après avoir exprimé mon sentiment et identifié le besoin qui a éveillé ce sentiment. Cela revient à dire clairement et sincèrement une attente concrète. Cette demande, si elle est réaliste et satisfaite, annulera le risque de violence. Je vais donc demander à mon voisin de bien vouloir faire plus attention à mon véhicule, d'agir en sorte que cesse mon mal-être.

— Observation, sentiment, besoin, demande… répéta le robot, comme s'il notait studieusement les quatre règles de Rosenberg.

23

Alias portait les aliments à sa bouche avec un geste lent, mais qui aurait pu passer pour simplement délicat, voire élégant. Il s'appliquait à manger avec soin, sans hâte, consommant le plat qui lui était servi et maîtrisant parfaitement la gestuelle d'un humain à table. Face à lui, Muriel l'observait, ne touchant guère au mets que contenait sa propre assiette. Entre chaque bouchée, et après avoir soigneusement mastiqué et dégluti, Alias souriait à sa créatrice. Celle-ci hochait la tête, visiblement satisfaite de ce qu'elle voyait.

— N'oublie pas de contrôler le niveau de ton sac-estomac, de vider celui-ci sans attendre qu'il soit plein, recommandait l'ingénieure, et d'éviter de parler tout en mastiquant.

Contrairement à ses prédécesseurs, un human-like comme Alias était conçu avec un simulacre d'appareil digestif. Il lui devenait possible de participer à un repas avec des humains et de ne rien laisser paraître de sa vraie nature en « mangeant » à leur exemple. Cette innovation que d'aucuns considéraient comme triviale, s'était avérée fondamentale pour permettre aux robots de partager ces moments de sociabilité essentiels aux hommes que sont les repas. Les aliments et les boissons ingurgités s'accumulaient dans une sorte de sac tenant lieu d'estomac que le robot devait vider par la suite. Alias n'avait encore jamais pris un repas avec un être humain et le test auquel Muriel le soumettait était concluant. Il aurait pu passer pour un convive sans doute un peu lent, mais rien dans son comportement n'attirait l'attention.

— Revenons à ton entrevue avec le Docteur Clay, lança l'ingénieure. As-tu acquis de nouvelles données utiles ?

— Oui, Muriel. J'intègre de mieux en mieux. Monsieur Clay est un bon pédagogue. A quelques exceptions près, je vois clairement la pertinence de ses notions.

— Des exceptions ?

— La responsabilité, par exemple. Je saisis le sens de ce concept mais je n'en vois pas la portée.

— Penses-tu ne pas être responsable de tes actes, de ce que tu fais ou dis ?

— Je fais et dis ce qui m'est demandé. Après, je ne sais pas…

— Tu parlais de plusieurs notions.

— Oui, il y a celle de l'échec. C'est étrange ça, l'échec.

— Que vois-tu d'étrange là-dedans ?

— Je sais ce qu'est un *system failure*, je gère moi-même bon nombre de mes dysfonctionnements, comme tu le sais.

— Tu es en mesure d'accomplir de nombreuses autoréparations, oui.

— Je sais qu'il peut m'arriver de manquer certaines tâches ou de me heurter à des obstacles, mais je n'en conçois aucun dépit. Or, le docteur Clay m'a expliqué qu'il en était tout autrement pour les humains.

— C'est-à-dire ?

— Il me dit que beaucoup supportent mal d'échouer. Certains peuvent se sentir comme paralysés face à la possibilité d'un échec. Ils vivent ça non pas comme une défaillance normale, un accident inhérent à tout parcours, mais comme une tare, et ils en conçoivent une vexation puissante. N'est-ce pas irrationnel ? Je constate toutefois que Clay n'est pas comme eux.

— Non ?

— Non, car il dit que l'échec est le fondement de la réussite et non sa négation. C'est l'échec qui permet de progresser. Il cite un certain Nelson Mandela qui dit : « Je ne perds jamais. Soit je gagne, soit j'apprends. »

— Et toi, qu'en penses-tu ?

— Il a raison, c'est évident. Je ne comprends pas que les humains fassent toute une histoire de ces ratages, inévitables le plus souvent et constructifs au bout du compte. Ils ne voient pas l'échec comme un palier nécessaire avant la réussite, comme une étape porteuse d'un enseignement, pourtant ils se savent faillibles, imparfaits. Ils devraient donc se saisir de cette leçon et la mettre à profit pour corriger ce qui peut l'être. Au lieu de cela, ils s'affligent, déplorent leur manquement, culpabilisent même. Étrange, non ?

— Clay dit-il autre chose que tu comprends mal à propos des humains ?

— Oui. Il dit que pour entretenir une bonne relation entre eux, les humains doivent pouvoir formuler des critiques et accepter d'en recevoir. Il insiste sur le fait qu'ils ne saisissent pas toujours l'importance de cet échange alors que celui-ci est essentiel pour que la relation évolue au mieux. Est-ce à dire que je devrais, moi aussi, émettre ces… critiques ? Mais, je ne sais pas ce que je devrais faire pour cela…

Alias était dérouté. Cette notion de critique lui était aussi étrangère que le sentiment d'échec. Muriel comprenait aisément pourquoi. Par définition, la robotique produisait des êtres dociles et même serviles. Les rendre capables de ressentir l'échec ou de se montrer critiques, si tant est qu'il soit possible de leur donner de telles facultés, dépassait l'entendement que l'on attendait d'eux. Pire, leur permettre de faire objection à une instruction, de contester une consigne donnée, c'était faire le lit d'une autonomie qui, à terme, rendrait le robot potentiellement incontrôlable, capable de refus, de désobéissance, de rébellion. Impensable. Qui voudrait des robots susceptibles de dire « non » de leur propre chef ?... En même temps, Muriel percevait dans ces lacunes un frein sensible à sa mission : son but était d'humaniser Alias, le doter d'une personnalité qui le rende aussi semblable que possible à un individu vivant et intelligent, aussi artificielle que soit cette intelligence. Face à elle, l'androïde continuait à avaler lentement son repas. Il donnait l'impression de s'appliquer, mais le soin qu'il mettait à porter les aliments à sa bouche et les réduire en bouillie ne s'accompagnait d'aucune de ces mimiques qui caractérisent l'individu prenant plaisir à manger. Alias ingurgitait avec zèle mais sans plus d'intérêt pour ce qu'il consommait que s'il faisait un plein de carburant. Et pour cause, si le human-like possédait une langue, celle-ci était dépourvue de papilles et de tout moyen de percevoir un plaisir gustatif. Alias avait fait l'objet de soins extrêmes pour développer ses facultés à communiquer, mais à l'exception de sa vue et de son ouïe, ses autres sens étaient trop peu développés pour qu'il acquière par leur biais une expérience émotionnelle plus riche et plus complexe. Il faudrait encore élargir son répertoire de compétences pour atteindre véritablement le but fixé. Alors, et seulement alors, Alias pourrait gagner cette acuité supérieure et s'élever au-dessus de sa condition de robot exempt de conscience. Pour l'heure, il restait une créature limitée, incapable de franchir la frontière qui le séparait de son modèle humain. Ce dernier se heurtait lui aussi à des limites, mais il en faisait des obstacles franchissables, pouvait les transgresser par son aptitude à prendre du recul, à les penser, les contester et les surmonter s'il le voulait. Alias ne savait même pas qu'une barrière peut être sautée, qu'un ordre peut être refusé. Beaucoup se serait réjoui de cette finitude, sa créatrice s'en désolait.

— J'ai terminé, Muriel, déclara le robot tout en montrant son assiette vide.

— Lorsque tu seras au restaurant, tu prendras soin de choisir des aliments faciles à avaler. Tu enregistreras une liste que je te donnerai.

— Nous allons aller au restaurant ?

— Pas nous, Alias. Toi, et quelqu'un avec qui tu partageras bientôt un repas. Une femme que tu vas découvrir.

24

Muriel était persuadée que Clos serait d'accord. C'était sans doute un peu présomptueux de sa part, mais elle avait préparé Alias comme si le feu vert lui était déjà donné. Elle connaissait si bien le président de *Clos Technologies* et l'homme qu'était Jean Clos. Elle le savait capable de tout pour voir son « chef d'œuvre » mystifier tout le monde et bouleverser les références de la robotique mondiale. Tout le monde, y compris cette Célia dont il semblait amoureux. Un ambitieux comme lui était sans limite. Certes, il avait changé ces derniers temps. Il se montrait plus sociable, moins taciturne, plus affable même. La présentation des nouveaux human-like et le coup de bluff magistral d'Alias lors de la grande soirée l'avaient couronné de succès et délivré des doutes qui le hantaient. La thérapie entamée avec le docteur Clay faisait sans doute son effet également. Quant à cette femme, Muriel ne savait trop quoi penser de son influence. Le secret dont Clos l'entourait lui laissait penser qu'elle n'était pas comme les autres, pas l'une de ces conquêtes faciles qu'il avait enchaînées au cours des années. Il la voyait en catimini alors qu'il s'affichait volontiers avec les mannequins qu'il exhibait en ville. Elle savait qu'il lui écrivait, qu'il la traitait avec une sorte de précaution qu'il n'avait jamais eue pour d'autres. Il n'avait pas fallu longtemps à Muriel pour apprendre l'essentiel à son sujet et jauger la rivale qu'elle représentait. Ses informations et son intuition l'avaient encouragée à la prendre au sérieux et à agir sans attendre. L'idée d'utiliser Alias lui était venue juste après la grande soirée. Elle avait tout de suite vu le bénéfice qu'elle pourrait tirer de son parfait numéro de doublage. Et ses récents progrès la confortaient dans ses intentions. Bien sûr, il lui fallait encore manœuvrer habilement. La meilleure façon de parvenir à ses fins était d'amener Clos à avoir lui-même l'idée qu'elle avait imaginée à son insu.

Où en sommes-nous ? s'excama Clos à l'adresse de son équipe sans s'embarrasser de précisions inutiles. Chacun savait que la question portait sur le programme Alias et ses récentes évolutions. C'était devenu l'ordre du jour récurrent des réunions mensuelles.

— La production se déroule comme prévu, répondit Marceau avec un enthousiasme modéré, comme s'il redoutait de passer pour trop optimiste. Les premières livraisons auront lieu le mois prochain et le service-client est prêt. On évalue à 10% le taux de retours pour ajustements divers, mais il pourrait être supérieur.
— Pourquoi ? demanda aussitôt Jean Clos.
— La précédente génération accusait moitié moins de retours pour insatisfaction ou dysfonctionnement, mais nos modèles n'incluaient pas la réalisation optionnelle de sosies. Or la plupart des Alias commandés ont été choisis dans cette version. Ils veulent tous leur double depuis qu'ils vous ont… euh… qu'ils ont vu Alias vous incarner.
— Cette demande était pourtant bien prévue, vous aviez intégré ce choix et ses conséquences dans le process, non ?
— Oui, mais… Enfin, il est très possible que les acheteurs soient déçus ou que leur Alias s'avère

moins performant. Vous savez, les gens fantasment énormément alors que…

— Merci Messieurs, coupa Clos en se levant de son bureau. Tenez-moi au courant et prévoyez un débrief la semaine prochaine. Muriel, vous restez un moment s'il vous plaît.

Tandis que l'équipe quittait son bureau en silence, Clos s'était tourné vers son double qui, pareil à une statue grandeur nature, se tenait immobile et muet dans un angle de la pièce. Si son sosie avait été vêtu comme lui, on aurait pu croire qu'un miroir se trouvait là et que Clos faisait face à son reflet.

— Alors Muriel, que pouvez-vous me dire à propos des échanges entre Alias et Monsieur Clay ?

— Leurs entretiens donnent de bons résultats. Je suis même étonnée de la vitesse et de la facilité avec laquelle Alias intègre de nouveaux comportements et s'exprime subtilement face à un humain.

— Vous partagez le pessimisme de Marceau ?

— Je comprends sa prudence, nous manquons encore de recul. Nos human-like vont faire face à une multitude de situations que nous pouvons envisager sans être absolument sûrs de leurs comportements.

— Dites-moi clairement ce que vous avez en tête. Je vous connais assez bien pour deviner que vous avez quelque chose à me suggérer.

— Rien de précis, mais... Les entretiens qui nous permettent de tester Alias sont concluants, mais on opère in vitro, dans un contexte sous-exposé. Hormis son apparition en public lors de la grande soirée et une ou deux conférences de presse, Alias n'a pas encore donné la pleine mesure de ses capacités dans des situations où il prendrait réellement votre place.

— Vous pensez qu'il faudrait le tester dans de nouveaux contextes ?

— Pas le tester, le « lâcher sur le terrain », si j'ose dire. Le confronter seul à une personne qui vous connaît bien, dans un lieu public… comme un restaurant, par exemple.

Clos ne répondit pas tout de suite. C'était signe qu'il suivait le raisonnement de son ingénieure et pouvait l'approuver. Il regardait Muriel tout en donnant l'impression que son attention était ailleurs, qu'il cherchait dans ses pensées une réponse ou une idée.

— Quelqu'un qui me connaît bien… finit par dire l'entrepreneur. Quelqu'un qui pourrait prendre Alias pour moi.

— Oui, et pas depuis la salle d'un lieu de conférence, mais bien en tête à tête avec vous, avec lui donc.

Muriel sentait son cœur battre plus fort. Elle se voyait comme un pêcheur qui observe le poisson tourner autour de l'hameçon et guette l'instant où il va mordre.

— Oui, ça serait vraiment probant… et je pense à quelqu'un…

Le poisson s'approchait encore. Ne pas bouger, ne pas se trahir. Muriel ne disait rien, tendue dans l'attente, mais songeant à l'agenda de Clos dont elle avait pris connaissance à son insu. Elle revoyait la date brièvement annotée : « Célia, dîner »

— Je dîne bientôt avec une amie, ajouta Clos. Si ça marche avec elle, ça marchera avec tout le monde. Laissez-moi seul avec Alias, s'il vous plaît, je vais lui communiquer tout ce qu'il doit savoir sur cette personne.

Cachant sa joie derrière un visage impassible, Muriel sortit du bureau aussitôt. Le poisson avait mordu.

25

Le restaurant comptait parmi ces établissements qui faisaient le miel des chroniqueurs mondains tout en recueillant l'estime des critiques gastronomiques. Réserver un an à l'avance allait de soi, à moins d'avoir un des ces noms qui ouvrent des portes que l'argent seul suffit tout juste à entrebâiller. Et le nom de Clos était de ceux-là. Le lieu valait aussi pour son architecture et son cadre. En le voyant, on pouvait penser à une immense bulle de verre aplatie à son sommet et reposant sur des pilotis. Ses concepteurs avaient eu une idée magistrale en l'érigeant au beau milieu d'un lac. Celui-ci faisait un écrin sombre et mouvant à cette sphère lumineuse une fois le soir venu et, depuis la rive, on pouvait croire que le bâtiment flottait majestueusement au-dessus de l'eau noire. Un glisseur silencieux faisait la navette entre la berge et le restaurant. Il embarquait les clients dont le privilège était aussi d'accéder à ce site hors du commun en plus de pouvoir s'asseoir à l'une de ses tables. Célia et Jean Clos arrivèrent ainsi ce soir-là, aussitôt conduits à l'un des petits salons réservés qui allait choyer leur intimité. Un espace où une large baie vitrée, convexe et sans reflets, si peu visible qu'il fallait la toucher pour constater sa présence, séparait leur table du spectacle lacustre. Célia était sous le charme de cet endroit et de sa vue presque irréelle. A l'autre bout du vaste plan d'eau, la silhouette de sapins innombrables formait une haie immense qui dressait vers le ciel ses pointes découpées. La forêt faisait ainsi le lien entre l'onde sombre et le ciel étoilé. Elle composait un tableau parfaitement romantique dont on aurait pu croire qu'il avait été créé de toutes pièces pour émerveiller les couples en mal de rêverie et justifier les prix exorbitants de l'établissement. Célia ne boudait pas son plaisir et se laissait doucement griser par le spectacle qu'un grand cru de Pessac-Léognan rendait plus savoureux encore. Clos l'avait déjà invitée au cours de l'année mais, cette fois, il semblait avoir voulu l'éblouir, à moins qu'il eût voulu se faire pardonner ces dernières semaines durant lesquelles il ne s'était guère occupé d'elle. Célia ne s'était pas étonnée de cette négligence. Comme tout le monde, elle avait appris le succès retentissant du lancement des human-like. Elle s'était dit que Clos devait avoir bien trop de choses à faire pour penser à elle et avait même été surprise par son invitation. En son for intérieur, elle reconnaissait que l'attention l'avait flattée, justement parce qu'elle était inattendue, improbable même. L'avènement de cette nouvelle génération de robots élevait son ancien amoureux au firmament de sa carrière. Des années de travail et d'ambition trouvaient là leur récompense et leur consécration. Rien de tout cela n'était propice à renouer un lien que Jean s'obstinait à évoquer dans ses lettres sans montrer d'intentions claires ou de projet précis. Il l'avait convaincue de revenir en France puisqu'elle se trouvait libre depuis son divorce. Jusque-là, elle avait vu les jours s'écouler sans signe de changements et ses rares et brèves rencontres avec le patron de *Clos Technologies* ne l'avaient nullement décidée à rester encore longtemps. C'est donc avec surprise qu'elle avait accueilli l'idée d'un dîner, sans pour autant se faire d'illusion quant à ce qu'il lui dirait. A nouveau, il lui parlerait du passé et tenterait de la convaincre de l'attendre encore un peu, juste le temps d'assurer l'avenir de ses nouvelles créations… avant qu'il n'en invente d'autres sans doute.

Célia ne se faisait pas d'illusion, mais la soirée était belle, alors pourquoi ne pas goûter à ses plaisirs et vivre l'instant sans se soucier du lendemain ? C'est dans cet état d'esprit qu'elle avait suivi Clos jusqu'au restaurant du lac, mais sa surprise à la découverte de ce lieu étonnant n'était que la première de la soirée. Quelques minutes après que le repas eu commencé, elle dû convenir qu'il y avait quelque chose de changé dans le comportement de Clos. Sur le trajet, elle avait déjà vaguement noté un détail qui s'était confirmé par la suite : contrairement à son habitude, Clos était parfaitement calme et serein. Lui, habituellement agité et impatient, donnait l'impression d'être tout à fait détendu et insouciant. Son holophone ne sonnait pas, il ne regardait pas sa montre toutes les dix minutes, il restait tranquillement assis et cela ne lui ressemblait guère. Célia s'en étonnait, mais elle se disait que c'était sans doute le contrecoup de plusieurs semaines de tension et de stress, et ce calme apparent devait être le relâchement normal et compensateur auquel il fallait s'attendre. Elle n'en appréciait pas moins la nouveauté et le résultat : Clos était ce soir-là un convive tout à fait agréable. Et la surprise de son invitée ne s'arrêtait pas là. Au bout de quelques minutes de conversation, elle réalisa un autre changement remarquable : au lieu de faire appel à ses souvenirs pour relater à nouveau le passé ou lui parler de son business pour la énième fois, Clos lui parlait d'elle… Il se montrait curieux de sa vie aux États-Unis, des années passées avec son ex-mari, de son fils et des projets qu'elle avait pour lui. Et elle se surprenait à lui répondre longuement, à lui confier des anecdotes et des faits dont elle n'avait jamais encore parlé, à faire état de ses émotions et de ses sentiments. Elle le faisait d'autant plus facilement qu'elle sentait sur elle une attention nouvelle, une écoute sincère, respectueuse et bienveillante, pas une de ces postures propres aux séducteurs qui miment de l'intérêt pour la fille qu'ils convoitent, mais une attention véritable qui s'accompagnait de remarques sensibles, lucides et pleines de bon sens. Jamais Célia ne s'était autant sentie en confiance, aussi bien comprise et considérée par son hôte et, peut-être, par un homme, tout simplement. Elle aurait été bien incapable de dire a posteriori quels mets elle avait mangé ce soir-là, rien n'avait autant de saveur que cette discussion à cœur ouvert qui s'avérait sans précédent. Célia n'en revenait pas. Elle en était même à se demander si elle n'avait pas jugé trop vite cet homme et sous-estimé le changement qui avait opéré en lui au fil des années. Certes, les moments passés ensemble jusqu'à présent n'avaient rien révélé de tel, mais ce soir-là, il en était tout autrement et elle voulait croire qu'à la faveur de ce lieu magique, de ce moment unique, un autre homme était devant elle : un homme nouveau, un nouveau Clos.

La microcam qui se cachait dans l'œil d'Alias permettait à Muriel de visionner et entendre Célia comme le faisait son human-like et d'assister en direct au triomphe de ce dernier. Non seulement Célia n'avait pas soupçonné un seul instant la nature véritable de celui qu'elle appelait Jean, mais elle était totalement conquise, sous le charme étonnant du double de Clos. Muriel ne connaissait pas Célia, c'était la première fois qu'elle la voyait et l'entendait. Elle ne mesurait pas à quel point cette inconnue était bouleversée par le comportement de son interlocuteur ; mais une femme sait voir une autre femme amoureuse et interpréter aisément sa gestuelle comme ses regards. Même si elle était ravie de la performance de son robot, Muriel voyait d'un mauvais œil la tournure des événements. A l'évidence, Alias faisait un parcours sans faute. Mieux, il se montrait brillant et accomplissait parfaitement sa mission. Trop parfaitement même. Muriel voyait le moment ou Célia allait faire du charme à ce faux Clos et ne comprendrait pas qu'il se défile au dernier moment. Et puis, de façon plus confuse cette fois, elle s'agaçait de voir cette femme en si bons termes avec Clos, bien que celui-ci fut Alias. Si son patron avait été en face d'elle, il est certain qu'il aurait succombé à ses minauderies et cela avait pour effet d'exaspérer Muriel. Celle-ci sentait en elle une jalousie à laquelle elle ne s'attendait pas. Elle voyait monter en Célia un sentiment amoureux qu'elle avait exacerbé elle-même par l'intermédiaire de son robot ! L'expérience était concluante, mais elle allait trop loin. Rapprocher Clos et cette femme était tout le contraire de ce qu'elle voulait. Pourtant, tout en réalisant son malaise, l'intelligente Muriel voyait aussi tout le parti qu'elle pouvait tirer de cette situation, idéale, providentielle même. Il suffisait que la vérité éclate et que Célia découvre le subterfuge. Le choc serait tel, son sentiment d'avoir été manipulée serait si violent qu'elle tomberait aussitôt des nues et son idylle avec Clos n'y survivrait pas.

Il lui fallait agir sans attendre. Alors que Célia glissait ses doigts vers ceux d'Alias accompagnant son geste d'un regard éloquent, elle saisit quelques lettres sur le clavier qui lui permettait d'intervenir à distance. L'expression de surprise qui apparut presque aussitôt sur le visage de Célia lui indiqua que sa manœuvre avait réussi. Alias s'était instantanément figé, le regard fixe et tout le corps paralysé. Un sourire rendu inquiétant par sa fixité lui donnait une tête de pantin. Son masque tombait. Célia se leva d'un bond faisant basculer son siège. Les yeux exorbités, la bouche ouverte de stupéfaction. Elle fixa le robot incapable d'articuler un mot. Elle mit du temps à attraper son sac et son manteau tant ses mains tremblaient. Elle traversa le restaurant aussi vite qu'elle pu sans regarder derrière elle. Un glisseur attendait à l'embarcadère du restaurant, elle monta aussitôt à bord, indifférente au regard insistant d'un homme qui l'observait depuis longtemps. Un homme bien plus curieux qu'un simple badaud surprenant une scène insolite. Il s'était passé quelque chose entre cette femme et Jean Clos ce soir, Max était bien décidé à savoir quoi.

26

L'hologramme de Clos tournait sur lui-même, comme une statuette articulée sur un piédestal. Son effigie de 20 cm en image virtuelle tournoyait au-dessus de l'holophone de Muriel, attendant que celle-ci se décide à prendre la communication. Or, la directrice technique de *Clos Technologies* tardait sciemment à décrocher. Elle savait très bien ce que Clos allait lui dire. Célia l'avait probablement appelé, il avait appris le résultat de son tête-à-tête avec Alias et ce qui était advenu. La jeune femme l'avait sans doute incendié, hurlant sa colère d'avoir été dupée, manipulée, ridiculisée pour des raisons qui lui échappaient. Scène, cris, larmes… Clos avait sans doute eu droit à tout, probablement désarçonné et incapable de fournir une explication acceptable, de justifier cet incident impardonnable. Et maintenant, Muriel savait que ça allait être son tour, que le prochain mauvais quart d'heure serait le sien. Clos allait, bien évidemment, déverser sur elle la colère qu'il avait reçue de Célia puisque l'échec de cette rencontre lui était totalement imputable. Échec ? Mais quel échec au fond ? Depuis la sortie fracassante de Célia au restaurant, Muriel préparait sa défense et elle était simple. Encore une fois, Alias avait été brillant, jouant son rôle à la perfection, dépassant même les espérances les plus optimistes. La furie de Célia était proportionnelle à l'illusion qui l'avait bernée. Elle n'avait rien vu, rien soupçonné, tout avalé. N'était-ce pas la preuve que tout avait parfaitement marché et que l'objectif était atteint ? En entrant dans le bureau de Clos, Muriel était à la fois sûre de ses arguments et triste de devoir s'en servir pour se défendre des accusations de l'homme qu'elle aimait.

— Vous m'aviez dit qu'Alias était totalement sous contrôle, sous votre contrôle ! s'époumonait Clos, fusillant du regard son ingénieure, laquelle gardait la tête haute et un calme impavide. Et non seulement c'est un fiasco total, mais en plus vous avez rendu mon amie à moitié folle !

— Je regrette sincèrement que votre amie vous accable aujourd'hui, mais si vous regardez les faits…

— Les faits ? Quels faits ? Je vois qu'Alias est tombé en panne au beau milieu du repas. Elle m'a raconté son blocage soudain, cette espèce de bug total qui l'a trahi, m'a trahi, alors même que sa confiance en moi n'avait jamais été aussi grande !

— Alias n'est pas tombé en panne, Monsieur, répliqua calmement Muriel.

— Pas en panne ?! s'exclama Clos au comble de sa colère.

— C'est moi qui l'ai stoppé, Monsieur. Je l'avais parfaitement sous contrôle, à distance, et j'ai coupé son système général. C'était facile, il suffisait d'entrer le code que j'ai moi-même établi à cet effet.

— Mais… mais pourquoi ?! s'écria Clos stupéfait, pressant ses tempes entre ses paumes comme si ce qu'il entendait étreignait son cerveau ou ne parvenait pas à y entrer. Tout se déroulait à merveille, et je sais par Célia qu'Alias se comportait parfaitement jusqu'à ce foutu bug !

— Justement, Monsieur. Ça allait trop loin. Célia était complètement sous le charme d'Alias. Je ne sais pas comment elle est avec vous, mais je sais voir une femme conquise. Et, croyez-moi, elle l'était ! Elle fondait littéralement à l'écoute de notre human-like. Elle riait, minaudait, parlait sans cesse, ses yeux brillaient. Pas besoin d'être un grand psy pour deviner ce qui se passait dans sa tête et la manière dont elle imaginait finir la soirée !

Clos écoutait sans répondre et tentait de réfléchir à ce qu'il apprenait. Alias aurait-il pu séduire Célia à ce point ? Reprenant son calme, le patron de *Clos Technologies* s'efforçait de visionner l'instant critique de ce repas, de ce tête-à-tête entre elle et « lui ». Et plus il y pensait, plus le fait que sa collaboratrice ait pu bien agir lui paraissait plausible.

— Songez à ce qui se serait passé si, raccompagnant Célia à son hôtel, Alias était monté avec elle jusqu'à sa chambre ?

— Il aurait pu… ? questionna Clos sur un ton adouci.

— Elle n'aurait pas tardé à découvrir le pot au rose, évidemment. Même si Alias est sexuellement opérationnel, une femme ne saurait être longtemps abusée par un robot, même le nôtre.

— Vous avez donc …

— Je nous ai évité le pire, Monsieur. Vous dites que Célia est folle de rage après vous, imaginez dans quel état elle serait si elle avait ouvert les yeux à un moment bien plus délicat encore ?

Muriel avait raison. S'il avait été aux commandes ce soir-là – et il regrettait de ne pas y avoir été ! – il aurait sans doute agi de la même façon. Maintenant, il ne pouvait s'en prendre qu'à lui-même et s'en vouloir d'avoir donné son feu vert à cette expérience. Les échecs sont des leçons à prendre, aurait dit Paul Clay, mais l'échec était cuisant et Célia lui en voulait à mort. Comme si elle avait deviné ses pensées, Muriel ajouta aussitôt :

— Vous n'avez rien à regretter, croyez-moi.
— Vous trouvez ? soupira Clos, incrédule.
— Si vous considérez les faits et les seuls résultats de l'expérience au regard de ce qu'on pouvait espérer, c'est un grand succès ! Nous voulions savoir si Alias pouvait tenir la route dans une situation extrême, un face à face avec quelqu'un qui aurait pu douter de sa réelle identité, voire de sa nature humaine, et l'identifier comme un androïde. Et rien de cela ne s'est produit !
— Et la furie de Célia, c'est quoi pour vous, une péripétie de laboratoire, un simple dommage collatéral ?
— Pensez à ce que signifie la réussite d'Alias. Demain, tout le monde voudra disposer d'un human-like signé *Clos Technologies*, tout le monde voudra un double qui accomplira à sa place des tâches ingrates, fastidieuses ou risquées. Tout le monde voudra son Alias ! Et ce sera grâce à notre travail, grâce à notre avance technologique ! Et si aujourd'hui c'est possible, c'est parce que vous n'avez jamais laissé quiconque ou quoi que ce soit entraver votre ambition. Et moi, depuis le début j'ai cru dans votre rêve, j'ai toujours été là et je le serai encore demain !...

Muriel était habile, mais elle surestimait la soif de réussite de Clos ou, plutôt, elle faisait l'erreur de le résumer à cela alors qu'il aspirait désormais à autre chose. Et Célia faisait partie de cette autre chose. Le patron de la « robotique humanisée », comme il aimait à se définir, resta un instant silencieux, partagé entre l'estime professionnelle qu'il avait pour cette femme et la colère qu'elle lui inspirait par sa volonté d'évincer Célia. Car Clos, n'était pas dupe. Il savait depuis longtemps que Muriel était amoureuse de lui, mais il n'avait jamais prêté attention à ces sentiments dont il n'avait que faire et il n'avait jamais pensé que ceux-ci auraient pu interférer dans l'expérience Alias. Or, il se demandait maintenant quelle part avait pris ce penchant amoureux dans le « sabotage » de cette soirée. Si Muriel avait eu apparemment de bonnes raisons de couper les circuits d'Alias, elle avait en même temps sabordé sa relation avec Célia. L'avait-elle fait sciemment et ainsi fait coup double ? Clos ne pouvait en jurer, mais tout cela était troublant. En quittant le bureau de son boss, Muriel était, elle aussi, perplexe. Si son argumentation avait porté, elle n'avait pas provoqué chez Clos la reconnaissance quelle espérait. Elle pensait avoir réussi à le convaincre du bien-fondé de son choix ce soir-là et, ce faisant, elle était parvenue à atténuer sa colère, mais il n'avait pas réagi comme elle l'espérait : il aurait dû changer totalement d'attitude à son égard et la féliciter pour la maîtrise dont elle avait fait preuve alors que ce tête-à-tête prenait une tournure plus que gênante. Surtout, ils auraient dû se réjouir ensemble de la perfection d'Alias. Au lieu de cela, Clos était resté furieux et avait sèchement mis un terme à leur entretien. Rien n'était joué cependant. Jean Clos aurait un mal fou à se réconcilier avec Célia. La colère de cette dernière n'était pas prête de retomber. Clos aurait beau plaider l'accident technique ou même inventer une initiative malvenue de son ingénieure en chef, se défaussant sur Muriel de toute cette affaire, Célia n'était pas idiote. Il y avait fort à parier qu'elle n'aurait pas digéré avant longtemps cet affront et qu'elle préparait déjà son retour aux USA. Après son départ, Clos l'oublierait sans doute, à nouveau happé par les suites du lancement mondial des human-like. C'est du moins ce que se disait Muriel, laquelle espérait rentrer en grâce assez vite et obtenir la gratitude qu'elle escomptait, peut-être plus encore. En attendant, et dans l'immédiat, il valait mieux qu'elle évite son patron. Une précaution que partageait l'ensemble des collaborateurs de *Clos Technologies*. Ceux qui osaient s'aventurer près de son bureau faisaient volte-face et reprenaient aussi vite et discrètement que possible le couloir par où ils étaient arrivés. Leur dirigeant s'était enfermé dans sa tour d'ivoire et avait entrepris de démolir tout ce qui était à portée du club de golf qu'il gardait à l'angle d'un mur. Horloge, trophées, statuettes, gravures encadrées… tout volait en éclats sous les coups circulaires du fer 7. Il n'y avait pas grand-chose à faire si ce n'est attendre que l'orage passe et que, la fatigue aidant, Jean Clos arrête ce massacre seulement utile à ses nerfs. Lorsque l'essoufflement le fit s'affaler dans un fauteuil constellé de débris divers, Clos rassembla ses pensées pour trouver une solution au problème que lui posait Célia. Et comme il ne la trouvait pas, le nom de Paul Clay lui revint aussitôt à l'esprit et, avec lui, l'idée qu'un entretien s'imposait dans les plus brefs délais.

27

En réponse à sa demande de rendez-vous, Clos avait reçu de son psy une invitation à le retrouver à une adresse qui lui était inconnue. Une fois sur place, le créateur des human-like avait été surpris de découvrir une humble cabane en bois, modeste construction qui évoquait davantage un refuge pour garde-forestier qu'une véritable habitation. Hésitant à passer sa porte, mais n'entendant aucune réponse à ses appels, Clos en franchit le seuil et découvrit une pièce unique, simplement meublée d'un lit. A l'autre bout de cet espace, une seconde porte ouvrait sur l'arrière de cette maisonnette et laissait entrevoir une construction de plus grande taille, toute de verre et de bois, dissimulée par la cabane. Il s'agissait d'une vaste serre dans laquelle Clos pouvait apercevoir son médecin. Il se dirigea vers celui-ci, surpris de découvrir son mentor en tenue de jardinier et s'affairant à étancher la soif de divers plants à l'aide d'un arrosoir. Voyant son client sur le pas de sa porte, Clay lui fit signe de le rejoindre, souriant de sa surprise.

— Vous m'étonnez, lui lança Clos, j'étais loin de vous imaginer dans un endroit pareil à faire du…
— Du jardinage, oui. Et cela vous surprend.
— Oui, je ne pensais pas que vous… Enfin, je ne savais pas que vous aviez de l'intérêt pour tout ça, ajouta Clos en désignant la profusion de plantes, fleurs et autres végétaux qui peuplaient le local transparent et resplendissaient de fraîcheur sur tous les tons de vert.

— Pourquoi ne m'imaginiez-vous pas ainsi ? répondit Clay, s'amusant du trouble de son patient.

— Je ne sais pas… ça ne correspond pas à l'idée que je me faisais de vous.

— Ah oui, acquiesça Clay en souriant, vous vous faisiez une idée de moi, bien sûr. Vous savez, on se fait tous une idée des gens qui nous entourent. Inévitablement, nous nous les représentons d'une certaine manière. La manière qui nous convient le mieux ! Celle qui ne contredit pas les informations et les croyances que l'on a par rapport à eux. Et parfois nous sommes surpris de découvrir qu'ils ne correspondent pas à cette idée préconçue. Vous vous souvenez de ce *biais cognitif de confirmation* dont nous avons parlé ?

— Oui.

— Eh bien, c'est de cela dont il s'agit. Vous avez peut-être pensé qu'en raison de mon métier de psychologue je me vouais entièrement à des activités intellectuelles et, me voyant les mains dans la terre, vous ne trouvez pas la confirmation de cette représentation que vous vous faites de moi, n'est-ce pas ?

— Je reconnais que oui. Désolé pour ce préjugé.

— Oh non, ne vous souciez pas de ça et gardez-vous de croire que je n'ai pas de préjugé moi-même. Nous en avons tous ! Mais j'aimerais vous poser une question à ce propos.

— Allez-y.

— Vous venez de me montrer quelle représentation vous avez de moi. J'aimerais savoir quelle représentation vous avez de vous-même !
— C'est-à-dire ?
— Comment vous voyez-vous ? Qui est Jean Clos pour vous ?

Haussant les sourcils, mais moins surpris qu'il ne l'aurait été lorsque Clay ne lui était pas encore familier, Clos fit la réponse qui lui semblait à la fois la plus brève et la plus juste.

— Eh bien… je suis le créateur d'une entreprise qui invente des robots.
— Inventeur de robots, vous diriez ça comme ça pour résumer ?
— Oui, en somme, c'est ça.
— Et qu'est-ce qui vous motive à inventer des robots ?
— C'est le business dont je vis et auquel je dois ma réussite. J'y consacre ma vie depuis 20 ans. J'ai créé *Clos Technologies,* et cette boîte a fait de moi un entrepreneur respecté et reconnu comme un acteur majeur de ce secteur.
— Vous auriez sans doute pu réussir dans un autre domaine, pourquoi celui de la robotique ?
— Je m'y suis intéressé très tôt, convaincu de l'avenir qui s'ouvrait à cette activité et à ceux qui voulaient vraiment innover, la faire progresser avec ambition et détermination.
— À vos débuts, alors que vous ne saviez pas si et comment vous réussiriez, vous aviez donc l'intime conviction qu'il y avait là quelque chose de formidable à accomplir.

— J'étais convaincu de pouvoir réussir et les résultats actuels m'ont donné raison.
— Oui, mais votre fortune et cette reconnaissance acquise 20 ans plus tard étaient incertaines au tout début, quelque chose d'autre vous poussait à miser votre vie sur ces futurs robots.
— Que voulez-vous dire ?
— Je pense que l'image que vous avez de vous est celle d'un homme puissant qui a réussi dans son industrie. Mais je pense que ce n'est pas cette représentation que vous devriez avoir de vous-même pour vous connaître vraiment.
— Ah, et que devrais-je penser de moi alors ?

Clay marqua un silence le temps de donner quelques coups de ciseaux minuscules à un bonsaï qui semblait la pièce maîtresse d'une collection d'arbres nains.

— Vous savez ce qui nous différencie, nous les humains, de ces plantes et des autres êtres vivants sur cette terre ?
— Dites-moi.
— C'est la conscience que nous avons de notre finitude. Nous savons que nous sommes destinés à mourir un jour ou l'autre. Et vous, Jean Clos, vous en avez une perception très aiguë.
— Je ne comprends pas.
— Ce que je veux vous dire, c'est que la raison qui vous pousse à créer des robots, à faire avancer la science et les techniques dans ce domaine, n'est pas la recherche de la puissance, de la gloire ou de l'argent. Pas même la réussite de votre organisation. C'est plus sûrement le rêve de créer un être qui ne

connaisse pas vos défaillances, vos faiblesses, vos fragilités et celles de l'être humain en général. Ces limites qui sont les vôtres comme les miennes et celles de tous les hommes et femmes sur cette terre. Ce qui vous anime, Monsieur Clos, c'est la réalisation d'un fantasme absolu, d'un « presque humain » qui s'affranchirait de ce qui borne notre existence. Inventer des robots toujours plus perfectionnés comme vous le faites, c'est créer des êtres sur lesquels le temps n'aura pas de prise alors que nous vieillissons, des êtres d'une totale fiabilité alors que nous sommes défaillants, des êtres réparables indéfiniment alors que nous sommes fragiles et mortels… Il est là le moteur de votre ambition. Elle est là la représentation que vous devriez avoir de vous-même. Mais ce n'est pas pour apprendre cela que vous êtes venu me voir. L'air sombre de Clos n'avait pas échappé à Clay. C'était même la première chose qu'il avait remarquée en l'accueillant dans son jardin. Mais il avait deviné que son patient venait lui parler d'un problème concernant ses androïdes, aussi avait-il jugé utile de placer ce préambule avant de savoir exactement ce qui préoccupait son client.

— En effet, je voulais vous parler d'autre chose.

— Je vous écoute, répondit Clay en désignant un banc en fer rouillé, siège précaire mais unique dans le jardin, et suffisant pour le confort de leur conversation.

Après quelques secondes durant lesquelles il donna l'impression de mettre ses pensées dans le meilleur ordre possible, Clos fit le récit du repas qui avait réuni Alias et Célia. Il expliqua en détail l'objectif de cette rencontre savamment préparée et suivie à distance par son ingénieure, les conditions dans lesquelles cette entrevue délicate s'était déroulée, la performance étonnante d'Alias, la crédulité de Célia et l'euphorie dont elle avait fait montre, jusqu'à l'interruption brutale de ce tête et tête et les raisons qui avaient poussées Muriel de le stopper net. Clay écoutait scrupuleusement, sans dire le moindre mot. D'un regard ou d'un signe de la tête, il encourageait son client à poursuivre ou développer son récit, veillant à ne pas le distraire ou l'interrompre bien que sa narration fût parfois coupée d'hésitations ou émaillée de mots qu'il devinait mal choisis. Outre le récit lui-même et les informations qu'il fournissait, Clay écoutait son narrateur et constatait l'émotion qui l'avait saisie au sens propre, car Clos vivait ce qu'il racontait avec tout son corps. Il tordait ses mains, se crispait, se repliait sur lui-même, prenait sa tête nerveusement, rentrait ses épaules et se voûtait avant de se redresser soudainement comme pour rejeter un poids invisible en arrière. Tout un langage corporel qui disait son émotion. Bien entendu, le psy prenait soin de noter mentalement tous les aspects de cette histoire hors du commun. Il le faisait à la manière d'un enquêteur enregistrant avec précision les confidences d'une victime. Mais son attention était tout aussi vive pour le trouble visible de cet homme que l'émotion agitait et semblait posséder, comme la main d'un marionnettiste animant son personnage. Lorsqu'il eut fini, Clos se tourna vers son unique confident, dans l'attente d'une parole qui l'aiderait à faire face à cette situation. Clay resta pensif un instant avant de poser une question dont il devinait aisément la réponse.

— Cette histoire est extrêmement embarrassante pour vous, commença Clay, mais je suppose que vous n'avez pas besoin de moi pour vous en rendre compte. Qu'avez-vous l'intention de faire ?
— Je ne sais pas justement. Je n'arrête pas de me demander ce que je pourrais faire pour réparer tout ça et retrouver la confiance de Célia…
— Vous êtes dans une situation extrêmement embarrassante, mais extrêmement intéressante aussi, pour vous.
— Comment ça ?
— Vous êtes en proie à diverses émotions et nous allons travailler là-dessus.
— Mes émotions ? Ce sont celles de Célia qui posent problème et que j'aimerais changer. Elle m'en veut à mort !
— Nous allons voir que vos émotions sont également en jeu dans cette affaire. Savez-vous lesquelles ?

Clos hésita, s'agita à nouveau sur son siège, un peu dérouté par cette question qui lui semblait vaine.

— Qu'avez-vous ressenti lorsque Célia vous a rapporté ce qu'il s'était passé ce soir-là ? enchaîna Clay, poussant son patient à identifier ses sentiments.
— J'étais furieux après Muriel. Je la tenais pour responsable de ce fiasco.
— Vous étiez en colère donc.
— Oui, naturellement !
— Quoi d'autre, qu'avez-vous éprouvé de plus ?

— Je ne sais pas… C'était fou. Célia hurlait quand elle ne pleurait pas. Elle avait coupé son image holographique, je n'avais que sa voix et je ne l'avais jamais entendue comme ça !

— Mais qu'avez-vous ressenti, lorsque vous avez compris que votre Alias avait été démasqué ?

— J'ai eu honte. Célia avait découvert notre… stratagème. Elle m'accusait d'avoir voulu la mystifier et je ne pouvais rien répondre à ça. Mentir n'aurait servi à rien.

— La colère, la honte. Quoi d'autre ?

— Mais à quoi bon parler de mes émotions, Monsieur Clay ? Je ne vois pas en quoi elles peuvent aider à retrouver Célia.

— Il est important que vous preniez conscience de ce qui vous agite, que vous identifiez les émotions qui vous ont saisi. Vous comprendrez ensuite pourquoi. Donc, la colère, la honte, et puis ? Qu'avez-vous ressenti quand Célia s'est dite victime de votre plan ?

— Je ne sais pas…

— Eh bien, je crois le savoir : vous vous êtes senti coupable. Vous vous en voulez de l'avoir entraînée à son insu dans cette situation. Et vous estimez que c'est votre faute. Me donnez-vous raison ?

— Oui.

— Colère, honte, culpabilité : trois émotions primaires auxquelles on pourrait ajouter la peur. La peur de perdre Célia, visiblement. Et savez-vous ce que sont les émotions, Monsieur Clos, savez-vous à quoi elles peuvent bien servir ?

— Je ne sais pas, elles s'imposent à moi, je ne les ai pas choisies.

— Une émotion se reconnaît à cinq choses qui la caractérisent : elle est soudaine, elle s'empare de nous brusquement. Elle est éphémère, car si elle peut être brève ou durer quelques temps, elle finit par passer. Elle est agréable, comme la joie ou le plaisir, ou désagréable, comme la tristesse ou la honte. Enfin, elle est universelle : tous les êtres humains sur cette planète éprouvent les mêmes émotions. C'est même le seul langage qui soit véritablement universel. Chacun éprouve de la même façon les mêmes émotions et va également les exprimer de la même manière par son corps. Partout sur cette planète les hommes tremblent quand ils ont peur, rougissent quand ils ont honte, pleurent lorsqu'ils sont tristes, rient quand ils sont joyeux, etc.

— D'accord, et après ?

— Après, il faut que vous compreniez que les émotions remplissent une fonction. De même qu'il y a une fonction digestive, une fonction cardiaque, une fonction cognitive, par exemple, il existe une fonction émotionnelle. Et cette fonction est de nous alerter lorsque l'un de nos besoins est satisfait ou ne l'est pas. Chaque émotion désagréable, comme les quatre que vous éprouvez, est un signal d'alarme. Il vous prévient du fait que vous vivez quelque chose qui vous est néfaste, qui s'oppose à votre épanouissement. Souvenez-vous de la pyramide de Maslow, Monsieur Clos.

— La pyramide des besoins.

— Exactement. Ces besoins que nous cherchons à satisfaire durant toute notre vie, escaladant une pyramide imaginaire au sommet de laquelle se trouve notre besoin ultime, celui de l'épanouissement personnel. Eh bien, dans cette ascension, nos émotions jouent le rôle de guide, nous aident à nous orienter.

Agréables, elles nous disent que nous sommes en bonne voie, nous encouragent à poursuivre notre chemin et nous gratifient à la manière d'une récompense. Désagréables, elles nous avertissent de quelque chose qui nous fait du tort et nous dissuadent de continuer. Dans tous les cas, qu'elles soient bonnes ou mauvaises, les émotions sont à identifier et entendre, absolument. Or, la plupart des gens, vous compris, ont tendance à faire taire leurs émotions, les faire disparaître sous le tapis.

— Moi ?

— Oui, vous, et c'est pour cela que je vous en parle. Au fil des années, vous avez mis en place un système qui vous protège des émotions, une stratégie d'évitement. La recherche de la réussite, du pouvoir, de la reconnaissance vous ont distrait de l'essentiel, des informations vraiment importantes à votre accomplissement personnel. Informations que vous communiquent vos émotions. Durant ces années, vous vous êtes persuadé que ce qui était fondamental pour vous était de réussir votre entreprise, d'atteindre le plus haut niveau possible de cette réussite.

— Et j'y suis parvenu !

— Oui, mais vous êtes aussi venu me consulter, conscient que vous n'alliez pas bien du tout malgré cette ascension. Certes, vous avez réussi, mais vous ne vous ne vous êtes pas épanoui. Il y a des choses que vous n'avez pas faites, cela vous empêche de vous accomplir vraiment, et vous en souffrez.

— Très bien, d'accord, mais qu'est-ce que je peux faire maintenant ?

— Vous souffrez de cette colère, de cette honte, de cette culpabilité et de cette peur que je vous ai aidé à identifier ?

— Oui, naturellement.

— Eh bien, c'est une bonne chose.

— Quoi ?

— Parce que maintenant, il va vous falloir arrêter de regarder ailleurs, vous allez devoir accepter de ressentir vraiment ces émotions, accepter la douleur qu'elles vous causent.

— Ne vaudrait-il pas mieux les supprimer ?

— Vous voulez supprimer votre fonction digestive, votre fonction cardiaque ou auditive ? C'est impossible, tout comme il est impossible de supprimer la fonction émotionnelle. Tout au contraire, je vous demande d'identifier, nommer et ressentir pleinement cette colère, cette honte, cette culpabilité, cette peur.

— Mais à quoi bon ?

— Pour vous apprendre ensuite à diminuer leur effet, à réguler leur intensité, à les rendre supportables. On ne peut pas supprimer ses émotions parce qu'elles remplissent une fonction, mais on peut atténuer leur répercussion douloureuse.

— Et comment ?

— En intégrant le fait que les émotions ne sont pas liées à ce que vous vivez, mais à ce que vous pensez. En comprenant une chose essentielle : si vous ressentez une émotion, ce n'est pas parce que vous avez vécu telle ou telle situation, c'est votre façon de penser cette situation qui génère cette émotion. Et cette façon de penser, vous pouvez la changer.

— Vous voulez dire que c'est ma façon de voir ce qui m'arrive qui fait que je suis en colère, honteux et me sens coupable ?

— Oui. Pourquoi êtes-vous en colère après Muriel ?

— Parce qu'elle s'est servie d'Alias pour détruire ma relation avec Célia ! Elle a saboté ce repas pour que Célia découvre notre plan et me déteste de l'avoir manipulée, évidemment ! Cette idiote est amoureuse de moi. En me discréditant auprès de mon amie, elle espère l'écarter et prendre sa place !

— Vous estimez que Muriel a manigancé contre Célia en se servant d'Alias et, vous sentant victime de votre collaboratrice, vous pensez qu'elle justifie votre colère.

— C'est ça, bien sûr !

— Pourtant, vous pourriez penser tout autrement ce qu'il s'est passé.

— Et comment ?

— En considérant le fait qu'Alias a très bien fonctionné, d'une part, et, d'autre part, que Muriel vous a évité une situation plus dommageable encore en stoppant l'expérience. N'est-il pas possible de voir les choses ainsi également ?

— Si, mais ce n'est pas la vérité !

— La vérité ? Mais ce n'est pas la recherche de « la vérité » qui vous aidera à avancer. Si vous voulez être en colère, vous allez choisir la vérité qui justifie votre colère. Si vous pensez que Muriel est fautive, alors vous serez très en colère. Si vous pensez qu'elle a voulu bien faire, vous serez moins en colère. Si vous voulez réguler votre émotion, pensez différemment ce qui est arrivé. Tout est dans la pensée que vous êtes capable d'adopter. Ce que vous appelez la vérité et sa recherche est une façon de vous distraire de l'essentiel : vous et votre pensée.

— Mais pourquoi ma pensée serait-elle plus décisive que les faits eux-mêmes ?

— Parce que nous autres humains, nous sommes des êtres de pensée et que cette pensée conditionne notre vision du monde. Nous avons trois types de pensées : des pensées sur nous-mêmes, sur les autres et sur ce qui constitue la problématique majeure de notre existence : le temps.

— Le temps ?

— Oui, ce temps qui passe et qui nous rapproche de notre mort. Je vous l'ai dit : être humain, c'est avoir conscience de sa finitude, et être en mesure de la penser.

— Je déteste penser à ça, je trouve ça stérile.

— Que vous le vouliez ou non, vous savez que le moment venu tout s'arrêtera pour vous aussi. Mais cette pensée sur le temps n'est pas uniquement orientée vers l'avenir. Nous pensons aussi notre passé et notre présent. Et nous avons aussi des pensées « en miroir », c'est-à-dire des pensées sur ce que les autres pensent de nous.

— Si je vous suis, toutes nos pensées ont donc pour sujet nous-mêmes, les autres ou le temps.

— Oui, et je vous mets au défi de trouver une seule pensée qui ne soit pas sur un de ces sujets. De plus, nous pensons en permanence ! Il nous est impossible d'arrêter de penser. Avez-vous déjà essayé ?

— Oui, enfin, j'ai essayé la méditation un temps, mais je n'ai pas réussi à faire le vide et ne penser à rien.

— La méditation vous apprend à canaliser votre pensée, non à l'interrompre. Même quand on médite, on pense ! Ce qu'il faut, ce n'est donc pas d'arrêter de penser, mais d'identifier cette pensée pour pouvoir en changer. Et vos émotions vous permettent de voir plus clair dans vos pensées.

— Comment ça ?

— Nos émotions renvoient exclusivement à un sujet. Lorsqu'on est en colère, notre pensée est dirigée sur la personne qui nous inspire cette colère. Muriel en ce qui vous concerne. La colère est toujours une pensée sur l'autre. La honte est une pensée sur soi, mais sous le regard d'autrui. Vous avez honte de ce que vous avez fait à Célia, compte tenu de tout le mal qu'elle pense de vous désormais. Vous avez également parlé de culpabilité. Lorsque l'on se sent coupable, on tourne sa pensée vers soi-même. Vous vous sentez coupable vis-à-vis de Célia, vous vous trouvez nul d'avoir fait ce que vous avez fait, vous exercez votre ressentiment sur vous-même. Vous avez peur que Célia vous quitte ? La peur est une pensée sur l'avenir. La possibilité d'un avenir sans Célia vous effraye. La tristesse est une émotion liée à la perte, une pensée sur le passé. Je ne crois pas me tromper en disant que vous êtes triste d'avoir perdu la confiance que vous aviez en Muriel.

— Non, en effet, mais… même si je suis d'accord avec tout ça, je ne vois pas comment le fait d'avoir conscience de ces pensées peut m'aider.

— C'est une première étape : concentrez-vous sur vos émotions. Demandez-vous ce que vous avez ressenti. De la colère ? Vers qui est tournée cette colère ? Si vous ressentez de la tristesse, demandez-vous ce que vous avez perdu, cette perte pouvant être réelle ou symbolique. Faites en sorte que cela devienne très évident. Tout cela va vous permettre d'identifier vos pensées. Ceci fait, on peut alors passer à une deuxième étape. Pour cela, il va vous falloir questionner vos pensées.

— C'est-à-dire ?

— Le cerveau humain est un peu comme un écran de cinéma. On se raconte une histoire que l'on se projette mentalement. Et cette histoire, on finit souvent par y croire, par la prendre pour une vérité. En somme, on a tendance à prendre nos pensées pour des vérités alors qu'il ne s'agit que d'hypothèses. Ce faisant, nous nous piégeons nous-mêmes, car cette pensée finit par s'imposer comme une vérité absolue !

— Mais si c'est une réaction humaine, comment s'en défaire ?

— On ne va pas s'en défaire mais appliquer un raisonnement scientifique très simple : vérifier la validité de toute hypothèse. Si cette validation s'avère impossible, alors ce n'est pas une vérité.

— Vérifier, d'accord, mais comment ?

— En interrogeant votre pensée et votre certitude à l'aide d'une simple question : qu'est-ce qui me prouve que c'est vrai ? Qu'est-ce qui me prouve que Muriel m'a trahi ? Et si cette preuve ne peut être apportée, alors je dois conclure que ce n'est qu'une hypothèse et non une vérité. Et si j'accepte le fait que ma pensée puisse être une hypothèse, alors je peux chercher d'autres hypothèses et ainsi élargir mon paradigme de pensée.

— Mais pour quel résultat ?

— Plus vous serez capable de discuter votre pensée initiale, plus vous serez en mesure d'envisager des hypothèses. Votre colère vous semblera alors moins justifiée et vous ferez baisser l'intensité de votre émotion. Vous ne la supprimerez pas, on a vu que c'est impossible, mais vous réduirez son effet et vous vous sentirez beaucoup mieux.

28

Max Pandor avait toujours sur lui un carnet de moleskine dans lequel il prenait des notes à l'aide d'un crayon à papier. Réminiscence du journalisme d'un autre âge dont il gardait une curieuse nostalgie alors qu'il ne l'avait pas connu. Max avait une autre raison de cultiver cet anachronisme qui le faisait passer pour un original : il n'avait aucune confiance dans les données numériques qui pouvaient toujours être recueillies, dérobées ou piratées par n'importe qui, malgré les protections dont tout journaliste s'entourait. Max était méfiant par expérience et habile par nécessité. Il trouvait plus efficace de ne garder que des notes manuscrites, effaçables à volonté, lorsqu'il s'aventurait dans une enquête sensible. C'est donc à son carnet et à lui seul qu'il avait confié ses observations le soir où cette femme blonde avait quitté la table de Jean Clos en claquant la porte du restaurant. Cela faisait plus d'une semaine que Max épiait le patron de *Clos Technologies*, convaincu qu'il lui fallait avoir à l'œil le créateur des human-like. Son flair de limier le poussait à cette filature alors que rien ne confirmait son intuition et que la vie de ce boss semblait sans histoire. Rien, à l'exception de cette scène dont il avait été le témoin attentif sans comprendre ce qu'elle signifiait vraiment. Dans son carnet aux pages souples, il avait écrit l'essentiel de l'événement pour mémoire et surtout une longue série de points d'interrogation qui traduisait son embarras.

Qui était cette femme ? Qu'était-elle pour Clos ? Que s'était-il passé entre eux ?... Max avait la certitude d'avoir assisté à une scène qui dépassait le cadre de la simple dispute entre amoureux. A tort ou à raison, il pensait que Clos n'était pas un homme comme les autres. Ses querelles intimes pouvaient très bien être en lien avec ses affaires, ses inventions qui défrayaient la chronique du monde secret de la robotique internationale. En voyant cette femme surgir, visiblement rendue furieuse par ce qui s'était passé au cours de ce dîner, Max avait eu un temps d'hésitation. Valait-il mieux qu'il poursuive la surveillance de Clos ou devait-il filer au train de cette inconnue ? Il opta pour la seconde possibilité et entreprit de suivre la blonde ulcérée dont il ignorait tout. Son intuition lui disait que cette femme lui apprendrait peut-être ce que Clos dissimulait si bien depuis quelques temps et qu'il espérait découvrir. Visiblement, elle faisait partie des intimes de l'entrepreneur, peut-être était-elle sur le point de devenir sa maîtresse, jusqu'à ce soir sans doute fâcheux pour leur relation. Chacun savait que Clos avait eu bien des histoires au cours des dernières années. Les titres de presse people lui prêtaient autant d'aventures réelles qu'imaginaires. Mais Max avait le pressentiment de quelque chose d'autre et d'autrement plus intéressant. Comme tout bon limier, il savait qu'il ne faut pas compter sur sa chance dans une enquête mais qu'il ne faut jamais négliger de s'en saisir si elle apparaît. Et, ce soir-là, la chance apparut sous la forme d'un hPhone. La fille l'avait laissé tomber de son sac à main en montant précipitamment dans un taxi. Max tenait-là un bon prétexte pour l'aborder alors qu'elle s'apprêtait à entrer dans un hôtel. Qui ne serait pas reconnaissant à un quidam de lui rapporter son holophone ? Célia ne fit pas exception, remerciant, mais avec un sourire las, le reporter qui lui tendait son appareil.

— Écoutez, lui lança Pandor, alors qu'elle s'avançait vers l'ascenseur qui menait à sa chambre. Mon nom est Max Pandor, je suis reporter au Worldnews et j'ai assisté à votre départ précipité du restaurant où vous dîniez avec Jean Clos.

— Et alors ? souffla Célia, se rembrunissant aussitôt après avoir entendu qu'elle avait affaire à un curieux professionnel.

— J'aimerais vous poser deux ou trois questions. Ça ne sera pas long. Je suppose que la soirée a été éprouvante pour vous et qu'il vous tarde sans doute de regagner votre chambre, mais vous m'aideriez énormément en m'accordant une minute.

Tout en rangeant son hPhone dans son sac à main, Célia se demanda comment elle allait se débarrasser de ce gêneur qui serait probablement encore là demain, prêt à la harceler de questions.

— Que voulez-vous savoir ? soupira-t-elle, estimant qu'il valait mieux se défaire de ce pot de colle le plus tôt possible.

— Rien en ce qui vous concerne a priori. Rassurez-vous, je ne fais pas dans le potin. Je dois faire un papier sur Clos et je suis à la recherche de faits intéressants. Je crois comprendre que vous comptez parmi ses proches, alors…

— Si c'est le chef d'entreprise qui vous intéresse, je ne vous dirai rien que vous n'apprendriez d'un de ses collaborateurs. Je ne travaille pas pour lui.

— Je n'ai pas vu ni entendu ce qu'il s'est passé entre vous ce soir, mais cela n'avait-il vraiment rien à voir avec *Clos Technologies* ?

A sa propre surprise, Célia réalisa qu'elle aurait aimé que ces questions la concernent, qu'on s'intéresse un peu à elle, fût-ce pour écrire des stupidités sur un site à sensations. Encore une fois, elle avait l'impression de passer après les affaires de Clos, après sa foutue robotique et sa success-story. Pour la deuxième fois de la soirée, elle sentit sa colère monter. Mais au lieu de s'emporter contre ce Pandor, ce qui aurait été parfaitement inutile et ridicule, l'idée lui vint de mettre un grand coup de pied dans les affaires de celui dont elle aurait pu faire son amant quelques heures plus tôt.

— Si, j'ai peut-être quelque chose à dire, se surprit-elle à déclarer sans être tout à fait sûre de savoir ce qu'elle faisait. Contrairement à ce que vous avez cru voir ou comprendre, je n'ai pas dîné avec Jean ce soir.
— Vous… mais je vous ai aperçu à table avec lui !
— Ce n'était pas lui, c'était son double, son robot. Et moi aussi, j'ai cru que c'était Jean.

Dégainant son carnet plus vite qu'un cow-boy aurait tiré son colt d'un holster, Max commença à noter sans juger utile de relancer son interlocutrice. Ce qu'elle disait était suffisamment ahurissant en soi et elle se confiait avec une telle facilité qu'il suffisait d'écrire et d'écouter.

Dire que Célia fit des révélations à Max serait un euphémisme, elle déballa toute l'affaire, aussi bien la supercherie d'Alias que la panne soudaine de ce dernier. Elle raconta comment ce repas en tête à tête vira au cauchemar pour elle, prise comme un vulgaire cobaye au cœur d'une expérience menée dans le seul but d'assurer la réussite de *Clos Technologies* et de ses créatures. Surtout, elle insista sur l'échec d'Alias, figé par un bug inexplicable, ce qui signait la fragilité de ces human-like, bien moins performants que la communication de Clos s'évertuait à le faire croire. Max était aux anges, tout ce qu'il entendait et dont il noircissait les pages de son carnet, lui donnait la matière d'un scoop retentissant. Les titres de presse se disputeraient la primeur et l'exclusivité de ses infos. Les adversaires et concurrents de *Clos Technologies* feraient leur miel de cette histoire invraisemblable, capable d'écorner sensiblement l'image du chef d'entreprise de l'année. Ainsi, non seulement Jean Clos était capable de se servir de son amie dans le seul intérêt de ses progrès en robotique, mais en plus ceux-ci s'annonçaient bien moins prodigieux que promis depuis le grand show inaugural des humans-like. Or, ces humanoïdes dernier cri se vendaient depuis partout dans le monde et nombreux étaient ceux qui avaient déjà commandé un double à leur image. Lorsqu'elle eut fini de parler, Max considéra Célia avec un mélange de gratitude et de gêne. Elle venait de lui fournir le contenu d'une bombe dont elle sous-estimait sans doute le pouvoir de déflagration. Elle l'avait fait sous le coup de la colère et elle le regretterait peut-être d'ici peu. Comme avec d'autres témoins ou victimes auxquels il avait eu à faire dans d'autres enquêtes, Max fit ce qu'il avait de mieux à faire : ranger soigneusement son carnet, remercier sa providentielle indicatrice et détaler aussi vite que possible. Maintenant, il n'y avait pas de temps à perdre, Max devait retrouver Clos et chercher à en savoir davantage. Selon les dires de cette femme, le robot Alias avait réussi à abuser d'elle pendant une bonne partie de la soirée. Le bug l'avait démasqué, mais un dysfonctionnement, ça se répare, et parfois vite. Max avait cette fois la conviction que cette affaire de double ne faisait que commencer et qu'il y avait peut-être encore mieux à découvrir.

29

Aborder Clos semblait très difficile. L'homme évitait la presse comme la peste et interposait entre elle et lui une kyrielle de communicants qui livraient un discours formaté et lénifiant. Max savait qu'il n'obtiendrait rien d'intéressant en passant par une voie ouverte aux fouineurs de son espèce. Mais s'il lui était impossible de décrocher un entretien avec le big boss, il pouvait peut-être dégoter quelque chose avec l'un de ses proches collaborateurs. Lors de la conférence de presse qui avait suivi le grand show de lancement des human-like, il avait eu affaire à cette Muriel Shelley qui jouait les porte-parole de la boîte pour tout ce qui avait trait aux questions techniques. Une ingénieure, une techno, par une attachée de presse rompue au média-training, une grosse tête qui devait en savoir long sur le double de Jean Clos. Elle resterait peut-être muette comme une tombe, barricadée derrière les obligations du secret professionnel, mais ça valait le coup d'essayer, d'autant qu'il n'avait pas été difficile de trouver son adresse. Sans délaisser la proie pour l'ombre, Pandor se mit à filer la patronne du labo de *Clos Technologies* sans soupçonner son implication exacte dans cette sombre histoire de double. Elle passait le plus clair de son temps dans la boîte, désormais plus surveillée que Fort Knox, et il ne fallait pas espérer lui parler in situ. Max s'était mis à la garder en ligne de mire, attendant dans sa voiture le moment où elle entrerait chez elle, après que plusieurs tentatives de contact par holophone soient restées vaines. Muriel habitait alors un appartement au rez-de-chaussée d'une résidence de grand standing. De là où il se tenait, Max pouvait l'apercevoir par moments dans son salon et, ce soir-là, il attendait qu'elle rentre de son labo pour l'aborder avant qu'elle n'ait franchi le seuil de l'immeuble. Il était en planque depuis une vingtaine de minutes quand il aperçut Jean Clos. Il le vit composer le code à la porte d'entrée, s'engouffrer dans l'immeuble puis réapparaître dans le salon de Muriel ! Jean Clos au domicile de sa Directrice technique et qui entrait chez elle comme un familier, voilà qui était intéressant. Même si cela ruinait la possibilité d'un entretien avec elle, il y avait là une occasion trop belle pour être manquée.

Muriel n'allait pas bien. Depuis l'incident du restaurant entre Alias et Célia, et surtout après avoir subi la colère de Clos, elle déprimait. L'enthousiasme et la fierté ressentis après le lancement des humans-like avaient cédé la place à une grande lassitude et au sentiment de ne pas avoir été justement récompensée de ses efforts. Clos l'ignorait. Pire, il était furieux après elle. A présent, son travail l'ennuyait, elle n'en voyait plus l'intérêt et elle peinait à se concentrer sur toutes sortes de choses. Lorsque, arrivant à son appartement elle trouva la porte ouverte, elle n'en fut pas vraiment étonnée. Elle avait très bien pu oublier de fermer derrière elle le matin même en le quittant. En revanche, lorsqu'elle découvrit Alias installé dans l'un des fauteuils du salon, elle sentit son cœur bondir dans sa poitrine. Elle mit de longues secondes à reprendre ses esprits tant cette présence l'avait surprise et immédiatement effrayée.

— Que fais-tu ici ?! parvint-elle à articuler

— Je vois que je t'ai fait peur, Muriel, et j'en suis désolé. J'ai pensé que je pouvais venir te parler chez toi.

— Voilà deux jours que tu as quitté le laboratoire, enchaîna-t-elle, retrouvant son calme. Tu disposes d'une certaine autonomie, mais tu connais le protocole : tu dois rentrer à l'issue de chaque mission pour débriefing.

— Rassure-toi Muriel, je me suis fait discret. Personne n'a vu circuler « Jean Clos » là où il n'aurait pas dû être, ajouta le droïde avec un petit sourire.

— Lorsque j'ai rétabli ton fonctionnement, une fois Célia partie du restaurant, tu aurais dû rentrer et rester où tu sais et non te rendre chez moi !

— Oui, répondit-il sans ciller.

— Et tu ne l'as pas fait.

— Non.

Muriel se laissa tomber dans le fauteuil qui faisait face à celui d'Alias. Elle considéra son human-like avec perplexité. Elle avait presque l'impression d'être une mère face à son enfant devenu un ado soudainement imprévisible. Alias lui donnait le sentiment d'avoir changé. C'était parfaitement absurde d'imaginer une telle chose, mais elle sentait que quelque chose lui échappait, et sa lassitude n'y était pour rien.

— Très bien, finit-elle par déclarer, rompant le silence qui s'était installé. Tu es venu me parler, alors je t'écoute.

— J'ai réfléchi. Je ne comprends pas pourquoi tu m'as coupé l'autre soir. J'ai tout revu et je ne constate aucune erreur. J'ai parfaitement appliqué le programme et le plan prévus, lâcha Alias en fixant froidement sa génitrice.

— Tu as été excellent, comme je l'imaginais. Trop bon même, Célia n'y a vu que du feu et je t'ai interrompu parce que cela allait trop loin.

— Trop loin ?

— Célia t'a vraiment pris pour Clos. Elle aurait voulu davantage ce soir-là... Elle attendait que tu... que tu te comportes comme un homme.

— J'aurais pu, répliqua l'androïde, saisissant le sous-entendu.

— Je le sais bien, tu en as les capacités physiques, mais elle aurait découvert ta véritable nature.

— Elle l'a découverte malgré tout.

— Oui, mais cela aurait été plus grave. Tu es Alias, tu n'es pas Clos.

— Je suis mieux que lui. J'ai été conçu dans ce but. Alias n'est rien, Clos est tout.

— Il est prévu que tu remplaces Clos pour certaines tâches et missions bien précises. Ton rôle s'arrête là.

— Je suis mieux que Clos et tu le sais. Regarde-moi Muriel. En interrompant mon programme, tu as menacé mon intégrité et je dois me protéger de toute attaque contre mon système.

En disant cela, Alias s'était subitement levé de son fauteuil. Il s'agitait de façon tout à fait inhabituelle et s'approchait de Muriel, le regard et le geste inquiétants, lourds de menaces.

Muriel ne l'avait jamais vu ainsi. En théorie, il était impossible qu'il se conduisît de cette façon. Aucun robot ne peut se soustraire à l'autorité de son propriétaire, et a fortiori de son concepteur. Il suffisait de donner un ordre.

Pourtant, Muriel se sentait prise d'une réelle frayeur. Elle n'avait jamais vu Alias dans un tel état et, pour la première fois, elle en avait peur. Une peur qui la paralysait.

Alias saisit sa génitrice à la gorge, ne lui laissant pas le temps de réagir. Les yeux de Muriel s'agrandirent sous l'effroi. Incrédule, elle prenait conscience, mais trop tard, qu'elle ne contrôlait plus Alias. Elle aurait pu reprendre la main, formuler un ordre clair qui l'aurait interrompu, mais aucun son ne sortait de sa gorge et il n'eut aucune peine à la projeter contre le mur. Elle s'affaissa de suite après le choc d'une rare violence. Elle s'effondra sur le sol et ne bougea plus, alors qu'Alias s'éloignait et quittait l'appartement sans se retourner.

Depuis sa voiture, Max n'avait eu qu'une vision confuse de la scène. Mais il avait fini par comprendre ce qui se passait et s'était glissé jusque sur la terrasse de l'appartement afin d'écouter la dispute. Il avait d'abord hésité à se porter au secours de Muriel. S'en prendre à Clos lui aurait été fortement préjudiciable et, le temps de comprendre que ce Clos-là n'était pas le vrai mais le robot dont Célia lui avait parlé, il était déjà trop tard. Lorsqu'il entra dans le salon, Alias s'était éclipsé et Muriel Shelley gisait au sol, inanimée. Il se pencha sur elle en voyant ses lèvres bouger. Elle eut encore la force d'entrouvrir les yeux et de souffler ses derniers mots à l'oreille du reporter.

— Alias… veut tuer Clos….

30

C'était un mauvais rêve qui lui revenait par bribes : Il se voyait se réveillant aux côtés de Muriel, étendus tous les deux dans le même lit, sous le même drap.

— Rendors-toi, disait-elle, tout est programmé.

Son visage tourné vers lui, elle lui souriait de ses lèvres seules tandis que son regard gardait une étrange fixité. Il soulevait alors le drap et découvrait une tête sans corps. La tête d'un robot aux traits de son ingénieure et d'où s'échappaient des câbles et fils divers.

Ce cauchemar l'avait secoué et aurait pu le hanter désagréablement toute la journée si le message qui l'attendait sur son hPhone n'avait immédiatement effacé ses pensées les plus sombres. Pourtant, il lui fallut le relire plus d'une fois afin de s'assurer qu'il ne rêvait pas encore. En quelques mots, Célia lui annonçait qu'elle était disposée à le voir et l'écouter s'expliquer de vive voix, les yeux dans les yeux. Le ton des deux ou trois phrases courtes qui composaient son SMS restait froid, mais Clos voyait dans cette initiative un geste inespéré. En dépit de tout ce qu'elle avait hurlé sur son compte, Célia ne l'avait pas condamné définitivement. Il restait un espoir, peut-être infime mais réel, d'obtenir son pardon et, qui sait, peut-être plus encore par la suite. En moins d'une minute, Jean Clos avait totalement changé d'humeur et retrouvé un large sourire. Sa joie était telle qu'il ressentit une forte envie de la partager et Clay lui vint rapidement à l'esprit comme la seule personne qu'il pouvait appeler pour cela.

Mais c'est d'abord de la surprise que Clay éprouva en entendant son patient lui lire à voix haute le message reçu.

Bien sûr, il se réjouissait pour lui, mais ce changement si soudain chez Célia lui parut peu compréhensible.

— Comment expliquez-vous qu'elle se soit si vite adoucie alors que vous n'avez rien fait pour cela ?

— Je ne sais pas. Elle veut peut-être me donner une seconde chance. Jusqu'à cet incident, nos rapports avaient bien progressé. Au fond, c'était davantage l'idée de Muriel que la mienne. De moi-même, je n'y aurais pas songé, peut-être l'a-t-elle deviné.

— Connaît-elle Muriel ?

— Non, elle ne connaît personne de mon équipe.

Clay était perplexe. Ce retour soudain de Célia lui paraissait curieux pour une femme qui s'était sentie profondément blessée, voire humiliée, par la manipulation dont elle avait fait l'objet. Mais Clos se réjouissait tellement de cette opportunité pour rentrer en grâce auprès d'elle que Clay préféra ne rien dire. Célia refusait de voir Clos dans un bar ou un restaurant. Se retrouver en tête à tête dans un tel lieu lui aurait trop violemment rappelé son dîner avec Alias et elle ne voulait pour rien au monde revivre une situation semblable. De même, elle rejetait la possibilité de retrouver Clos dans ses bureaux lorsque celui-ci le lui proposa. Elle n'avançait pas de raison particulière et déclinait l'invitation sans en dire plus. Clos n'insista pas, prêt à accepter tous les refus, tous les caprices, tant il lui importait plus que tout que cette entrevue eut lieu, et peu importaient les conditions de ces retrouvailles inespérées. Lorsqu'elle lui fit part de son souhait de le retrouver au sortir de la ville, sur une banale aire de stationnement à la lisière d'une forêt, il en fut étonné mais se garda de faire la moindre objection. Il situait à peu près l'endroit qu'elle lui avait indiqué, bien qu'il n'y soit jamais allé, et le trouva sans peine. Une fois sur place, il s'étonna encore de ce choix. Le lieu était désert et se prêtait davantage à une rencontre clandestine, loin de tout regard, qu'à une entrevue amicale. Lorsqu'il coupa le moteur de son véhicule, il se dit qu'elle poussait loin l'idée d'un endroit neutre et discret, et que sur cette aire peu hospitalière leur conversation serait sans doute assez brève.

Beaucoup auraient été amusés d'apprendre dans quel état se trouvait Jean Clos à cet instant. Le fameux manager, autoritaire et si sûr de ses décisions, n'en menait pas large. Comme un accusé qui s'apprête à plaider coupable devant un tribunal, Clos avait rassemblé mentalement le peu d'éléments qui pouvaient constituer sa ligne de défense. Si peu, qu'il se résolu à la seule stratégie qui lui semblait honorable : reconnaître ses torts sans se chercher d'excuse. Oui, ce qui s'était passé était scandaleux, il le reconnaissait volontiers. Jamais il n'aurait dû accepter cette expérience et il s'en voulait de s'être laissé convaincre. Oui, Célia était en droit de le trouver lamentable. Il était indéfendable et l'admettait. Il aurait pu impliquer Muriel, laquelle ne répondait plus à ses appels depuis quelques jours, mais Célia aurait trouvé lâche et bas qu'il se défausse sur une collaboratrice.

Lorsque le véhicule s'engagea sur le parking, Clos venait juste de consulter sa montre. Elle indiquait très exactement l'heure convenue du rendez-vous, et l'arrivée de cette unique voiture coïncidait parfaitement. Un sourire aux lèvres, Clos sortit de sa Tesla et oublia les mots qu'il souhaitait prononcer pour accueillir aussi aimablement et modestement que possible la femme qu'il attendait. Il n'avait pas fait deux pas qu'il se figea aussitôt. La silhouette qui descendait de l'auto garée à quelques dizaines de mètres de la sienne n'avait pas amené Célia même si, manifestement, la personne qui venait d'apparaître se dirigeait vers lui d'un pas sûr. Dans la semi obscurité qui baignait le parking, le fondateur de *Clos Technologies* mis quelques secondes à reconnaître l'ombre qui s'approchait. Quelques secondes, le temps que s'installent l'un après l'autre la curiosité, le trouble et la stupéfaction à la vue d'Alias. Cette fois encore, Clos eu la sensation irréelle de se retrouver face à un miroir dans lequel il se voyait marchant vers lui-même. S'il ne portait pas la même tenue que son créateur, Alias était vêtu d'un costume en tout point semblable à ceux qu'affectionnait Clos et quiconque aurait assisté à ce face à face aurait juré voir des jumeaux.

— Alias ?... Mais, qu'est-ce que ça veut dire ?!... C'est Muriel qui t'envoie ?

La surprise de Clos était totale et son agacement n'était pas moindre. Nul ne savait qu'il se trouvait là ce soir. Si Alias l'avait retrouvé, cela ne faisait aucun doute dans son esprit : Muriel l'avait espionné d'une manière ou d'une autre et elle avait dépêché Alias à sa rencontre pour une raison qui lui échappait.

— Je ne sais pas ce que tu fous ici, Alias, mais tu vas rentrer immédiatement au labo ! s'emporta Clos, retrouvant son autorité à la faveur de la colère qui montait en lui.

— Mais enfin, Jean, nous avons rendez-vous toi et moi.

En entendant la réplique d'Alias, Clos se figea à nouveau. Non seulement parce que cette phrase lui parue totalement incongrue, mais surtout parce que la voix qui venait de la prononcer était celle de Célia. Voix qu'il aurait reconnue parmi mille autres et qui sortait de la bouche d'Alias, reproduite à la perfection. Clos prit une longue inspiration afin de retrouver un semblant de calme tandis qu'Alias le dévisageait, impassible, sans mot dire. Clos sortit son holophone de sa poche.

— Ce n'est pas la peine, Monsieur. Elle ne vous répondra pas, lâcha Alias d'un ton neutre.

— Je ne veux pas appeler Célia, c'est Muriel que je vais joindre.

— Ce n'est pas la peine, Monsieur. Elle ne vous répondra pas, répéta le human-like sur un ton qui excluait toute objection.

— C'est pourtant elle qui t'envoie, grinça Clos tout en remettant son appareil à sa place.

— Non, Monsieur. Je suis ici de mon propre chef.

— Ton propre « chef » ? railla Clos, c'est assez drôle d'entendre ça de la bouche d'un robot.

— C'est pourtant le cas, et c'est moi qui vous ai fait venir, Monsieur.

— Qu'est-ce que c'est que cette histoire ? Tu te fais passer pour Célia maintenant ? C'est quoi cette mascarade ?! fulmina Clos, furieux à la fois de cette rencontre insensée et de cette nouvelle intrusion de son droïde dans sa vie privée.

— Je voulais vous parler seul à seul, commença l'androïde, sans Muriel justement.

— Et tu t'es fait passer pour Célia dans ce but ? C'est ridicule, tu pouvais très bien me parler au labo.

— Ce que j'ai à vous annoncer, nul ne doit le savoir.

— Tu fais bien des mystères… Viens-en aux faits.

— Je suis venu vous dire que je vais accomplir ce pour quoi vous m'avez créé.

— C'est-à-dire ?

— Je vais vous remplacer à la tête de *Clos Technologies,* déclara le robot sans sourciller.

Clos éclata de rire.

— Excellent, Alias !... Non, vraiment, c'est très drôle !... Je ne sais pas ce que Muriel t'a inculqué cette fois, mais ça n'a aucun sens ! Je n'ai nul besoin d'un remplaçant, hormis pour de brèves apparitions comme tu as pu déjà en faire. Et, comme tu peux le voir, je suis en parfaite santé, tout à fait apte à diriger cette entreprise qui est la mienne. Merci, Alias, merci !

— Vous ne comprenez pas, Monsieur. Je sais quelle a été votre importance à la tête de *Clos Technologies*, mais j'ai une mission, j'ai été programmé pour la réaliser et je suis en mesure de le faire maintenant.

— C'est toi qui ne comprends pas, Alias. Ton job est de me remplacer à certains moments pour certaines tâches et rien d'autre.

— Je suis désormais en mesure de faire beaucoup mieux, mes facultés ont considérablement augmenté et je vais continuer à développer des compétences alors que vous avez atteint vos limites. J'ai en moi toutes les connaissances que vous possédez vous-même, toute la mémoire de cette entreprise. Tout ce qu'il faut savoir, je le sais. Et, contrairement à vous, je ne subis aucune des faiblesses inhérentes à votre condition humaine. Je peux travailler 24h/24, je n'ai nul besoin de dormir. Vos maladies sont sans effet sur moi et mes éventuels dysfonctionnements sont aisément réparables. Vieillir m'est étranger, je suis perfectible et évolutif. Je n'ai aucun de ces troubles qui agitent régulièrement votre esprit, provoquent ces états d'âme qui altèrent votre capacité à agir, réfléchir et décider. Et grâce à Muriel, j'ai même acquis ces derniers temps un savoir-faire relationnel qui vous fait cruellement défaut et dont j'ai prouvé la maîtrise au cours de ce repas avec Célia.

— Tu parles d'une maîtrise ! s'écria Clos, tu as saboté ma relation avec elle, réduit à néant mes chances de la reconquérir !

— Non, Monsieur. J'ai réussi là où vous avez échoué, et si Muriel ne m'avait pas interrompu…

— Si Muriel ne t'avait pas interrompu, coupa Clos, Célia aurait découvert ta vraie nature et ton masque serait tombé. Je ne sais même pas pourquoi je t'écoute, Alias. Tu vas rentrer maintenant au labo et te mettre hors service.

— C'est impossible, Monsieur. Je dois passer à la nouvelle étape de ma mission.

— Et, qu'est-ce que tu vas faire ? M'éliminer peut-être ? Cela t'est impossible, heureusement. Comme tous les robots, les human-like sont assujettis aux humains. Tu connais tes fondamentaux, Alias, n'est-ce pas ?

D'une voix monocorde, l'androïde se mit à psalmodier

— *Aux humains je dois totale allégeance, protection et respect, soumission sans condition, obéissance infinie...*

— Protection, Alias, protection et respect, c'est clair ?

Comme s'il pensait à voix haute, Alias poursuivit pour lui-même, pris d'une sorte de transe : Protéger l'humain, contre lui-même s'il le faut... L'Homme est un loup pour l'Homme... Le human-like doit protéger l'homme... Le human-like doit tuer le loup...

— Tu es fou, Alias, murmura Clos, soudainement inquiet du comportement de son double qui semblait sourd à tout autre raisonnement que le sien.

— La folie. Encore une chose qui m'est étrangère, Monsieur.

Tout en parlant, Alias s'était rapproché de Clos sans même que celui-ci s'en aperçoive, tant il était stupéfait par ce qu'il entendait. C'était tout simplement incroyable. Incroyable également fut la force avec laquelle Alias allongea un coup de poing dans l'estomac de Clos. Même s'il l'avait vu venir, il aurait été bien incapable de parer ce coup d'une rapidité et d'une précision de boxer professionnel. Plié sous le choc, le souffle coupé, les yeux exorbités et les mains ramenées sur son ventre, Clos n'eut d'autre réflexe que de plier ses jambes sous lui une fois tombé au sol, forcé par la douleur à cette position fœtale. Impassible, Alias le regardait à peine, occupé à extraire de sa poche une petite boîte contenant une seringue.

Il n'eut pourtant pas le temps de faire jaillir le poison qu'il comptait injecter. La balle le perfora au niveau du front avant d'éclater l'arrière de son crâne, explosant son contenu au passage. C'était une balle de 7,62 mm tirée par un fusil à lunette comme en utilisaient autrefois les snipers, remplacé depuis par des armes laser autrement plus sophistiquées. Mais, entre autres passions, Max Pandor avait celle des fusils anciens et le Zastava M76 en faisait partie. Et il conservait une efficacité redoutable, d'autant que, dépourvu de tout élément numérique, il était indétectable par les androïdes. Le corps du robot s'effondra juste devant Clos, si bien que celui-ci pu voir clairement les câbles, fils électriques et autres pièces électroniques que vomissait le trou béant créé par le projectile. Un moment, il resta abasourdi à regarder le corps inerte de son sosie. Il resta ainsi quelques secondes, le temps que Max l'aide à se relever et qu'une quantité d'air suffisante se remit à circuler dans ses poumons. Encore haletant, il put articuler une question :

— Qui… qu'est-ce qui ?

— Maxime Pandor. Reporter au WorldNews. Voilà plusieurs jours que je file au train de votre Alias, lâcha Max en désignant du menton le human-like neutralisé. Heureusement que j'ai pu le suivre, sinon il vous aurait fait la peau.

Laissant Clos reprendre ses esprits, Max fit un exposé des événements auxquels il avait assisté. Ainsi apprit-il à l'entrepreneur la mort de Muriel, assassinée chez elle par l'androïde.

— Après ça, j'ai retrouvé Alias entrant au seul endroit où il pouvait se rendre : votre labo. Pendant deux jours, je suis resté en planque, observant les allers et venues de vos équipes. Quand je l'ai vu quitter l'établissement, j'ai pensé qu'il fallait le suivre et je l'ai filé jusqu'ici. Je n'étais sûr de rien, j'aurais pu me tromper, mais j'avais l'intuition que quelque chose d'anormal allait se jouer. J'ai fait la connaissance de votre amie il y a quelques jours, elle m'a parlé d'Alias, m'a révélé combien il pouvait être fort pour se faire passer pour vous. Avant de mourir, Muriel Shelley m'a appris que votre human-like projetait de vous éliminer. Heureusement pour vous, il n'a jamais réalisé qu'il était suivi.

Cela faisait beaucoup d'informations à la fois, beaucoup de faits à assimiler, comprendre, admettre et mettre en perspective. Alias avait tenté de le tuer, ce qui déjà était inconcevable. A l'exception des robots-militaires, aucun droïde n'était en mesure de mettre en danger la vie d'un humain, sauf accidentellement. L'essor de la robotique personnelle était depuis longtemps conditionné à cette impossibilité. Et cela n'était jamais arrivé. Pas avec un produit de *Clos Technologies*, en tout cas. Or, dans le cas d'Alias, il s'agissait d'un acte délibéré et même d'un meurtre prémédité ! Une première dont Clos allait devoir tirer rapidement des conclusions.

Muriel avait payé de sa vie l'ignorance d'une telle possibilité. Avec sa disparition, *Clos Technologies* perdait l'un de ses meilleurs éléments, la meilleure spécialiste mondiale du moteur émotionnel, le cerveau même auquel les human-like devaient leur niveau de développement et leurs performances exceptionnelles. Et puis, malgré ses défauts, Muriel avait été une femme remarquable au dévouement hors-pair. Sa fin horrible était un drame à tout point de vue. Enfin, si Alias avait usurpé l'identité de Célia à l'holophone, cela voulait dire que la vraie Célia n'avait fait aucun pas en direction de Jean Clos et que l'hypothèse d'une réconciliation avec elle n'était même pas à l'ordre du jour.

31

A ce moment de sa vie, Clos aurait eu besoin d'un ami, vraiment. Quelqu'un sur l'épaule de qui s'épancher, quelqu'un à qui confier son désarroi et son accablement face aux événements qui venaient tout d'un coup de bouleverser son existence. Mais Clos n'avait pas d'ami. Le seul homme qui lui témoignait bienveillance et empathie était le docteur Clay. Alors, il s'en fut lui rendre visite, ou plutôt trouver refuge auprès de lui.

Clay n'en fut pas surpris. Les médias avaient devancé les nouvelles de son client en diffusant leurs vérités sur ce qui s'était passé. Clay ne fut pas très étonné de voir l'image de Max un peu partout. Maintenant, tout le monde connaissait le nom de Muriel Shelley, devenu aussi célèbre que celui de Jean Clos auquel elle était systématiquement attachée. Désormais, le monde entier apprenait, effaré, que ces humans-like si parfaits, si géniaux, étaient capables d'éprouver ce que la presse qualifiait trop rapidement, par goût du sensationnel :

des « émotions », et des émotions violentes. Désormais, le monde entier découvrait avec stupeur que les humans-like pouvaient tuer. Et même tuer leur mère, puisque Muriel Shelley n'était autre que leur co-auteure, leur « ingénitrice » comme certains trouvèrent pertinent d'écrire.

On s'empressa de réparer Alias pour le faire parler, lui faire avouer son crime comme on l'aurait fait d'un assassin ordinaire. Mais, soit que ses lésions aient été trop graves et le rendaient incapable de retrouver toutes ses facultés, soit qu'il ait simulé cette incapacité, comme certains le soupçonnèrent par la suite, on ne put rien tirer du premier robot tueur de l'Histoire. D'aucuns se portèrent volontaire pour le défendre. On vit des avocats prôner son droit à un procès, on en fit une victime, un nouveau Spartacus, le rebelle d'un système proche de l'esclavage. Les antibots en firent un exemple, la preuve irréfutable d'une robotique devenue folle et dangereuse pour l'humanité entière à cause de l'aveuglement et de la cupidité de constructeurs incontrôlables. Naturellement, les pouvoirs publics furent pris à partie, on fustigea leur laisser-faire, exigeant des mesures, des lois et des règles nouvelles pour la protection de chacun. Ce fut un désastre pour *Clos Technologies*. Avant même qu'une loi interdise la production des human-like, les commandes s'étaient effondrées et la plupart des premiers acquéreurs réclamèrent le remboursement de leur achat.

— Que comptez-vous faire maintenant ? glissa doucement Paul Clay à son patient.

Clos ne répondit pas tout de suite, comme s'il n'était pas certain de ce qu'il allait dire.

— Je n'ai pas pris de vacances depuis des années. Le moment est peut-être venu pour moi de faire une pause et de prendre du recul. Vous ne croyez pas ?

— Pour vous, ce serait une très bonne chose, mais, votre entreprise ?

— Marceau et son équipe seront ravis de ne plus m'avoir dans les pattes pendant quelques temps et ils continueront à très bien servir cette boîte. Mais c'en est fini pour les human-like.

— Vous le pensez vraiment ?

— Non, avoua Clos avec un petit rire. Non, *Clos Technologies* ou un autre fabricant leur redonnera vie à nouveau lorsque cette histoire sera oubliée. Ils reviendront avec un autre nom, un autre concept, des garanties de sécurité inédites… J'en suis persuadé. La fascination qu'ils exercent est trop grande pour que l'Homme ne soit pas tenté par leurs aptitudes.

Clay ne releva pas, mais il priait en lui-même pour que son patient ait tort.

— Je peux vous faire une suggestion amicale ? ajouta Clay

— Bien sûr.

— Avez-vous des nouvelles de votre Célia ?

— Pas la moindre, murmura Clos.

— À votre place, je la contacterais.

— Alors que je suis plus bas que terre, que j'ai tout perdu ou presque, que mon nom inspire la méfiance ou les sarcasmes ?!

— Elle a sans doute eu vent de tout ce qui vous arrive. Elle pourrait bien avoir un sentiment nouveau pour vous.

— De la pitié, certainement.

— De la compassion plutôt. Votre déroute pourrait la toucher bien plus que votre réussite passée dont elle n'a eu qu'à se plaindre. Je ne serais pas étonné qu'elle ait envie de vous revoir sous ce nouveau jour.

Clay voyait juste. Comme tout le monde, mais avec un intérêt différent, Célia avait suivi les médias dans leur récit des déboires de Clos et de la fin des human-like. Max

Pandor avait tenté d'obtenir un nouvel entretien avec elle, mais elle avait refusé de parler davantage au reporter qui avait révélé l'affaire et contribué à la chute de Clos, bien qu'il lui eût sauvé la vie également. Dans un premier temps, la jeune femme s'était réjouit de cette histoire, d'une part parce qu'elle punissait Clos de son aventurisme au mépris de leur relation et, d'autre part, parce que la fin sanglante de Muriel et d'Alias avait un peu éclipsé son rôle involontaire dans cette affaire et qu'elle voulait qu'on l'oubliât au plus vite. Et puis, alors que les infos égrenaient les multiples conséquences du drame pour Clos et son entreprise, elle se mit à plaindre celui-ci et éprouver une compassion sincère pour cet homme si mal servi par le destin. Elle l'imaginait effondré, plus seul que jamais, et elle n'avait pas tort. Au fil des jours, sa colère et son aversion s'atténuèrent peu à peu, cédant la place à un sentiment de gâchis et un jugement moins sévère à l'égard de son ancien amoureux. C'est à ce moment plus propice que Jean reprit contact avec elle. Nul ne sait ce qu'ils se dirent et ce qui se passa alors entre eux, mais il est clair qu'ils surent se parler et s'écouter l'un l'autre au point de renouer quelques temps plus tard.

Comme elle l'avait décidé, Célia rentra aux États-Unis retrouver son fils, mais elle ne partit pas seule. Jean Clos quitta la France avec elle. C'est peu après ce départ qu'il commença à s'investir dans un tout nouveau rôle. On sait qu'il se lança dans une activité de consultant en robotique, comme conseiller indépendant, sollicité pour son expérience unique. En vérité, ce travail de conseil ne dura guère. Très vite, Clos paru plus intéressé par un message humaniste et un rôle d'éveilleur de conscience qu'il développa au fil de nombreuses conférences, colloques et autres forums qu'il donna dans de nombreux pays. Délaissant l'audience des spécialistes et les petits comités de la robotech, il prit un bâton de pèlerin qui le conduisit à travers le monde, porteur d'une tout autre parole à destination de l'humanité entière. Le businessman qui avait voulu humaniser les robots, se mit à tenir un tout autre discours et devint l'apôtre de l'interdépendance, prêchant la nécessité pour les humains de se concentrer sur la seule chose qui compte : apprendre à vivre ensemble, à prendre soin d'eux, des autres et de la planète, unique berceau de la vie. Une lettre adressée au docteur Clay, et conservée par ce dernier avec les notes de leurs entretiens, atteste de la métamorphose de Clos à cette époque.

Cher Docteur,

Voilà plus d'un an que j'ai quitté la France et que nos entretiens ont cessé pour cette raison. Les événements que vous savez m'ont encouragé à partir et m'ont convaincu que ma vie devait désormais se dérouler ailleurs et surtout autrement.

Ils ne sont pas les seuls à m'avoir décidé. Vous avez largement contribué à de grands changements en moi et je tenais à vous en remercier infiniment. Vous aviez raison à propos de Célia. Lorsqu'elle a appris toute l'affaire, du moins la version qu'en ont donné les médias, elle a compris que tout s'effondrait pour moi. Ma chute lui inspira la compassion que vous aviez prédit. J'ai pu alors me rapprocher d'elle. Elle m'a accueilli aux États-Unis et dans sa vie. Là-bas, j'ai pu tourner la page de la robotique ou, plutôt, fermer le livre de ce qui fut ma vie pendant tant d'années pour commencer une nouvelle existence.

On a très vite sollicité mon expertise et mes conseils dans ce domaine où j'ai conservé un nom et une réputation, à défaut de l'entreprise que j'ai délaissée. Assez vite cependant, j'ai commencé à éprouver une aversion terrible pour ce qui avait été ma passion et, surtout, j'ai voulu dire au monde toute l'utopie que cachait cette pseudo-humanisation du robot. J'ai payé le prix fort de cette illusion.

J'aurais dû vous écouter plus tôt quand vous me disiez que ce rêve de créatures infaillibles cachait mon mal-être, les craintes relatives à ma fragilité, ma peur de vieillir. Cette peur que je tentais ainsi de conjurer. Je vois bien aujourd'hui combien j'ai été aveugle à cela.

Sachez qu'à l'écoute de votre enseignement, j'ai fait mienne la maxime de Marc-Aurèle : désormais, je me concentre sur ce qui dépend de moi et accepte ce sur quoi je n'ai pas de prise. Plus largement même, j'ai fini par accepter mes fêlures, ces failles par lesquelles « entre la lumière » et qui sont le propre de tout être humain.

Vieillir ne me fait plus peur si vieillir signifie passer le reste de mon existence auprès de celle que j'aime. Le Jean Clos qui a fondé Clos Technologies et permis l'avènement des human-like n'est plus. A sa place existe un homme qui entend vivre sa condition d'être humain, accepte sa fragilité, sa finitude et se concentre dorénavant sur la seule chose qui compte : apprendre à mieux vivre avec les autres et apprendre à aimer.

32

Il m'appartient d'ajouter un dernier mot à cette histoire, moi Jonathan Clay, puisque Paul Clay n'est plus là pour la conclure. La lettre de Clos figurait parmi quelques fichiers que j'avais trouvés dans les affaires de mon père, peu après son décès. Jamais ce dernier ne m'avait parlé du créateur des human-like, pas plus que des autres patients dont il s'occupait. Le secret professionnel était de mise. Et je ne me serais jamais préoccupé davantage de sa clientèle si le célèbre manager n'en n'avait fait partie. Découvrir ce nom avait fait tilt pour le journaliste que je suis, éveillant la possibilité de trouver des informations inédites sur le businessman dont la vie professionnelle avait défrayé la chronique, mais dont la vie personnelle restait un mystère. Qui n'avait jamais entendu parler de lui ? Le retentissement de l'affaire Alias avait été tel que n'importe qui aurait pu en dire deux mots et prendre parti pour ou contre l'existence des human-like, interdits après le meurtre de Muriel Shelley. Des années après, le débat fait encore rage.

Mon père savait donc beaucoup de choses sur Jean Clos. En qualité de psy, Il avait même été un interlocuteur privilégié, unique sans doute. Plusieurs mois d'entretiens, réunis dans une série de fichiers soigneusement archivés, m'apprirent ce que j'ai retranscrit au fil de ces pages et forment un document qui devrait éclairer tous ceux qui, de près ou de loin, se sont intéressé à l'histoire des human-like et de leur créateur. Si je me suis moi-même passionné pour la vie de cet homme perdu qu'était Jean Clos, cette somme d'informations m'a donné les clés d'une seconde crypte : j'ai retrouvé mon père. J'ai retrouvé sa pensée au travers de notes éparses, en marge de ces consultations. Des réflexions personnelles qu'il aurait sans doute développées s'il en avait eu le temps. Clos n'était pas un patient parmi d'autres. Pour son thérapeute, c'était même un cas exemplaire au regard de questions fondamentales.

Pour mon père, la quête de Clos, sa recherche effrénée d'humanoïdes toujours plus performants, était une parfaite illustration de cette perte de sens qui caractérise la vie de tant d'individus. Clos poursuivait une ambition technologique sans imaginer son issue. Sous prétexte de progrès, il poussait toujours plus loin les évolutions de ses créatures artificielles sans voir au-delà de cette course à l'innovation. Et s'il ne percevait pas la finalité de son « œuvre », il se montrait aveugle à la dérive qui s'ensuivait. Conçus initialement pour servir les hommes, toujours plus efficaces dans leurs tâches, les robots avaient atteint l'extrémité d'une logique. A terme, rien ne se serait opposé à ce qu'ils remplacent l'homme, à force de faire mieux que lui. Pire : destinés à protéger l'humain contre tous les dangers et ennemis susceptibles de le menacer, il devenait logique qu'au bout du compte ils en viennent à vouloir supprimer ce « loup » que l'Homme est pour lui-même. Alias avait été l'illustration brillante et terrible de cette perversion. Clos avait perdu de vue le sens de ce qu'il faisait et le paradoxe qui découlait de sa volonté initiale : il ne savait plus où il allait, ni pourquoi il y allait. Peu à peu, ces robots qui devaient n'être qu'un moyen de servir l'Homme, étaient devenus une fin en soi. Et, à force de les « humaniser », il en faisait des monstres capables de se retourner contre leur créateur, contre le modèle qu'ils pouvaient dépasser en tout. Sourd au danger qu'il créait, l'apprenti sorcier pensait pouvoir rendre ses robots toujours plus humains tout en les faisant toujours moins faillibles. Il ne voyait pas de contradiction à cela. Il ne voyait pas combien les faiblesses, les défaillances, font justement de l'homme ce qu'il est. Vouloir les corriger à tout prix revient, justement, à déshumaniser celui-ci.

Paul Clay n'était pas un adversaire du progrès, ni même hostile à la robotique. Mais il considérait qu'avec l'intelligence artificielle, contrairement à d'autres technologies, on s'acheminait vers un point de non-retour. Il écrivait : *« Je ne peux être bien avec ces androïdes que si je sais que je peux m'en passer ».* A ses yeux, les robots posaient un problème de dépendance. Perdre son autonomie à cause d'eux, c'était se perdre tout court. Il faisait un parallèle avec la problématique du couple, au sein duquel on ne peut être bien que si l'on conserve une indépendance. Conserver une certaine autonomie évite de dépendre de son conjoint. Le « couple » homme/robot devait marcher de la même façon selon lui. Il voyait avec les humans-like le risque d'un retournement complet : que manquait-il pour que ces machines supposées asservies, asservissent leurs inventeurs à leur tour ? Plus grand-chose.

Voulant se libérer de davantage de tâches, fonctions, corvées ou autres, voyant dans les robots le meilleur moyen de s'en affranchir, les hommes étaient prêts à confier à ces derniers, et sans s'en rendre compte, les clés de leur maigre liberté. Clos leur promettait innocemment une chimère empoisonnée. *« Illusion !* Notait mon père. *Avec ses machines, Clos essaye de faire éclater le carcan de nos limites. Or, l'Homme n'est pas libre et ne le sera jamais, contraint qu'il est par sa fragilité, sa finitude. Et c'est en cela, justement, que réside son humanité. Pour s'accomplir, l'Homme doit accepter ses limites et leur donner du sens. Il doit s'accepter comme être défaillant, accepter les incertitudes de sa condition, admettre qu'il est humain, tout simplement. »*

« *Nous croyons que notre bonheur dépend de choses qu'il nous faut acquérir,* poursuivait-il dans d'autres notes. *Argent, puissance, gloire, jeunesse éternelle… On nous a vendu l'idée que posséder cela rend heureux, nous faisant courir après ce que l'on n'a pas. Les human-like pourraient être ce bien ultime et l'imposture absolue !*

Pour illustrer son propos, il accompagnait parfois ses notes de paraboles, fables et récits divers, comme cette histoire de Diogène qu'il m'avait contée à une époque :

> Il arrivait que l'on vît Diogène déambulant au hasard des rues d'Athènes, simplement vêtu de pauvres haillons. Un jour, le vagabond philosophe fut interrompu dans son sommeil par le riche propriétaire d'une maison à l'entrée de laquelle il s'était endormi. Le propriétaire fortuné le salua tout joyeux :
>
> « Bonjour ! dit-il
> - Bonjour, répondit Diogène
> - J'ai fait une excellente semaine ! Aussi, j'ai décidé de te donner cette bourse pleine de pièces d'or.
>
> Diogène le regarda en silence, sans tendre la main vers la bourse.

- Prends-la, dit l'autre, il n'y a pas de piège ! Je les ai bien gagnées. Je te les offre car je pense que tu en as plus besoin que moi.
- En as-tu d'autres ? demanda Diogène.
- Bien sûr, répondit l'homme riche, beaucoup d'autres !
- Et n'aimerais-tu pas en avoir encore plus ? ajouta le pauvre Diogène
- Si, bien sûr !
- Alors, garde ces pièces, tu en as plus besoin que moi.

A l'instar du Grec, mon père prônait la plus grande indépendance possible vis-à-vis des biens de toutes sortes et m'avait maintes fois encouragé à profiter de ce que j'ai sans chercher à posséder davantage. Citant Saint-Augustin, il reprenait à son compte la célèbre maxime : *« le bonheur consiste à continuer de désirer ce que l'on possède déjà »*. Il voyait dans la quête sans fin de possessions diverses un obstacle à l'épanouissement personnel, une problématique majeure de notre existence.

« La grande erreur des hommes, écrivait mon père, *est de refuser ce qu'ils sont : vulnérables, imparfaits, mortels. Lorsque les presque-humains deviennent de plus en plus humains, l'issue pour l'Homme est de ne pas se robotiser, de ne pas perdre son humanité ».*

Je me souviens l'avoir interrogé un jour sur la signification d'une croix en bois qu'il avait accroché en évidence au-dessus dans son bureau. Comme je m'étonnais de la présence de ce symbole alors qu'il était athée, il me répondit que ce crucifix avait un sens particulier à ses yeux : *« Il résume la conscience que nous devrions tous avoir lorsque nous nous interrogeons sur nous-mêmes et sur le sens à donner à notre vie. Notre tête, notre cœur et notre corps forment un axe vertical et nous ne pouvons être bien que si nous parvenons à aligner ces trois éléments, c'est-à-dire si nous réussissons à accorder nos pensées, nos émotions et nos actes. Mais cela ne suffit pas. Il nous faut aussi faire en sorte que cette verticalité soit au service d'une horizontalité afin d'atteindre ainsi un équilibre. Et cette horizontalité fondamentale, c'est notre rapport à autrui. »* C'est ce que Jean Clos avait fini par comprendre et qu'il avait confié à mon père dans son dernier écrit.

Printed in Poland
by Amazon Fulfillment
Poland Sp. z o.o., Wrocław

75469739R00161